LES ÂGES DU CHAOS

ŒUVRES DE MARION ZIMMER BRADLEY
CHEZ POCKET

LA ROMANCE DE TÉNÉBREUSE

L'Atterrissage
1. La Planète aux vents de folie

Les Âges du Chaos
2. Reine des orages !
3. La Belle Fauconnière

Les Cent Royaumes
4. Le Loup des Kilghard
5. Les Héritiers d'Hammerfell.

Le Temps des Comyn
6. Redécouverte (avec Mercedes Lackey)

Les Amazones Libres
7. La Chaîne brisée
8. La Maison des Amazones
9. La Cité mirage

L'Âge de Damon Ridenow
10. L'Épée enchantée
11. La Tour interdite
12. L'Étoile du danger
13. La Captive aux cheveux de feu

L'Âge de Regis Hastur
14. Soleil sanglant
15. L'Héritage d'Hastur
16. Projet Jason
17. L'Exil de Sharra
18. Les Casseurs de Mondes

CHRONIQUES DE TÉNÉBREUSE

1. Le Cycle des légendes (1998)
2. Les Âges du Chaos
3. Les Cent Royaumes (1997)
4. Les Amazones libres
5. Le Temps des Comyn (1999)
6. L'Alliance (2000)

UNITÉ

1. Chasses sur la lune rouge
2. Les Survivants (1996)
3. Les Ruines d'Isis (1997)

LE GRAND TEMPLE DE LA S.-F.

Les Voix de l'Espace
Les Trois Amazones (avec André Norton & Julian May)

SUR TÉNÉBREUSE

ASIMOV PRÉSENTE
2. Futurs en délire :
« La Reine de jaune vêtue » par Jacques Goimard.

SCIENCE-FICTION

Collection dirigée par Jacques Goimard

MARION ZIMMER BRADLEY

PRÉSENTE

CHRONIQUES DE TÉNÉBREUSE

LES ÂGES DU CHAOS

Traduit de l'américain
par Simone Hilling

POCKET

ISBN 2-266-06596-3

PRÉFACE

Les Âges du Chaos et leur court appendice guerrier — la période des Cent Royaumes — apparaissent tardivement dans l'élaboration de l'histoire de Ténébreuse par Marion Zimmer Bradley. Il faut attendre *La Tour interdite* (1977) pour apprendre que cette période marque l'apogée de la technologie des matrices. Walter Breen, qui relève l'information dans la *Darkover Concordance* (1979), croit encore que les Âges du Chaos ont commencé mille ans après l'atterrissage (*La Planète aux vents de folie*) et qu'elle a duré mille ans de plus. En fait, Marion Zimmer Bradley a progressivement accepté l'idée que les mutations ont commencé presque tout de suite après l'atterrissage et a encouragé les jeunes auteurs qui travaillaient sur les Chroniques de Ténébreuse à écrire en ce sens. On en trouvera des traces dans ce volume. Quant à la période des Cent Royaumes, elle apparaît en pleine lumière avec *Le Loup des Kilghard* (1980). A distance, on s'aperçoit que toute la conception du cycle a basculé en peu d'années : l'auteur s'est mis à remonter le temps à l'intérieur de son propre univers.

Jusqu'en 1978, le cycle de Ténébreuse est centré sur le choc culturel entre les colons terriens, forts de leur technologie et de leur empire galactique, et les natifs de la planète, qui ont appris à se servir de leurs pouvoirs psi. Malgré la puissance de leurs dons, les indigènes sont voués à perdre la partie ; d'ailleurs ils avaient déjà beaucoup perdu de leurs pouvoirs avant l'arrivée des Terriens.

A ce stade, le mythe de Ténébreuse pourrait n'être qu'une métaphore du conflit entre les colons américains et les Indiens — un conflit dont Marion avait d'autant mieux assumé le souvenir qu'elle avait passé son enfance dans les Adirondacks, près de l'ancien territoire des Mohawks. Ce qui donne à cet univers toute sa force, c'est qu'elle est moralement une Indienne et n'assume sa condition d'Américaine que du bout des lèvres. Il y a peut-être eu, à l'origine de son histoire, des enfants échangés ; elle porte un nom qui n'est peut-être pas le sien ; elle est un enfant trouvé dans son propre pays.

Ce très fort sentiment d'exil amène ses héroïnes (ou ses héros) à se pencher sur leur filiation ténébrane. Pourquoi ont-ils tous des pouvoirs extraordinaires ? Au départ, il y a eu un accident génétique, évoqué dans *La Planète aux vents de folie*. Ensuite, il a fallu travailler à cultiver le *laran* chez ceux qui en étaient dotés : découvrir le don particulier de chacun, l'aider à s'épanouir et à se développer, construire des tours pour éduquer les *leronis*. En sorte que les mutants sont soumis à une triple contrainte : celle de l'inceste savamment calculé qui leur a donné naissance ; celle du feu intérieur qui brûle dans leurs veines ; celle de l'éducation réglée, sévère, quasi monastique à laquelle on les soumet pour éviter que le feu ne se propage.

Le thème de l'inceste — inhérent à la sélection génétique — et du poids de la faute, fait inévitablement penser à Faulkner, à ses petits Blancs et à ses Noirs. Dans l'utopie néo-ruraliste, il introduit une note sombre. Et il permet à l'auteur de faire passer le même message en renouvelant complètement le thème, les premiers romans situés sur Ténébreuse mettant l'accent sur la nostalgie d'un monde qui meurt, sur les souffrances de la vieillesse ; les romans des années quatre-vingts sont centrés sur la damnation de celui qui est conçu pour un destin qu'il ne comprend pas, sur les souffrances de la gestation, sur l'horreur de la puberté.

Le cycle du Chaos trouve d'emblée le ton de la tragédie grecque avec *Reine des orages* (1978). Dès sa naissance, Dorilys d'Aldaran suscite un orage et cause télépathiquement la mort de sa mère. Elle est fiancée à onze ans à un jeune cousin qui a la malencontreuse idée de la violer et meurt foudroyé. Puis elle est mariée à son propre demi-frère, qui, au contraire, refusera de consommer son union ; malheureusement il est amoureux d'une autre femme et, quand elle s'en aperçoit, elle le foudroie à son tour et devient folle. La foudre est dans sa tête. Tous les télépathes s'unissent pour la neutraliser. Elle dormira pendant mille ans.

Le problème le plus visible, c'est que Dorilys a un pouvoir excessif (celui de susciter des orages) et que ses proches, inconscients, se sont souciés trop tard de l'instruire. Mais le roman insiste beaucoup sur le rôle négatif du père de la jeune fille qui lui ordonne des mariages consanguins (à la fois pour sauver l'héritage et augmenter le *laran* familial) et a la très mauvaise idée d'utiliser son don pour gagner une guerre.

Parallèlement se développe la geste des Hastur, la famille royale. Allart voit l'avenir et ne veut pas d'héritier. C'est donc son frère, l'ambitieux Damon-Rafaël, qui occupera un jour le trône. Malheureusement Allart sait aussi que ce règne amènera des catastrophes. Pour essayer de les prévenir, il montre l'avenir à son frère et celui-ci ne peut le supporter : il se suicide. Allart sera donc roi ; il se résigne à épouser une de ses cousines et à lui faire des enfants. Ce qui illustre bien le paradoxe du pouvoir : le seul digne de l'exercer, c'est celui qui sait se retenir.

Encore faut-il distinguer entre les hommes et les femmes. Les premiers ne songent qu'à affirmer leur puissance et à étendre leurs domaines ; les secondes sont plus proches de la vie, du corps, de l'animalité, de la nature. Dorilys a causé des catastrophes ; le vrai coupable est son père. Quelques générations après elle, Romilly, *La Belle Fauconnière* (1982), ne s'intéresse pas aux guerres civiles, ni au rôle que son père a prévu pour elle. Elle a le don de communiquer avec les faucons. Devant le grand oiseau attaché sur le perchoir, devant les ailes qui battent, elle lutte pour rester humaine, pour ne pas se fondre dans la rage de la bête furieuse, pour garder la force de lui envoyer des ondes de calme... Arracher un faucon au ciel, c'est un viol.

Plus tard, elle rejette son noble droit de naissance et embrasse la liberté à laquelle seul un homme, dans les Âges du Chaos, pouvait prétendre. Elle vit parmi les bêtes des forêts et des collines. Pendant ce temps, des usurpateurs ont occupé le trône et le vrai roi erre sous un déguisement. Romilly est habitée par un esprit animal, mais les hommes et les femmes des Tours ne s'en soucient pas. Pour eux, elle est la clef du problème. Seule la nature peut guérir la culture.

Comme on le voit, Marion Zimmer Bradley a utilisé les Âges du Chaos pour enrichir une thématique très cohérente. Elle n'a en aucune façon cherché à raconter l'histoire d'un Moyen Âge ténébreux. De là sans doute le plaisir qu'ont pris ses disciples à y situer des histoires de leur cru. On ne trouvera ici aucune histoire de la grande Marion ; et si son influence reste marquée (par exemple dans *Le Don des Alton*), elle n'exclut pas, pour les jeunes fauconnières, la liberté de l'envol. Et puisque l'œuvre de Marion elle-même insiste davantage sur Ténébreuse à l'heure du dénouement, la question qui plane sur ce recueil, c'est celle du commencement. Ce recueil et ceux qui l'encadrent : car le millénaire fatidique est également le théâtre du *Cycle des légendes* et des *Cent royaumes* ; ce qui diffère, ce sont les sujets des histoires. Il sera question ici de l'apparition des pouvoirs, de leurs effets bénéfiques et maléfiques, des efforts parfois hésitants que font les hommes pour les contrôler. Les hommes, car ce sont eux qui sont en cause. Ils sont malades de leur liberté.

J.G.

Camilla Del Rey et Rafe McAran, Lewis McLeod et Fiona McMorair, Judith Lovat et le Père Valentin Neville : voilà des noms qui ne surprendront pas les familiers de La Planète aux vents de folie. *Les héros de l'atterissage sont encore en vie, mais la génération suivante est prête à prendre les commandes. Le Nouveau Camp est devenu New Skye. Il attend encore son nom définitif : Neskaya...*

I
LA TOUR DE NEW SKYE

de Priscilla W. ARMSTRONG

Sarah Lovat-McAran regarda la pierre-étoile dans sa main à six doigts et concentra ses pensées sur son mari. A travers la pierre, autour de la pierre, au-delà de la pierre, elle le vit, là où elle l'attendait, dans les collines où il gardait les moutons. Elle l'appela mentalement. *Duncan, Duncan.* Elle le vit tourner la tête en direction de la maison. *Duncan, Duncan.*

Il sourit. *Je t'entends, Sarah. Je rentrerai ce soir, quand Gavin m'aura relevé.*

Ça marche, répondit-elle en souriant. *Exactement comme nous le pensions. Maintenant, il ne reste plus qu'à déterminer jusqu'à quelle distance.*

Elle se leva pesamment, regrettant de ne pas pouvoir danser de joie. Bientôt, quand l'enfant serait né, quand leur fille serait venue au monde, elle recommencerait à danser. Elle remit sa pierre dans son sachet suspendu à son cou par une lanière.

Nous leur montrerons, Duncan et moi, que ces talismans permettent bien d'autres choses que d'allumer le feu et faire des tours de magie. Et bien plus que de renforcer le Don des Lovat-McAran. Les plus petits ne sont même pas dangereux. Une fois prêts, nous ferons une démonstration de leurs usages. Mais quand serons-nous prêts ? Quand ?

Elle soupira. Quand ? L'antagonisme de leurs parents avait diminué maintenant qu'ils étaient mariés et attendaient leur premier enfant. « Le mariage les assagira tous les deux », avait-elle entendu penser sa mère. Elle se demanda s'ils donneraient une pierre-étoile à son bébé lors de la cérémonie d'attribution du nom. Sa mère et celle de Duncan commençaient à militer activement contre les talismans. Judy avait beau faire de grands discours sur les traditions, en voilà au moins une qu'elle aurait bien voulu changer.

A son retour, elle accueillit Duncan avec enthousiasme, et il l'embrassa en lui tapotant le ventre.

— Je serai content quand elle sera née, dit-il. Avec elle entre nous deux, je ne peux pas t'approcher.

— Ne parle pas comme ça, Duncan ! Elle va t'entendre et se sentir rejetée avant même d'être née, la pauvrette !

Duncan lui tapota de nouveau le ventre.

— Pardonne-moi, ma fille, car je te désire vraiment pour toi-même, dit-il en riant. Maintenant, Sarah, parlons d'aujourd'hui. Dis-moi ce que tu as vu et entendu.

Sarah lui fit son rapport. Duncan hocha la tête.

— Je n'attendais pas ton appel à ce moment-là. Il a interrompu mes pensées. Et je te voyais très nettement, moi aussi.

— Jusqu'à quelle distance peut-on émettre ? Il nous faudrait des partenaires. Sans avoir de récepteur éloigné, comment évaluer la distance ?

— Ah, j'oubliais. Gavin nous aidera. Il garde les moutons ce soir, et nous essaierons de le contacter ensemble. Il attendra notre appel.

— Ça fait toujours un de plus. Qui d'autre ? Maman Judy n'approuve pas nos expériences. Elle dit que nous devrions remercier les ancêtres pour ce qu'ils nous ont donné, et ne pas poser de questions.

— Je sais, dit-il avec lassitude.

— Viens, mon chéri, on nous appelle pour le dîner.

Elle le tira par les mains pour le faire lever, et ils entrèrent dans le hall où les tables étaient déjà dressées.

Avec plus d'une douzaine de tables pour tous les âges, des grands-parents aux bébés sur leurs chaises hautes, le brouhaha les empêcha de continuer leur conversation.

Le dessert terminé, Dougal et Rafael tapèrent sur la table pour demander le silence.

— Mes enfants, taisez-vous et écoutez, dit Rafe. Vous, nos aînés, Sarah et Duncan, qui allez bientôt être trois, il est temps de vous établir dans votre propre maison.

La mâchoire de Sarah s'affaissa. Elle regarda Duncan, aussi étonné qu'elle. *Quels écrans mentaux ont-ils utilisé pour que nous ne nous en doutions même pas ?*

Les deux pères rirent de leur surprise.

— Oui, nous y pensons depuis des mois, même avant ta grossesse, Sarah, dit Dougal. Vos cadets voudront bientôt se marier, et devrons résider ici un certain temps. Mais vous, qui avez mûri, vous êtes maintenant capables d'avoir votre propre foyer, avec vos propres enfants, et, le moment venu, vos propres pupilles.

« Nous vous avons trouvé des terres vacantes à moins d'une demi-journée de cheval de New Skye. Nous irons demain pour les voir et choisir le site de la maison. Non, Sarah, tu ne viendras pas avec nous. Ta délivrance est trop proche. Duncan te racontera tout à son retour. »

Les conversations reprirent de plus belle autour des tables. Judy et Laura, la mère de Duncan, parlaient de leur donner des herbes et des semences pour leur permettre de faire les semailles avant de construire la maison ; Dougal et Rafael parlaient de leurs parts des troupeaux à conduire là-bas, de la nature des terres et de ce qu'elles pourraient produire, et Mhari, la sœur cadette de Sarah, leur demandait quand elle pourrait avoir leur logement, pour épouser Ian.

— Plus tôt vous partirez, mieux ça vaudra, dit Mhari.

Nous savons que Duncan et toi, vous faites des expériences sur vos pierres dans votre logement. Vous vous écartez de la tradition. C'est Maman et Laura qui le disent, termina-t-elle, d'un ton de dédain triomphant.

— Mhari ! Comment peux-tu parler ainsi ?

Sarah était atterrée. *Je n'ai pas été aussi réceptive que je le croyais, ou alors, leurs écrans se sont améliorés.*

— Nos écrans se sont améliorés, idiote. Sinon, comment aurions-nous pu faire ce plan pour nous débarrasser de vous ? répondit Mhari à la question informulée de Sarah.

— Nous n'avons fait que communiquer entre nous à distance. Quel mal y a-t-il à ça ? Je t'ai souvent vue allumer le feu avec ta pierre, Maman aussi, et même les enfants le font. Tous, nous nous parlons et entendons sans paroles. Quel mal y a-t-il à augmenter la distance ?

— Ce n'est pas la tradition. Judy et Lori nous ont donné les pierres et la tradition. La lecture mentale en fait partie. Mais pas la conversation à distance. Ce n'est ni bien ni naturel. Si les ancêtres avaient parlé à des miles de distance ou voulu que nous le fassions, ils nous auraient laissé les instructions pour le faire. Tout ce qui sort de la tradition est mal, conclut-elle, triomphante.

Sans un mot, Sarah lui tourna le dos et se dirigea vers son appartement, non sans avoir entendu penser sa mère : *Maintenant, elle sait.*

Le cœur gros, elle rentra chez elle, où elle trouva Duncan, pâle de colère.

— Tes écrans, Sarah, tes écrans !

Elle se jeta dans ses bras, le visage inondé de larmes.

— Qu'est-ce que je lui ai fait pour qu'elle me haïsse à ce point ? Qu'est-ce que nous leur avons fait pour qu'ils veuillent tous se débarrasser de nous ?

— Peu importe, *chiya*, ce sera notre maison à nous et nous y ferons ce qui nous plaira. Notre fille aura le Don des Lovat-McAran. Et tous nos autres fils et filles. Ils pourront tester et expérimenter comme nous l'aurons fait avant eux, sauf qu'ils le feront avec notre aide. Tu n'es pas obligée de les revoir, si tu n'en as pas envie.

— Mais je les aime. Et toi aussi. Comment peuvent-ils nous faire ça ? Je croyais juste qu'ils nous trouvaient infantiles, pas qu'ils nous jugeaient mauvais et de mauvaise influence. Ça me donne l'impression d'avoir une maladie contagieuse.

Sarah suivit Duncan avec sa pierre-étoile lorsqu'il alla visiter les terres choisies par leur pères. Elle vit par ses yeux le pays fertile et verdoyant, les collines, les affleurements rocheux, et la forêt, qu'il faudrait défricher en partie. Il sentit son contact et son accord pour le site de leur future maison, donnant d'un côté sur la petite vallée, de l'autre sur les collines boisées. Il y avait de l'espace tout autour pour le traditionnel coupe-feu et les bâtiments d'exploitation. Elle vit dans l'esprit de Duncan la grande maison qu'il projetait, avec un édifice central, les communs, et, les dominant tous, une tour, carrée, sévère, avec les fenêtres en haut des murs.

New Skye nous suivra ici. La ville se développera dans cette direction. Notre maison finira par être entourée par la cité, car cela deviendra une cité. Elle secoua la tête pour s'éclaircir l'esprit. Encore la Vision. Ce qu'elle venait de voir n'était pas dans l'esprit de Duncan, mais dans l'avenir. Loin dans l'avenir. Peut-être que la construction de la tour se plaçait aussi dans l'avenir. Elle soupira. Lorsque la Vision se manifestait, elle n'avait aucun moyen de savoir s'il s'agissait du présent ou du futur. Mais cette scène se plaçait dans le futur, elle en était certaine. Dans un futur très lointain.

Leur fille naquit quelques jours après le retour de Duncan. Rousse aux yeux bleus, c'était la plus ravissante créature qu'ils eussent jamais vue. Ils la nommèrent Judella, combinaison du nom de la mère de Sarah et de celui du père de Duncan, pour honorer les deux lignées dont elle était issue. Sarah l'inscrivit dans le registre où l'on consignait soigneusement les descendances.

— Actuellement,, nous concluons moins de mariage fondés sur le pool génétique, dit Duncan. Mais j'espère que nous pourrons la marier à un homme qui sera au moins roux. Car désormais, nous aurons besoin de préserver et de renforcer le Don. *Surtout que certains s'efforcent maintenant de l'éliminer.*

Sarah hocha la tête à cette remarque informulée.

— Nous avons tout le temps d'y penser, mon chéri. Environ quatorze ans. Pour le moment, Judella a faim et je dois l'allaiter.

— Comment sais-tu qu'elle a faim ? Elle ne pleure pas.

— Tu ne l'entends donc pas, Duncan ? Moi, j'entends sa faim.

— Oui, tu as raison. Je n'étais pas branché sur elle. Elle va bientôt pleurer si tu ne la nourris pas. Je ne réalisais pas que nous pouvions l'entendre si petite. Il faudrait demander à nos mères si elles nous entendaient à cet âge, ou si le Don s'est manifesté plus tard.

Sarah le regarda, écœurée.

— Et si c'était le cas, tu crois qu'elles nous le diraient ?

Ils furent très occupés au cours des semaines qui suivirent. Il fallut rentrer les récoltes, ramener les moutons à leurs quartiers d'hiver, plus proches de la ville, et Duncan commença à poser les fondations de leur maison, espérant les terminer avant les premières tempêtes.

Sarah et le bébé l'accompagnaient sur leurs nouvelles terres ; ils vécurent sous la tente pendant la construction. Période idyllique, malgré le dur travail, avec la petite Judella se balançant dans son hamac accroché entre deux résineux, pendant qu'ils creusaient, maçonnaient, ou cuisinaient sur un feu de camp. Les fondations étaient bien avancées mais pas tout à fait terminées aux premières neiges, quand ils retournèrent à New Skye pour les longs mois d'hiver.

Leurs écrans mentaux étaient devenus impénétrables. Ils y avaient veillé, après la conversation de Sarah avec Mhari.

Les voisins se rendaient souvent visite pendant l'hiver, et Gavin venait fréquemment les voir avec sa sœur Fiona. Sarah avait été un certain temps en tutelle dans la famille de Gavin ; elle l'aimait autant que la sienne et celle de Duncan. Elle et Fiona avaient appris à coudre ensemble, essayant de défaire les points défectueux avec leur pierre-étoile. Elle sourit au souvenir des crises de rire qui se transformaient en cris perçants quand elles étaient surprises. *Ma fille ne sera pas traitée ainsi.*

Un soir, Duncan emmena Gavin dans leur logement, sous prétexte de lui montrer les plans de la maison qu'il construirait au printemps.

Les plans ne les occupèrent que quelques instants.

— Sarah et moi, nous sommes persuadés que les pierres-étoiles ont un potentiel qui dépasse de beaucoup ce que nous savons. Tu nous as déjà aidés pour les communications. Nous pensons que certains tours, que nous avons tous exécutés dans notre enfance, peuvent être développés en vue d'un travail utile.

— N'en parle pas à tes parents, Duncan. Ils commencent à clamer partout que nous devrions nous débarrasser des pierres. Ils en ont déjà donné une à votre bébé ?

— Non, et pourtant la cérémonie du nom est passée. Nos mères ont vraiment peur de ces bijoux. Judy est vieux-jeu et accepterait l'idée du talisman, qui est traditionnelle, mais Laura a été si terrifiée par la mort de sa lointaine cousine qu'elle voudrait se débarrasser de toutes les pierres. Elle a essayé de reprendre la leur aux enfants les plus jeunes, mais ils les avaient depuis longtemps, alors ils ont pleuré et sont tombés malades. Ce qui l'a effrayée encore davantage. Elle parle de mal et de sorcellerie, et Judy cite les fidèles de Valentin au sujet des méfaits de la divination. Nous n'en parlons plus jamais avec eux, et nous observons une grande discrétion dans nos expériences.

— J'ai découvert une grotte pleine de ces pierres. Et grosses, en plus. J'en trouverai une pour Judella.

— Merci, mon ami. Sarah sera contente. C'est la vraie raison pour laquelle je t'ai demandé de venir ici. Sarah et moi, nous voulons travailler sérieusement sur les pierres, mais nous devons le faire en secret. Nous voulions te demander si toi et Fiona vous accepteriez de partager notre vie et nos expériences. A quatre, nous devrions pouvoir tester nos idées tout en faisant de la culture et de l'élevage.

— Il faudra que j'en parle à Fiona, et elle décidera pour elle-même. Si on appelait les femmes pour en discuter tous les quatre ?

— Pas ce soir. Nous ne voulons pas que les parents se doutent de nos projets. Cela paraîtra plus naturel plus tard, quand tout le monde se rendra compte qu'il vaudrait mieux, comme tant d'autres, être plus d'une famille sur une exploitation.

— Les parents ne laisseront jamais partir Fiona. C'est ma sœur ; elle n'est encore ni mariée ni fiancée. Moi non plus. Moi, ils me laisseront faire, mais pour Fiona, je ne sais pas.

— Fie-toi à Sarah. Elle commence déjà à se plaindre de la solitude qui attend une femme dont le mari est aux champs toute la journée.

— Je vois, dit Gavin avec un grand sourire. En son temps, je suppose que j'épouserai Camilla Delleray. Elle me plaît et elle a le Don. Elle déplace des tables et des chaises avec sa pierre. Les enfants sont très impressionnés par ses pouvoirs, et elle en entraîne quelques-uns à soulever de petits objets.

— Cela ne lui attire pas des ennuis ? Qu'est-ce qu'ils disent — les adultes, je veux dire ? Tes parents ne sont pas au courant ? Ils n'en ont pas dit un mot.

— Camilla agit discrètement et a fait jurer le secret aux enfants. De plus, tout le monde sait à quel point

Judy et Dougal, Laura et Rafe sont conservateurs. Vous n'avez pas remarqué que certains commencent à les éviter ? Ce soir, j'ai eu du mal à faire venir ma famille — sauf Fiona, bien entendu.

— Alors, qu'est-ce qui te fait croire qu'ils vous laisseront venir vivre avec nous, l'un ou l'autre ? Si les gens croient que nous faisons le mal ?

— Non, tu ne m'as pas compris. Sarah et toi, vous ne les inquiétez pas. Ce sont vos parents qui les préoccupent, surtout Rafe et Laura. Ce sont eux qui essayent d'éliminer les pierres-étoiles. Ils en possèdent l'unique stock, et ils n'en distribuent plus comme talismans. Tu ne le savais pas ?

— Non. Mais il faut dire que nous sommes très peu sortis. Dougal et Rafe ont refusé de participer à toutes les fêtes, cette année.

— C'est bien ce que je disais, mon vieux. Ils sont du genre conservateur, et beaucoup ne veulent plus les fréquenter. S'ils ne distribuent plus les pierres-étoiles, tu vois ce que ça signifie ?

— Je m'en doute. Mais, pour en revenir à Camilla, quand pourras-tu l'épouser ? Ce serait une bonne recrue pour notre groupe. Que ne pourrions-nous pas faire à cinq ! Dont une peut déjà déplacer les tables et les chaises !

— Alors, attention, Duncan. Je ne vais pas me marier juste pour te faire plaisir et favoriser tes plans pour les Lovat-McAran. De plus, elle ne sera pas d'âge à marier avant l'été prochain. Alors peut-être...

— Travailles-y, Gavin.

A la fin de l'été, le corps principal de la maison étant terminé, Duncan, Sarah et Judella s'y installèrent définitivement. Ils avaient enclos un jardin et amené leurs moutons sur leurs terres. Les cultures poussaient et la moisson serait bonne, suffisante pour leur faire passer l'hiver, et même plus au besoin. Gavin et Camilla, sa promise, se construisaient un petit cottage, et Fiona tenait compagnie à Sarah. Sarah attendait un nouvel enfant, un garçon cette fois, qui naîtrait au printemps.

Travaillant ensemble, ils purent se consacrer sérieusement à leurs expériences sur les pierres-étoiles. Tous les soirs après le dîner, ils se réunissaient avec leurs pierres, et ils apprenaient. Sarah proposa qu'ils ne se servent pas séparément de leurs pierres, mais qu'ils les regroupent, pour accroître la puissance. Au lieu de quatre ou cinq courants faibles, il n'y en aurait plus qu'un seul plus puissant appliqué à l'objet de leur recherche. Ils déplaçaient des objets de plus en plus lourds, et seraient bientôt en mesure de soulever les pierres pour construire leurs maisons. Sarah acquit beaucoup de dextérité pour regrouper les courants de force et diriger l'énergie.

Un soir, ils furent arrachés au rapport par un cri de Sarah, et sa douleur que tous ressentirent. Pliée en deux, les mains crispées sur le ventre, elle s'effondra dans une mare de sang.

— Je prends un cheval pour aller chercher la sage-femme, cria Gavin.

Fiona et Duncan se penchèrent sur Sarah, maintenant gémissante.

— Qu'y a-t-il, mon amour ? demanda Duncan. C'est le bébé ?

— Il est mort, Duncan. Mort, et en train de naître. Les pierres-étoiles l'ont tué.

Fiona la toucha légèrement, passant ses doigts sur sa taille et son ventre.

— Je vois les vaisseaux sanguins éclatés, Duncan. Elle saignera à mort bien avant l'arrivée de Melora. Aide-moi à stopper l'hémorragie.

— Comment ?

— Si nous arrivons à soulever des objets lourds, nous devrions être capables de déplacer quelques cellules pour colmater les déchirures des vaisseaux. Essaye de voir, concentre-toi.

Ils formèrent le rapport à eux deux, et remirent les

cellules à leur place. Lentement, l'hémorragie ralentit, puis stoppa. Les contractions continuèrent, déchirant d'autres vaisseaux. De nouveau, ils arrêtèrent le flux de sang. Enfin, ils purent porter Sarah dans son lit. Des heures avaient passé depuis le départ de Gavin, et l'enfant naquit, si malformé qu'il était difficile d'y reconnaître un être humain. Sarah n'avait que brièvement repris connaissance pendant son épreuve, et maintenant, elle gisait dans son lit, inanimée et plus blanche que ses draps. Fiona alla lui faire du porridge clair et du bouillon de viande.

— Elle doit manger pour reconstituer ses forces, dit-elle. Duncan, nettoie tout ça. Mets les draps et les vêtements tachés de sang dans de l'eau froide.

Il la regarda, les yeux vitreux, alors elle répéta fermement :

— Allez, Duncan ! Exécution !

Comme un automate, il enveloppa le foetus informe dans un linge et alla le poser près de la cheminée. Puis il mit les draps et les vêtements à tremper, et fit chauffer de l'eau pour laver Sarah, toujours sans connaissance. Fiona revint avec du bouillon, qu'elle lui fit tomber sur les lèvres goutte à goutte, et, automatiquement, elle ouvrit la bouche.

Ses paupières se soulevèrent.

— Mon bébé ?

— Non, Sarah, dit Fiona, secouant la tête. Bois ce bouillon. Tu as perdu beaucoup de sang ; il faut reconstituer tes forces.

Sarah laissa Fiona la soulever sur des oreilles, et docile, but le bouillon et mangea le porridge, puis grignota un peu de pain aux noix.

Judy avait raison, les pierres-étoiles sont dangereuses. J'ai tué notre bébé, qui aurait été le fils de Duncan. Où est Judella ?

Duncan porta la main de Sarah à son visage.

— Judella dort dans son berceau. Ne te fais pas de reproches, Sarah. Nous ne pouvions pas prévoir cet accident. Nous avons perdu notre fils, mais je ne veux pas te perdre en plus. Prends mes forces jusqu'à ce que tu aies retrouvé les tiennes, mais vis, Sarah, vis, mon unique, vis pour moi et pour Judella.

Melora et Gavin arrivèrent, hors d'haleine après une folle chevauchée.

— Si elle avait été chez sa mère, j'aurais pu faire quelque chose, dit Melora pour la douzième fois. Elle se savait enceinte ; pourquoi n'est-elle pas retournée chez ses parents ?

— Elle a perdu le bébé, Melora, dit Fiona. Je ne crois pas que tu aurais pu l'empêcher.

Melora se pencha sur Sarah.

— Laisse-moi t'examiner, *chiya*, dit-elle.

Ses mains étaient douces, apaisantes. Sarah dériva dans le sommeil. Melora se releva.

— Est-ce qu'elle a mangé ?

— Oui. Du bouillon et du porridge. Et un peu de pain aux noix, dit Fiona.

— Continuez à lui donner tout ce qu'elle acceptera. Elle a perdu beaucoup de sang. Je ne sais pas comment vous avez arrêté l'hémorragie, mais elle guérira. Il faudra beaucoup de temps, de repos et de soins, mais elle guérira.

Fiona regarda Duncan, haussant un sourcil interrogateur. Duncan secoua la tête. Ils ne dirent pas à Melora ce qu'ils avaient fait. Fiona se rendit à la cuisine pour chercher d'autres aliments, et Duncan emmena Melora près de la cheminée pour lui montrer le foetus. Elle l'examina attentivement, puis secoua la tête.

— Ce serait arrivé de toute façon, Duncan, dit-elle. Il était mal accroché. Mieux vaut plus tôt que plus tard.

Puis, secouant sa tête grise, elle se tourna vers Gavin.

— Je mangerais bien un morceau, moi aussi, après cette course folle.

Gavin alla à la cuisine avec sa sœur, et lui rapporta de la bière et du pain aux noix. Sarah regardait tout, les yeux vitreux. *Ainsi, ce n'est pas de ma faute. Ce serait arrivé de toute façon. Mais j'ai senti le pouvoir, puis la déchirure. Ce devait être la puissance de la pierre-étoile. Ce serait peut-être arrivé plus tard, quand j'aurais soulevé un objet lourd. C'est à cause de la pierre que c'est arrivé maintenant.*

Sarah garda le lit pendant des jours, à se reposer, manger et dormir. Elle ne s'éveillait que pour la petite Judella qui marchait maintenant et s'essayait à parler.

— Mama, mama, disait-elle, tapotant la joue de sa maman.

Duncan et Fiona s'efforçaient de faire parler Sarah, mais, ses écrans bien en place, elle refusait de réagir. Pourtant, derrière ses écrans, son esprit n'était qu'agitation. *Devaient-ils continuer leurs expériences ? Maintenant, il n'y avait plus de bébé à risquer. Son organisme en serait-il tellement affecté qu'elle ne pourrait plus avoir d'autres enfants si elle continuait à travailler avec les pierres ? Ils n'avaient pas dit à Melora ce qui s'était passé. Si elle le savait, grands dieux, si elle le disait à Judy, où est Judy ? C'est ma mère, pourquoi ne vient-elle pas me voir, elle n'est qu'à quelques heures de cheval, et bientôt ce sera l'hiver, qui rendra les voyages difficiles, était-ce vraiment ma faute après tout ?*

Gavin et Duncan continuèrent à construire le cottage, rentrèrent les récoltes et s'occupèrent des moutons. Ils n'avaient pas le temps de s'asseoir près de Sarah pour la cajoler. Fiona emmenait Judella avec elle quand elle aidait les deux hommes, et revenait à la maison de bonne heure pour préparer le dîner, s'occuper de Judella et de Sarah, et faire un peu de ménage. Sarah commença enfin à éprouver des remords de laisser tout le travail aux autres. Un jour, elle essaya de se lever sans aide et fut surprise d'y parvenir ; à part ses genoux un peu chancelants, elle se sentait presque aussi forte qu'avant. Ensuite, elle reprit progressivement ses activités dans la maison.

Elle recommença à manger à table avec les autres, et même à participer aux conversations. Mais elle ne parlait jamais de la mort du bébé, et refusa d'aller sur sa tombe. Judella continuait à babiller joyeusement, mais Duncan et Fiona, qui entraient facilement en rapport avec elle, savaient que son esprit enfantin percevait les problèmes de sa mère, et qu'elle essayait de l'égayer.

Un soir, ils firent front à trois pour parler à Sarah.

— Nous ne te laisserons pas te détruire ni nous détruire, dit Duncan avec fermeté. Nous allons continuer nos expériences. Tu pourras regarder, tu pourras nous aider, ou tu pourras rester derrière tes écrans. Mais nous, nous irons de l'avant.

Ses paroles tombèrent comme un couperet sur le cœur de Sarah. Ses yeux s'emplirent de larmes.

— Tu ne comprends donc pas ? Je n'ose plus me servir des pierres. Je perdrai peut-être le Don des Lovat-McAran, mais je ne pourrai plus jamais me servir de ma pierre. Jamais.

— Lah-ran ! Lah-ran ! gazouilla Judella.

— Lovat-McAran, ma chérie, corrigea machinalement Duncan.

— Lah-ran, lah-ran, répéta Judella en riant.

— Bon, d'accord pour laran, gloussa Duncan. C'est plus facile à dire que Don des Lovat-McAran.

— Voir lah-ran, P'pa, voir lah-ran ! dit Judella.

— Elle veut une démonstration, Duncan, dit Gavin.

— Alors, elle en aura une, dit son père.

Il repoussa son siège et sortit sa pierre-étoile. Il se concentra, et le bol de porridge de Judella se souleva et flotta vers Gavin, qui le saisit et le posa fermement sur la table quand Duncan le lâcha. Fiona rit de voir l'enfant battre des mains.

— Rends-lui son bol, Duncan, dit Sarah.

Pour la première fois depuis des semaines, elle semblait avoir repris vie.

— Pour ça, je ne sais pas, dit-il en souriant.

— Ne t'inquiète pas, mon bébé, dit Sarah, soulevant le bol au-dessus de leurs têtes, lui faisant contourner la table et le posant doucement devant l'enfant extatique.

— Tu as fait ça sans ta pierre ! dit Fiona.

— Jamais à court, Sarah ! dit Duncan en riant.

— Oui. Je ne me sers plus de ma pierre, mais je peux faire certaines choses sans elle. Pour le moment. Je ne sais pas jusqu'à quand.

Soudain, tous, y compris Sarah, réalisèrent que leurs écrans étaient abaissés. A cet instant, ils entrèrent en rapport pour la première fois depuis la maladie de Sarah, et un tel amour les emplit qu'ils faillirent ne pas remarquer qu'ils étaient cinq dans le cercle, y compris une petite créature très jeune et très frêle.

— Judella ! s'écria Sarah, regardant sa fille, éberluée. Toi, *chiya ?*

Judella leva ses menottes potelées au-dessus de sa tête et les abattit sur la table en riant.

— Lah-ran ! déclara-t-elle.

Les expériences reprirent peu après, et Judella participait à leur cercle quand ils déplaçaient de petits objets. Duncan, Gavin et Fiona, à tour de rôle, réunissaient les courants de force et maintenaient l'unité du cercle au cours de leurs expériences de plus en plus difficiles. L'hiver approchait. Les pluies nocturnes passèrent de l'averse à la tempête, souvent chargées de neige fondue.

— Il est temps que je rentre à la maison, dit Gavin. Voilà trop longtemps que je suis séparé de Camilla. Nous nous marierons au Solstice d'Hiver, et je veux que vous soyez tous là si vous pouvez faire le voyage. Toi aussi, petite Judella. D'ici là, enseignez à cette petite à relever ses écrans mentaux. Sinon, vos mères auront une attaque.

— Gavin, sais-tu pourquoi ma mère n'est pas venue quand j'étais si malade ? Tu m'as toujours caché quelque chose.

Gavin baissa la tête, gêné.

— Oui, je t'ai caché quelque chose. Ta mère, et la tienne aussi, Duncan, se reprochent de vous avoir envoyés au loin où vous pouviez faire joujou avec vos pierres-étoiles sans personne pour vous surveiller. Elles sont embarrassées. Elles vous blâment et se blâment elles-mêmes, et cela les rend plus furieuses et fanatiques que jamais. Je ne sais pas si elles viendront ou non à mon mariage. Le McAran n'est plus le chef du village, seulement le chef de son propre clan. Le nouveau chef, c'est mon père, le MacLeod. Désolé. Je ne voulais pas ajouter à votre chagrin.

— Merci de nous avoir prévenus.

Duncan entoura de son bras les épaules de Sarah et ils partagèrent leur tristesse en silence.

Le mariage fut célébré à la maison du MacLeod, et tout le village y assista, y compris les Lovat et les McAran. Judy et Laura se raidirent à l'entrée de Duncan, Sarah et Judella, mais firent bonne figure, et les accueillirent de bonne grâce. Le cœur des deux grands-mères ne tarda pas à fondre devant Judella, et elles se disputèrent l'honneur de la porter pendant la cérémonie. Suivirent un bal et un somptueux banquet : toutes les tables qu'avait pu emprunter le MacLeod étaient surchargées de mets de toutes sortes. Sarah se retrouva assise parmi les femmes mariées, la petite Judella sur les genoux, tandis que Duncan s'acquittait de ses devoirs envers la mariée, sa belle-sœur et les autres dames. Elle tenta de parler avec Judy, mais la conversation ne fit que tourner autour de Judella. Sarah s'étonna que sa mère n'ait pas répondu à ses questions informulées comme elle en avait l'habitude, mais un discret sondage lui révéla que Judy avait relevé des écrans aussi impénétrables que ceux des aveugles mentaux. Elle lui demanda donc carrément :

— Pourquoi n'es-tu pas venue me voir quand j'étais si malade ? Tu le savais sans doute par Melora.

— Ton mari, cracha-t-elle avec mépris, et la sœur de

Gavin t'ont guérie par des méthodes condamnables. Si Dieu avait voulu que tu vives, Il t'aurait guérie Lui-même. Vous avez fait l'œuvre du Malin.

— Maman ! Comment peux-tu parler ainsi ? La vie est un don des dieux, et si j'ai survécu, c'est grâce à eux, quels que soient les moyens employés.

— Sarah, tu ne comprends pas, tu es partie depuis trop longtemps. Ton père et moi, nous avons adhéré à la doctrine des Cristoforos. Selon leur enseignement, tout contact avec le Don des Lovat-McAran est un péché. La sorcellerie est interdite par les écrits sacrés que le bienheureux Saint-Valentin a apportés du ciel avec lui lors de notre venue. Nous apprenons à barricader nos esprits.

— Mais tu avais pitié des aveugles mentaux, Maman, parce qu'ils ne pouvaient pas jouir de la même intimité affective... et Mhari et les autres enfants ?

— Ils seront baptisés avec nous. Au printemps, nous irons tous à Nevarsin, et nous nous joindrons aux familles qui y vivent et subviennent aux besoins des frères du monastère.

— Et Rafe et Laura ?

— Ils vont partir également. En ce moment, les hommes discutent avec Duncan au sujet de nos biens.

— Je ne comprends pas, dit Sarah. Veux-tu dire que les clans des Lovat et des McAran vont quitter New Skye ? Et que Duncan et moi nous resterons seuls ici, sans clan ?

— New Skye n'est plus un endroit pour nous. Et tous les deux, vous feriez bien de partir aussi, avant d'être encore plus contaminés par ce mal. Venez avec nous à Nevarsin, tant que vous avez encore l'espoir de gagner le ciel.

De nouveau, le monde de Sarah s'écroulait autour d'elle. Elle avait pensé que le fossé qui les séparait se comblerait lors de l'attribution du nom à Judella ; celle-ci aurait grandi au sein d'une grande famille, avec grands-parents, oncles et tantes qui auraient partagé leurs jours de fête, et peut-être l'auraient prise en tutelle quelque temps. Malgré la brouille, elle avait continué à espérer. Elle parcourut la salle du regard à la recherche de Duncan. En effet, il discutait avec Rafe et Dougal. Il avait l'air grave. Elle le contacta et trouva confusion et colère. Il réagit au contact, tourna les yeux vers elle, secoua la tête et revint à sa conversation.

— Maman, je ne sais pas quoi te dire. Il faut que j'en parle avec Duncan.

Ce disant, elle savait que ce n'était qu'un stratagème pour éviter d'approfondir leur désaccord. Elle savait qu'elle et Duncan n'iraient pas à Nevarsin, elle savait qu'ils ne renonceraient pas à leurs recherches sur le don du *l'aran*, elle savait que s'ils quittaient un jour New Skye, ce ne serait pas pour cette raison.

Elle et Duncan passèrent la nuit dans la famille de Gavin. Ils n'étaient plus les bienvenus chez leurs propres parents, même avec Judella. Ils profitèrent de l'occasion pour discuter de leurs problèmes avec Lew MacLeod et sa femme Jenny.

— Que devons-nous faire, Lew ? demanda Duncan. Ils disent qu'ils partiront au printemps. Rafe et Laura, avec mes frères et mes sœurs, iront à Dalereuth rejoindre ceux qui se sont établis à la mer ; Douglas et Judy iront à Nevarsin adhérer à la secte des Cristoforos. Ils abandonnent les maisons et les terres, et veulent que nous prenions la relève ou que nous allions à Dalereuth ou Nevarsin avec eux. Mais nous n'avons pas envie de quitter New Skye, Sarah et moi.

— Alors, restez-y. Gavin, Camilla et Fiona vivront avec vous, et nous, nous ne bougeons pas, étant le MacLeod et sa Dame. Restez à New Skye si c'est ce qui vous plaît.

— Je peux dire quelque chose ? intervint Fiona. Ils ne sont pas de ma famille, alors je ne sais pas ce que vous penserez de mon intervention, mais je fais partie de votre groupe, et je trouve que nous formons une famille tous les cinq, six en te comptant, petite Judella, et que le plus important, c'est que nous restions unis. Peut-être qu'à un certain stade, on choisit sa famille, qui n'est pas toujours celle où l'on est né. Je ne sais pas. Mais quoi que vous décidiez, je vous accompagnerai. Je veux continuer à vivre avec vous.

Soudain, tous les écrans s'abaissèrent. Sarah et Duncan pleuraient leurs familles, et tous partageaient leur amour et leur chagrin.

Finalement, Jenny dit :

— Nous ne réglerons pas tout ce soir. Pour le moment, vous avez tous besoin de sommeil pour être en forme quand vous repartirez chez vous demain. Nous savons que vous resterez à New Skye, et nous en sommes heureux.

Par la fenêtre de la tour, Sarah regardait la ville qui s'était développée autour de leur maison. Dans la rue étroite, Judella, dix ans, menait par la main les deux petits aux cheveux de flammes ; ils venaient d'acheter des bonbons avec leur argent de poche. La vision d'autrefois s'était réalisée. Petit à petit, New Skye s'était étendue vers leur tour, puis autour d'elle. Sarah soupira. Elle chérissait ces instants de solitude. La maison — qui avait maintenant deux étages — grouillait de gens, tous doués de laran, et parfois elle avait la nostalgie des jours tranquilles où aucun corps, aucun esprit n'envahissait sa vie privée. Elle se secoua, impatientée. C'est ce qu'ils avaient voulu, c'est pour ça qu'ils avaient travaillé tant d'années, et le résultat dépassait leurs plus folles espérances sur le Don des Lovat-McAran. Pourquoi donc cette insatisfaction ?

Dans la tour au-dessus d'elle, un cercle d'apprentis travaillait ; au-dessous, les gens vaquaient aux travaux de la maison et de la ferme ; à une demi journée de cheval, les métayers du McAran géraient les terres et les troupeaux, supervisés par le MacLeod et les siens. De plus en plus, les gens faisaient tester leurs enfants en vue d'un apprentissage à la tour, et d'autres villages de la planète leurs demandaient des télépathes entraînés pour la météorologie et les accouchements. Même la lointaine Dalereuth avait sollicité leur aide. *Comment puis-je satisfaire toutes ces demandes ? Oui, Duncan et Gavin dirigent le véritable cercle de travail, Fiona est mon bras droit à la maison, et Camilla s'occupe de l'éducation. Et au lieu de m'en féliciter, j'ai l'impression que tout le poids repose sur moi.*

Elle se leva en soupirant, et descendit dans le grand hall où elle trouva Duncan et Fiona.

— Exactement la personne que nous cherchions, l'accueillit Duncan en l'embrassant. De nouveau, nous prévoyons des problèmes, Fiona et moi. Nous ressentons trop la présence de tant d'esprits qui font pression sur le nôtre, intentionnellement ou non ; car tant qu'ils n'ont pas terminé leur formation, ils ne savent pas relever leurs écrans, et ils émettent dans toutes les directions.

— Oui, dit Sarah, cela me trouble aussi... et peut-être que nous aussi, parfois, nous émettons par inadvertance. Si seulement je pouvais m'isoler de temps en temps...

— Exactement ! Mais pour ça, nous avons besoin d'espace. Alors, voilà ce que je propose.

Fiona étala sur la table les plans de la maison.

— Tu vois, Sarah, c'est un plan qui prévoit une chambre particulière pour chacun, y compris les enfants. Petite, mais particulière. Chacun aura son coin à lui. Et là, poursuivit-il, montrant le bloc des écuries, nous établirons les dortoirs pour les nouveaux élèves.

— Merveilleux ! Un coin tranquille. Et si nous parvenons à fabriquer, avec les piles électriques, quelque chose qui bloque le laran, nous ne dépendrons plus d'écrans mentaux parfois insuffisants.

— Parfait. Nous voilà embarqués dans une nouvelle aventure.

Soudain, Sarah et Fiona reçurent une vision de Duncan — une tour dans un autre village, qui formait des jeunes, puis une autre et une autre, et toutes ces tours communiquaient les unes avec les autres et transmettaient nouvelles et informations d'une cité à l'autre.

— Oui, c'est inscrit dans notre avenir, dit Sarah, et, comme New Skye, cela se réalisera durant notre vie.

Elle en était certaine. Le futur se déployait devant eux : des tours dans les cités, servant de relais pour les transmissions, exécutant le gros œuvre des constructions, élevant les édifices par la seule puissance du laran, localisant et extrayant les minerais, apportant la prospérité à toute la planète, et pas seulement à New Skye. Mais oui, l'avenir s'annonçait bien.

A Neskaya, quelques générations après, la Cour forme des gens qui savent maîtriser les Don dans tous les cas possibles. Ou qui s'en croient capables.

II
DANS L'ŒIL DE CELUI QUI REGARDE

de Linda ANFUSO

L'enseigne fixée au-dessus de la porte annonçait : « Guilde des Peintres et Enlumineurs ». Elle était magnifiquement peinte, et décorée de filigrane de cuivre.

Eryn s'arrêta un instant pour rajuster sa tunique, puis il frappa. Son baluchon sous le bras, il s'efforça d'avoir l'air moins nerveux. Durant le long voyage qui l'avait amené à Thendara, il avait mentalement répété ce moment des centaines de fois. Dans son imagination, il se voyait confiant et professionnel... mais maintenant que le moment était venu, il n'était plus aussi sûr de lui qu'il l'avait cru. *Ce qui est fait est fait*, se dit-il. *Impossible de revenir en arrière maintenant.*

La porte s'ouvrit sur un grand hall bien aéré. Un jeune homme, encore plus jeune qu'Eryn, tenait le battant. Son sarrau vert annonçait son grade : apprenti. Eryn s'inclina et dit de son ton le plus assuré :

— Je suis Eryn de Serrais. Compagnon Eryn de Serrais. J'ai rendez-vous avec Maître Therrold.

Le jeune homme s'inclina à son tour.

— Nous avons reçu ton message dans les relais, Compagnon Eryn. Maître Therrold te recevra dans son bureau.

Le jeune homme hésita une seconde, puis demanda :

— Veux-tu te rafraîchir un peu avant de le rencontrer ?

Eryn rougit. Il était donc si visible qu'il venait d'arriver dans la cité ? Enfin, la proposition était la bienvenue. Il suivit l'apprenti jusqu'à une petite pièce où il se lava le visage et les mains. Son costume de rechange était encore en plus piteux état que celui qu'il portait, de sorte qu'il n'avait pas le choix des vêtements. Le voyage de Nevarsin à Thendara n'avait pas ménagé sa pauvre garde-robe et ses maigres économies. Il aurait aimé s'acheter au moins une tunique neuve pour cette entrevue, mais la vérité, c'est qu'il n'avait même pas de quoi se payer l'auberge. Mais risquait-il vraiment d'être mis à la porte ? Non, il connaissait son métier. Il était bon peintre. Le meilleur de l'Abbaye, lui avait assuré Frère Randolf. Quand on s'était rendu compte qu'il n'avait pas la vocation monastique, c'était Frère Randolf en personne qui lui avait suggéré d'aller demander du travail à la Guilde des Peintres et Enlumineurs de Thendara. Il avait déjà atteint le grade de Compagnon, et pouvait prétendre un jour à celui de Maître. A condition que la Guilde approuve cette promotion — mais même sans l'estampille officielle, même sans, il était bon. Faites que ce soit aussi son avis, pria-t-il à part lui.

Après s'être essuyé les mains, il épousseta ses culottes et ses bottes avec la serviette humide, puis se passa la main dans les cheveux pour les lisser du mieux possible. En soupirant, il ramassa son baluchon et sortit. L'apprenti le regarda et sourit. Eryn lui rendit son sourire et le suivit dans un couloir, jusqu'à une porte à double battants richement sculptés. Les poignées et les gonds, comme presque toute la décoration, étaient en cuivre. Eryn le nota avec satisfaction. Si la Guilde était si riche, elle pourrait se montrer généreuse.

Les portes s'ouvrirent ; Eryn entra. Au premier abord, la pièce était une bibliothèque plus qu'un bureau. Trois des quatre murs étaient couverts de livres dont les chaudes reliures de cuir luisaient doucement. Le soleil de l'après-midi entrait, filtré par les fenêtres à vitraux, et semblait donner vie aux magnifiques motifs du tapis. Le quatrième mur était occupé par une cheminée, où brûlait un petit feu, et surmontée d'un tableau représentant une bataille ancienne. Près de la fenêtre, un lutrin, sculpté de feuilles de chêne et de glands, comme le manteau de la cheminée. Au bureau était assis un homme avancé en âge, qui portait la robe et la toque de Maître Peintre et Enlumineur.

Eryn s'inclina quand l'apprenti le présenta.

— Voici le Compagnon Eryn de Serrais.

Le Maître se leva et, de la tête, congédia l'apprenti. Les portes se refermèrent silencieusement.

— Alors, Compagnon Eryn, il paraît que tu as fait un long voyage. J'espère qu'il s'est passé sans encombres ?

Eryn avait les mains moites. Pourtant, tout semblait si facile dans son imagination. Il s'éclaircit la gorge et répondit :

— Oui, Maître. Plus long que je ne pensais, mais sans histoires. Je suis quand même content d'être arrivé...

Sa voix mourut. Soudain, il ne savait plus quoi dire. Il avait oublié tous ses beaux discours.

— J'ai reçu plusieurs lettres du Frère Randolf à ton sujet.

Il fit une pause. Eryn hocha la tête.

— Il semble apprécier hautement tes talents de peintre. En fait, il recommande que tu sois élevé au grade de Maître. Venant de lui c'est un compliment considérable.

De nouveau, Eryn hocha la tête. C'était plus qu'il ne l'espérait. Therrold reprit :

— Frère Randolf me dit que tu as l'intention d'ouvrir une échoppe dans la cité. Est-ce toujours le cas ?

Eryn s'éclaircit la gorge, les phrases qu'il avait soigneusement préparées lui revenant peu à peu.

— Oui, Maître. Je peins des portraits. Surtout des miniatures, quelques panneaux sur bois. On m'a dit que mon travail était bon. Je voudrais gagner ma vie comme portraitiste.

— Très bien.

Le Maître l'examina attentivement et poursuivit :

— Tu as peut-être apporté un échantillon de ton travail ?

Eryn s'éclaira. La réponse à cette question était facile. Il ouvrit son balluchon et en sortit un petit carton à dessin.

— Oui, Maître, plusieurs. J'ai fait quelques portraits des moines, et quelques-uns des femmes de mon groupe de voyageurs. Ce n'est pas ce que j'ai fait de mieux, mais c'est bon. Ils sont assez représentatifs de mon travail. Je pense les exposer dans ma vitrine.

Le Maître hocha la tête en prenant les portraits. Il les examina un par un, les inclinant pour les voir dans la meilleure lumière. Il eut une moue dubitative.

— Eh bien, ils sont passables. Peut-être pas dignes d'un Maître...

Il fit une pause, pour laisser Eryn assimiler sa remarque.

— ...mais néanmoins passables. Naturellement, je n'ai aucun moyen de savoir s'ils ressemblent aux modèles, mais la facture en est bonne. Jolies touches de lumière. Ce sont peut-être de bons portraits, non ?

Il regarda Eryn en souriant. Eryn se détendit. Puis vint la question redoutée.

— Ainsi, tu veux ouvrir boutique. Eh bien, en qualité de Compagnon, tu en as le droit. A la Guilde, nous croyons la parole de Frère Randolf. S'il dit que tu es Compagnon, je n'en discuterai pas. Mais quant à devenir Maître, nous verrons. Dans un an, peut-être, quand nous aurons eu l'occasion de voir des œuvres meilleures. Bon, si tu veux ouvrir boutique, combien es-tu prêt à dépenser ? Tu devras payer une redevance à la Guilde, et une décade de loyer d'avance.

Eryn gémit intérieurement. Et voilà ! Lui qui avait tellement cru qu'on le bombarderait Maître immédiatement ! Dans ce cas, la Guilde aurait payé ses six premiers mois de loyer et l'aurait courtoisement dispensé de la redevance pendant la même période. Et voilà qu'il se trouvait échoué à Thendara sans un sou en poche, et sans le moindre espace pour travailler, ni même pour se coucher, d'ailleurs.

D'une seule haleine, il expliqua tout cela à Maître Therrold, avouant qu'il avait projeté d'ouvrir une boutique, se figurant que son travail était d'assez grande qualité pour qu'on l'élève du premier coup au rang de Maître.

Le Maître lui rendit ses portraits en fronçant les sourcils.

— C'est Frère Randolf qui t'avait suggéré ce plan ?

Eryn secoua la tête.

— Non. Il voulait que je reste au monastère pour peindre des vies de saints. Mais je ne me sentais pas la vocation pour ça. Je voulais venir dans la cité, alors il m'a envoyé à vous.

Maître Therrold soupira.

— Je suis désolé, mon fils, mais je ne peux pas faire grand-chose pour toi. Tu peux rester ici temporairement. Je peux différer d'une décade le paiement de ta redevance, mais si tu veux peindre professionnellement, tu devras la payer. Tu peux commencer par être peintre de rue.

Devant l'air déconfit d'Eryn, il le rassura.

— Ce n'est pas un si mauvais début. Certains des plus grands artistes ont commencé comme ça, tu sais. Tu peux dresser ton chevalet au marché, faire de rapides croquis... tu seras surpris de ce qu'on peut gagner en une bonne journée. Fais des économies, et tu pourras louer une boutique en un rien de temps si tu as du talent.

Eryn ramassa son balluchon.

— Je sais, mon fils, ce n'est pas ce que tu espérais. As-tu des parents qui pourraient de prêter un peu d'argent ? Tu t'appelles Serrais...

— Je suis un *nedesto* du Seigneur Alexis, mais il m'a déjà donné de l'argent pour mon éducation à Nevarsin et pour ce voyage. Il a dit que je méritais qu'il me donne ma chance, mais qu'il ne me donnerait pas l'argent pour une boutique. Il a dit que je devais maintenant me débrouiller tout seul.

— Et il a eu raison, acquiesça Maître Therrold. Tu réussiras facilement si tu fais du bon travail.

— Oh, je fais du bon travail. C'est juste que je gagnerais mieux sa vie si j'avais une boutique. Les nobles n'engageront jamais un *peintre de rue* pour faire leur portrait.

— Non, c'est vrai, mais tu auras une clientèle plus intéressante au marché qu'au château. Tu ne le regretteras pas.

Eryn le regrettait déjà. Mais il ne pouvait que faire contre mauvaise fortune bon cœur. Il rassembla ses œuvres et les remit dans son sac. Puis il s'inclina devant Maître Therrold, le remerciant de sa bonté et de sa générosité. Paroles qui lui laissèrent un goût un peu amer dans la bouche.

Les deux décades suivantes passèrent rapidement pour Eryn. Tous les matins, il quittait de bonne heure la Maison de la Guilde pour se rendre au marché. Il lui fallut quelques jours pour déterminer le meilleur emplacement, bien éclairé, près d'un mur pour exposer son travail. Il emprunta deux tabourets à la Guilde, et il dessinait sur une planche posée sur ses genoux. Ce n'était pas aussi recherché et élégant qu'il l'aurait voulu, mais ça faisait l'affaire.

Il commença par dessiner au fusain, puis, quand il eut assez d'argent, il acheta quelques pigments à l'apothicaire. Il se fit de l'encre, et commença à dessiner à la plume, ce qui lui permit d'obtenir des détails plus fins.

Il ne manquait jamais de clients. La nouvelle de son installation s'était répandue sur tout le marché. Il fixait ses tarifs assez bas pour que les plus modestes puissent se faire peindre. Mieux valait fixer les prix plus bas et travailler beaucoup que de conclure peu de marchés à des tarifs excessifs, raisonnait-il. Plus nombreux seraient ses clients, plus vite s'étendrait sa notoriété.

Et elle s'étendit. Tellement même que ses portraits

devinrent un sujet de conversation à la Maison de la Guilde. C'était un mystère. Les gens affluaient autour de son échoppe rudimentaire, faisant la queue par tous les temps pour se faire peindre par le jeune artiste inconnu. D'autres peintres commencèrent à se plaindre, et certains firent allusion à des pratiques déloyales. Cela finit par parvenir aux oreilles de Maître Therrold, qui envoya deux de ses meilleurs portraitistes au marché pour observer le phénomène. Ils revinrent tard dans l'après-midi, complètement perplexes.

— Je n'y comprends rien. Il peint assez bien, mais ses portraits n'ont rien d'exceptionnel ! Pourtant, tous ses clients sont absolument enchantés de leur achat.

L'autre acquiesça de la tête.

— Son travail est bon, mais pas extraordinaire. Et c'est étrange, parce qu'au début, il attrape très bien la ressemblance du modèle. Tout le monde peut le voir. Puis il continue à peindre, faisant des retouches imperceptibles ici et là. Et je veux bien être pendu, mais à la fin, quand le client voit le portrait, il en est enchanté — alors que la ressemblance n'est pas aussi bonne qu'avant !

Maître Therrold réfléchit, pensif.

— Envoyez-le chercher. Je le verrai ce soir.

Eryn se retrouva devant le Maître, plein d'une joyeuse perplexité. Peut-être allait-on enfin reconnaître son talent et lui accorder le grade qu'il méritait.

Maître Therrold commença en souriant :

— Compagnon, j'entends dire des merveilles de ton travail. Il paraît que tu es un peintre très demandé.

— Oui, Maître. Vous aviez raison au sujet du marché. Vers le milieu de l'été, j'aurai peut-être assez pour ouvrir une boutique. Tout marche bien mieux que je ne l'espérais.

— C'est ce qu'on m'a dit. Il paraît que tes clients sont très contents de ton travail. Est-ce exact ?

Eryn hocha joyeusement la tête.

— On me dit que tes portraits sont, disons, intéressants, poursuivit Maître Therrold. En fait, ils plaisent même si la ressemblance n'est pas toujours parfaite. Tu n'as jamais un client mécontent. Comment expliques-tu cela ?

Eryn répliqua, perplexe :

— Je ne suis pas sûr de comprendre ce que vous voulez dire, Maître. Je crois que mes portraits sont très ressemblants. C'est aussi l'avis de mes clients. Tous le disent.

— Ce sont seulement tes modèles qui le disent, ou aussi les passants ?

— Je ne vous suis pas, Maître.

— Eryn, on me dit que tes clients sont *toujours* satisfaits, mais que la ressemblance n'est pas toujours parfaite. C'est très étrange, tu ne trouves pas ? Mon fils, je vais te poser une question, et si tu y réponds franchement, je ne te punirai pas pourvu que tu promettes de ne pas recommencer. Te sers-tu du *laran* pour faire aimer leur portrait à tes clients ?

— Maître ! Je ne ferais jamais une chose pareille ! Ce serait violer mon serment !

— Tu as donc le *laran*... as-tu été formé dans une Tour ? Et si oui, laquelle ?

— Neskaya, Maître.

— Et tu jures que tu ne t'es jamais servi de ton *laran* pour faire aimer ton travail à tes clients ? Ou pour les influencer d'une façon ou d'une autre ?

— Non, Maître, jamais. C'est illégal. Je ne ferais jamais une chose pareille !

Maître Therrold se renversa dans son fauteuil, pensif. Le jeune homme semblait dire la vérité. C'était une étrange situation. S'il mentait, ce n'aurait pas été la première fois qu'une telle supercherie aurait été commise. Des marchands et des artisans sans scrupules, doués d'un peu de *laran*, se servaient parfois de leur don psychique pour faire croire à des clients sans méfiance qu'ils en avaient plus que pour leur argent. L'un des buts du système des Guildes était d'éliminer de tels abus. Bien sûr, Eryn disait peut-être la vérité, de son point de vue. Il était possible qu'il se servît de son don inconsciemment. Il faudrait approfondir l'enquête.

— Eryn, j'aimerais que tu fasses mon portrait, comme si j'étais un client ordinaire. D'accord ?

— Certainement, Maître. Mais si vous pensez que je me sers de mon *laran* pour tromper mes clients, vous faites erreur...

Therrold l'interrompit d'un geste désinvolte.

— Oh, je ne crois pas que tu le fasses intentionnellement. Mais je me demande si tu ne le fais pas inconsciemment.

A contrecœur, Eryn sortit son matériel et, à la lumière des chandelles, commença le portrait de Maître Therrold. Il dessina d'abord les contours à grands traits, puis, à la plume, il ajouta les détails. Silence total, rompu seulement par le grattement de la plume sur le papier, et, de temps en temps, le crépitement d'une bûche.

De temps à autre, Therrold prenait le tableau et l'examinait. Rien d'inhabituel, rien de spectaculaire.

Éryn commença à peindre, d'un pinceau précis et assuré, représentant parfaitement le visage du Maître.

Arrivé à un certain stade, Maître Therrold le pria de s'arrêter, prit le tableau et le considéra.

— Là — tu vois ? La ressemblance est parfaite. Splendide ! On a fait bien des fois mon portrait... mais celui-ci est digne d'un maître.

— Mais il n'est pas fini ! s'exclama Eryn. J'ai encore beaucoup à faire pour le terminer !

— Pas fini ? Sottises ! Il ne pourrait pas être plus réussi !

— Quand même... laissez-moi y travailler encore un peu.

Therrold lui rendit le portrait et se renfonça dans son fauteuil, s'efforçant de rester impassible. C'était donc vrai, exactement comme ses enquêteurs le lui avaient rapporté. Eh bien, il était prêt. Tandis qu'Eryn continuait à peindre, Therrold tendit vers lui tous ses sens, s'efforçant de capter un contact psychique venant du jeune artiste.

Sans succès.

Ils restèrent ainsi plusieurs minutes — le peintre concentré sur son travail, le modèle concentré sur le peintre. Finalement, Eryn posa sa brosse et sourit. Therrold se prépara au contact psychique, mais il n'en sentit aucun quand Eryn lui présenta son œuvre.

Therrold regarda le portrait, et soudain, il éclata de rire.

— Mais bien sûr ! Ça se voit comme le nez au milieu de la figure ! Tu t'es effectivement servi de ton *laran* !

La mâchoire d'Eryn s'affaissa.

— Non, je ne m'en suis pas servi !

Therrold lui expliqua en souriant :

— Tu t'en es servi ! Mais pas pour m'influencer... pour t'influencer toi-même ! Le portrait était très ressemblant il y a quelques minutes, avant que tu le reprennes. Là, tu vois ? Tu as fait mes cheveux plus épais, et tu as rajeuni mon visage. Tu as peint mon portrait, *non tel que je suis, mais tel que je me vois* ! C'est pourquoi tous tes clients sont satisfaits de ton travail... tu les représentes tels qu'ils *s'imaginent* être !

Eryn resta frappé de stupeur. Toutes ses visions de gloire et de fortune fondaient comme neige au soleil.

— C'est mal de faire ça, Maître ?

— Mal ? Il n'y a aucun mal à ça, dit Therrold en riant. Mon fils, tu vas faire fortune !

Eryn s'éclaira.

— Cela veut-il dire que vous allez me faire Maître maintenant ?

Therrold se renversa dans son fauteuil, croisant les mains devant lui.

— Quant à ça, répondit-il, c'est une autre histoire...

On n'a jamais connu le Don originel des Aillard. Ce qui est troublant, c'est que cette famille transmet son héritage par les femmes. On murmure qu'il y aurait quelque part un réseau secret, parallèle à celui des Tours, encourageant le développement de capacités qui ne sont pas encore pleinement acceptées. Certains vont jusqu'à dire qu'il y a plus de choses sur Ténébreuse que n'en peut comprendre notre entendement. Comprenez bien : il y a des secrets qu'il ne faut pas surprendre.

III
NOTRE PETIT LAPIN

de Mary K. FREY

Le crépuscule approchait quand Kelan Darriell fit tourner bride à son chervine et le dirigea vers le refuge pour voyageurs. Après trois nuits passées à la belle étoile, il aspirait à un vrai lit. Plus important encore, il n'était plus qu'à deux jours de Nevarsin. Lit ou pas lit, il dormirait bien mieux quand les papiers qu'il portait seraient en sûreté dans les murs du monastère, où aucune femme ne pénétrait jamais.

Personne ne l'avait menacé, mais il n'était pas arrivé à se débarrasser, ces derniers mois, de la petite voix intérieure qui ne cessait de lui chuchoter : *Domna* Ysabet devait considérer comme un danger les renseignements qu'il détenait. Jusqu'où serait-elle prête à aller pour préserver son secret ? Il ne pensait pas qu'elle lui dépêcherait les guerrières des Aillard, même si elle les trouvait parfaites pour cette tâche, car la nouvelle de leur présence dans les montagnes se répandrait trop rapidement. Toutefois, il existait des hommes prêts à prendre son argent sans poser trop de questions sur la tâche à accomplir.

Le refuge était petit et rudimentaire, comme tous ceux qu'il avait rencontrés au cours de son long périple.

Il aurait été trop dangereux d'emprunter la grande route du nord, où d'autres voyageurs lui auraient demandé qui il était, ce qu'il faisait et pourquoi. Quelqu'un aurait pu le reconnaître malgré sa pauvre monture, ses vêtements de paysan et le thé dont il avait rincé ses cheveux pour atténuer leurs reflets roux.

Kelan conduisit le chervine dans la partie du refuge réservée aux animaux et le déchargea de sa selle. Il lui donna à manger et à boire, puis emporta ses fontes dans le refuge proprement dit, où il alluma un petit feu pour se réchauffer. Ensuite, prenant une hache, il sortit couper du bois mort pour l'alimenter. Tant que le temps restait au beau, il valait mieux ne pas toucher à la provision de bûches que les gardes montagnards avaient stockée dans l'abri. Si la nuit n'avait pas été aussi proche, il aurait posé un collet. Un oiseau ou un lapin l'aurait agréablement changé de son triste ordinaire de porridge aux noix et aux fruits secs.

Il regrettait de ne pouvoir aller trouver directement *Domna* Ysabet pour lui dire qu'il ne désirait pas lui nuire. L'année précédente, au conseil du Solstice d'Eté, bien avant qu'il eut commencé à comprendre toute l'histoire, il s'était rendu aux appartements des Aillard dans l'espoir d'obtenir une audience — quel imbécile de se dévoiler à elle ! Et bien qu'il n'ait révélé aucun de ses soupçons à la jeune femme chargée de l'éconduire, elle devait avoir réalisé à quel point il était proche de la vérité. Après quoi il avait commencé à craindre pour sa vie.

Jusqu'où pouvait-il pousser les précautions ? Il avait menti à sa famille sur les raisons de ce voyage à Nevarsin, espérant que leur ignorance protégerait son frère et ses neveux. Il avait évité ses amis, répugnant à leur laisser voir à quel point il avait dépassé le but du pari qu'ils avaient conclu ce fameux soir à la taverne.

Les bras pleins de bois mort, Kelan poussa de l'épaule la porte du refuge et rentra. Un instant, il ne put déterminer ce qu'il y avait d'anormal dans la pièce, puis il réalisa que des bougies étaient allumées, et il sentit une odeur de lapin.

Un ou plusieurs voyageurs étaient-ils arrivés pendant son absence ? Il n'avait pas pensé à regarder à l'écurie en passant, pour voir si d'autres animaux s'y trouvaient. Se retournant, il vit le dos d'une femme qui remuait la marmite pendue au-dessus du feu.

— Je crois que tu trouveras ce repas plus savoureux que celui que tu envisageais, seigneur, dit-elle sans le regarder.

— Je me mets à ton service, *domna*, mais ton mari est sans doute à l'écurie à s'occuper de vos montures.

Elle n'avait pas une voix de paysanne, et ce qu'il voyait de sa robe richement brodée annonçait une femme dotée de nombreuses servantes qui lui laissaient le loisir de broder. Or, le refuge était minuscule, sans rideau à tirer en travers, et il se demandait comment ce noble couple pourrait trouver ici assez d'intimité, à moins qu'il n'aille lui-même coucher à l'écurie.

Elle se retourna, et il eut la chair de poule en reconnaissant la jeune rousse que *Domna* Ysabet avait chargée de l'éconduire à Thendara.

— Je n'ai ni mari ni monture, *Dom* Kelan, dit-elle. Pas même un garde ou une servante, cette fois. Nous sommes seuls.

Kelan la fixa, médusé.

— Pose donc ton bois et viens près du feu où nous pourrons parler tranquillement.

Il referma la porte d'un coup de pied, alla poser son bois dans le bûcher, et attendit ce qu'elle allait faire.

— Je ne vais rien faire du tout, dit-elle en souriant. N'aie pas peur de parler. A moins que tu ne penses au lapin qui ne se noie pas dans la tempête tant qu'il n'ouvre pas la bouche ?

Il s'éclaircit la gorge.

— Je suis curieux. Comment se fait-il que tu sois ici ?

Si *Domna* Ysabet voulait le prendre au dépourvu,

pourquoi lui envoyer Liane Delleray, l'unique personne qu'il pouvait reconnaître ?

— Ce n'est peut-être pas le proverbe le plus approprié à la situation présente, poursuivit Liane, surveillant son ragoût, vu qu'il y a déjà un petit lapin qui s'est retrouvé dans la marmite, même s'il n'a pas ouvert la bouche.

Kelan sentait la sueur perler à son front. Miséricordieuse Avarra, protège-moi... Il faillit éclater de rire en réalisant qu'il avait machinalement commencé la prière.

— T'a-t-elle envoyée parce que tu es jeune et vigoureuse ?

Elle n'était pas vêtue en guerrière ; elle ne semblait pas armée, pas même d'un couteau de cuisine ; et il la dépassait d'une demi-tête.

— Je te garantis que tu ne cours aucun danger physique.

Il s'efforça de relever ses écrans mentaux. Mais cela avait-il une importance quelconque ?

— Viens donc t'asseoir. Veux-tu un verre de vin avant le dîner, pour calmer ton estomac ?

Elle se baissa et tira une bouteille et deux gobelets du sac de cuir posé à ses pieds.

— Tu peux servir si tu veux ; comme ça, tu sauras que je n'ai glissé ni drogue ni poison dans ton verre.

Il prit la bouteille, les mains si tremblantes qu'il eut du mal à la déboucher. Elle parut ne pas remarquer son agitation, et lui tendit simplement les gobelets à remplir.

— Nous allons d'abord porter un toast, dit-elle, quand il eut reposé la bouteille et qu'elle lui eut donné son verre. Mais en l'honneur de qui ? Que penses-tu de la Vérité ? Elle peut être une dure maîtresse, et rares sont ceux qui ont le courage de lui rester fidèles.

— A la Vérité, acquiesça-t-il, goûtant son vin.

Il reconnut le célèbre vin de pommes des vergers de Valeron.

— Le ragoût sera bientôt prêt, remarqua-t-elle. Si tu ne peux pas attendre, il y a du pain et du fromage —

pourtant, j'espère que tu garderas un peu de place pour le plat de résistance.

Kelan s'absorba dans la contemplation des feuilles et des fleurs gravées sur son gobelet. Il devait rester attentif aux tours qu'elle pourrait lui jouer.

— Et ce plat, j'imagine, a très peu à voir avec le ragoût. On ne t'a pas envoyée uniquement pour partager un repas et une soirée avec un voyageur solitaire.

Elle le regarda par-dessus le bord de son verre.

— Considérant ce que le lapin a sacrifié pour nous, il serait malséant de ne pas l'entourer d'égards.

Pensait-elle qu'il serait moins prudent quand il aurait l'estomac plein de ragoût et de vin ?

— Je sais qui tu es, et *ce que* tu es, *domna*. Ne tournons pas autour du pot ; évoquons la cause de ta présence. J'en sais plus que je ne devrais, selon Dame Aillard, et elle a peur de ce que je peux faire de mes connaissances.

— Nous n'avons pas peur, *Dom* Kelan. Même si tu dis au roi Hastur tout ce que tu crois être vrai, même s'il envoie ses armées pour détruire les chefs d'Aillard et qu'il en vienne à bout, il se trouvera toujours des femmes pour suivre la voie de la Déesse.

— Mais Hastur ferait certainement courir un certain danger à vos vies, sinon à vos croyances.

— Cassilda a bien des filles, seigneur. Nous sommes une sororité qui s'étend bien au-delà d'une seule famille. Les menaces et les rodomontades des rois Hastur n'y changeront rien.

Elle posa son gobelet sur une petite table près de la cheminée.

— Ne vaudrait-il pas mieux nous asseoir pour poursuivre cette conversation confortablement ?

— Comme tu voudras, *domna*.

Il hocha la tête et, feignant de concentrer toute son attention sur l'ajustage de ses culottes, il s'assit sur le banc devant le feu. Si la Dame d'Aillard n'avait pas peur, que faisait là Liane Delleray ? Il n'arrivait pas à se débarrasser de l'impression qu'elle allait lui faire quelque chose, mais si cet acte n'était pas inspiré par la peur... Exactement comme à Thendara, lorsqu'il lui avait parlé, il était déconcerté qu'une femme contrôlât la situation mieux que lui.

Liane tourna une chaise de bois face au feu, mais au lieu de s'asseoir immédiatement, elle s'approcha du foyer et remua son ragoût.

— Je crois que tu ne comprends pas à quel point les faits et gestes de Lorenz-Rafael Hastur et de ses pareils nous indiffèrent.

— Tant qu'il laisse faire à leur guise les familles vivant au sud de Valeron...

Elle s'assit enfin en soupirant, et but une autre gorgée de vin.

— En tant qu'homme, tu n'as aucune raison de comprendre notre façon de vivre, mais je croyais qu'à la lumière de tes recherches et des informations que tu prétends posséder, tu aurais commencé à l'entrevoir. Tu n'es pas stupide ; sinon, tu ne serais pas allé aussi loin en t'appuyant uniquement sur quelques racontars.

Kelan sourit.

— Au moins, tu ne parles plus d'histoires farfelues et de contes bizarres issus de l'esprit d'un fou, comme à Thendara.

— Nous avons porté un toast à la Vérité il y a quelques minutes, *Dom* Kelan. Ne penses-tu pas qu'il est temps de mettre un terme aux joutes verbales et de nous dire mutuellement la simple vérité ?

— Je n'ai jamais prétendu dire ou chercher autre chose, dit-il en hochant la tête.

— A Thendara, tu m'as dit certaines choses que tu crois être vraies, mais tu n'as rien dit des conclusions que tu en as tirées.

— Des conclusions ?

— Des conclusions, répéta-t-elle, fouillant dans son sac de cuir et en tirant le pain et le fromage mentionnés plus tôt. Tu as dû réfléchir à ce que signifie l'existence des héritières de Cassilda et du Don de Cassilda.

Il la regarda se retourner pour couper le pain sur la table.

— En effet, j'y ai réfléchi, acquiesça-t-il, prenant la tartine de fromage qu'elle lui tendait. Merci. Je me crois assez raisonnable pour penser que le Don de Cassilda a d'autres usages que celui auquel pensent tant de jeunes gens.

C'est à cause de ce Don « légendaire » qu'il s'était engagé, trois ans plus tôt, sur la voie qui l'avait finalement amené ici. Tout le monde connaissait l'histoire d'Hastur, le dieu qui était devenu un homme par amour pour Cassilda. Quand un jeune garçon allait dans une Tour pour apprendre à contrôler son *laran*, il se trouvait toujours, tôt ou tard, un garçon un peu plus grand pour lui confier le secret : il y avait toujours, quelque part, une descendante de Cassilda qui avait le Don de transformer un *emmasca* en un homme viril, ou, poursuivait-il sur un ton de conspirateur, d'inspirer un désir fou à un homme normal.

C'était assez ridicule, mais ce fameux soir à la taverne, après quelques verres de trop, certains d'entre eux s'étaient mis à discuter pour savoir s'il y avait quelque vérité dans ce conte. Kelan s'était vanté d'éclaircir le mystère ; depuis lors, il l'avait souvent regretté, car ce qu'il avait découvert dépassait de très loin les élucubrations des jeunes gens.

La bouche de Liane frémit.

— Tu ne crois pas que je pourrais t'inspirer ce désir si j'en avais envie ?

— Je suis certain que tu pourrais, acquiesça-t-il, les yeux baissés sur son vin, pour éviter de rencontrer son regard, même sans le vouloir.

Serait-il donc si condamnable de se retrouver au lit avec cette femme belle et intelligente ? Soudain, l'idée lui parut beaucoup plus séduisante que... Non, il devait se concentrer sur les conclusions qu'elle demandait.

— Le roi Hastur revendique le droit de régner sur ce monde parce qu'il descend du Seigneur de la Lumière, par l'intermédiaire de Son Fils qui rencontra Cassilda sur les rives du Lac de Hali et eut d'elle un fils.

— Et ces mêmes fils d'Hastur, dans leur zèle à gouverner les autres, ont choisi de supprimer tout souvenir de la fille de Cassilda. Quel imbécile pense encore qu'il est nécessaire de prendre un *mari* pour avoir un enfant ?

— Et pourtant, les femmes d'Aillard, qui se donnent secrètement le titre d'Héritières de Cassilda, n'ont rien fait pour empêcher les Hastur de répandre leur version des événements. En fait, le secret vient davantage de vous que des Hastur, objecta-t-il.

Il vida son gobelet d'un trait.

— Pourquoi, si votre Don n'est pas moins puissant que celui de la famille royale ? Un homme possédant le Don d'Hastur est sans doute le canal d'Aldones, mais une femme possédant le Don de Cassilda est le canal de la Déesse, non ?

Enfin, il l'avait dit. Pas seulement pensé, ou testé toute autre conclusion, pour trouver à la fin que c'était la seule possibilité concordant avec les faits qu'il avait découverts. Il l'avait dit.

Elle ne répondit pas, mais se pencha pour surveiller son ragoût.

— Je crois que le dîner est prêt, *Dom* Kelan. Il y a des bols et des cuillères dans le placard au-dessus du bûcher. Voudrais-tu les mettre sur la table ?

— Je t'ai posé une question, et tu n'y as pas répondu, dit-il, se levant pour s'approcher du placard.

— Oui, je crois que notre petit lapin a cuit assez longtemps, remarqua Liane, sortant sa louche de la marmite et humant la sauce. Pour ma part, il me tarde de déguster ce repas.

S'il avait été dans l'erreur, décida Kelan, elle le lui aurait dit.

— Etant donné que le pouvoir existe de s'opposer au règne des Hastur, dit-il, tandis qu'elle remplissait les bols et les posait sur la table, je me demande pourquoi la Dame d'Aillard ne s'en sert pas. Pourquoi ce secret sur ses pouvoirs, alors que ce n'est un secret pour personne qu'au conseil du Solstice d'Eté, Aillard est rarement d'accord avec la volonté d'Hastur ? Ou serait-ce que vous devez admettre que le Dieu est plus puissant que la Déesse, et que la vocation d'un homme est de commander, et celle de la femme d'obéir ?

— Voilà bien qui est parler en fils d'Hastur ! soupira-t-elle.

Elle retourna sa chaise, et s'assit à la table face à lui.

— Tu crois que le seul combat possible tourne autour de la force physique, de la capacité de contrôler la vie des autres ? Il y a un combat, bien sûr, mais il n'est pas ce qu'un homme imagine.

— Vas-tu m'expliquer en quoi il consiste, ou veut-on que je passe encore des années à trouver moi-même les réponses qui me manquent ?

— Mange, fils d'Hastur.

Il prit sa cuillère de bois et considéra le ragoût. Il en avait mangé de semblables toute sa vie, mais soudain, il se sentit mal à l'aise de manger ce qui avait été une créature vivante. Quelques heures plus tôt, l'animal vivait sa petite vie de lapin, bienheureusment inconscient de ce que lui réservait l'avenir. Il plongea sa cuillère dans le bol avec circonspection, n'en ramenant que quelques morceaux de légumes et un peu de sauce.

— Nous ne combattons pas le pouvoir des Hastur parce que tel n'est pas notre but, expliqua Liane. Ce que nous devons faire pour ce monde peut s'accomplir sans combat et sans mort d'homme. Ce sont les fils d'Hastur qui croient devoir limiter l'usage du *laran* à quelques rares élus, à ceux qui peuvent se réclamer d'une parenté avec les fils du fils d'Hastur. Et ils tueraient quiconque tenterait de les contredire, et feraient la guerre pour imposer la seule façon de voir qu'ils trouvent correcte, la *leur*.

— Quelle est la vôtre ? demanda Kelan.

Elle regarda Kelan, qui tentait toujours d'éviter de ramener des morceaux de viande dans sa cuillère.

— Tes scrupules ne sauveront pas notre petit lapin. Son destin est déjà scellé. Tu ferais aussi bien de manger sa chair.

Il leva les yeux sur elle. A la lueur de la chandelle posée entre eux sur la table, son visage avait pris un éclat doré. Il remarqua un poudroiement de taches de rousseur à la racine du nez, et une minuscule ligne blanche longeant l'arcade sourcillière gauche, et qui pouvait être une cicatrice. Il y avait danger, il le savait, à laisser ces petites imperfections physiques lui inspirer une fausse sécurité, lui faisant oublier la vraie nature de son interlocutrice.

— Quelle est la vôtre ? répéta-t-il.

— La nôtre, c'est de persévérer, répondit-elle. Notre mission n'est pas de nous opposer aux choix que font les fils d'Hastur, mais de continuer à offrir un autre choix à ceux qui ne peuvent pas ou ne veulent pas se soumettre à leur tyrannie. Pour toi, ce n'est pas de la tyrannie, bien sûr ; tu jouis des privilèges du système par droit de naissance.

— Ma famille n'est pas riche. La vie dans les montagnes est plus dure que chez toi. J'ai souvent passé l'été à travailler auprès des fermiers et des villageois pour assurer les récoltes ; ni ma mère ni mes sœurs ne portent les soies élégantes et les parfums coûteux de la cour de Hali.

Liane écarta ces faits d'un geste désinvolte.

— Toi et les hommes de ta famille, vous avez juré allégeance au roi Hastur, et il vous a accordé le bénéfice de ses Tours. Selon toi, où aurais-tu appris à contrôler ton *laran* si Hali ne te comptait au nombre des fils d'Hastur ? Quelle Tour t'aurait accepté si le sang d'Hastur ne coulait pas dans tes veines ?

— Je ne sais pas, avoua-t-il.

Liane avait posé la main sur la table, à quelques pouces de la sienne, et il dut faire un effort pour ne pas la toucher.

— Les filles de Cassilda t'auraient trouvé, et

auraient veillé à ce que tu apprennes à contrôler ton *laran*, afin que tu ne sois pas un danger pour toi-même et pour les autres.

— Bien que je sois un homme ?

— La Déesse aime *tous* Ses enfants, *Dom* Kelan, qu'ils choisissent ou non de suivre Sa voie. Peux-tu en dire autant de ton Seigneur de la Lumière ?

— Votre intervention ne peut pas être aussi fréquente que tu le prétends, ou elle ne serait plus un secret, objecta Kelan.

— Actuellement, rares sont ceux qui en savent autant que toi, acquiesça-t-elle. Ce secret qui te paraît si menaçant n'est rien de plus qu'une précaution pour assurer la perpétuation de notre système. Si nous devions entrer en conflit ouvert avec les objectifs des Hastur...

— Tu admets donc que le roi est plus puissant que vous, et qu'en cas de guerre, il gagnerait ?

— N'as-tu donc rien compris à ce que je t'ai dit ? Nous ne *désirons* pas affronter les fils d'Hastur. Ce n'est pas le motif de notre existence. Nous voulons continuer à proposer un autre choix. Eventuellement, quand le gouvernement des Hastur deviendra trop oppressif et commencera à se désintégrer, les filles de Cassilda seront toujours là pour ceux qui recherchent ce que leur offre la Déesse.

Kelan porta enfin un morceau de lapin à sa bouche, et le mastiqua lentement tout en réfléchissant aux implications de l'existence d'un réseau semblable à celui des Tours, mais indépendant d'elles. Qui en avait la responsabilité, sinon la Dame d'Aillard ?

— Aillard a un siège au Conseil du roi. Est-ce pour garder l'œil sur ce qu'il fait ? demanda-t-il.

— Aillard a toujours eu sa place parmi les descendants d'Hastur. Nous ne voyons aucune raison de changer cela, puisque ça nous permet de jouer un rôle dans les Tours, où nous pouvons encourager le développement de capacités qui ne sont pas encore pleinement acceptées. Nous utilisons tous les moyens disponibles pour que toute personne, mâle ou femelle, descendante d'Hastur ou non, ait la possibilité d'exploiter pleinement son potentiel.

— J'ai entendu une discussion au conseil, tendant à décider si la fin justifie toujours les moyens. Ne penses-tu pas qu'il est peut-être immoral pour la Dame d'Aillard de garder secrète la véritable nature de son Don ?

— Le roi Hastur et ses pareils ne voient que ce qu'ils veulent voir, et ne savent que ce qu'ils veulent savoir. Les fils d'Hastur se plaisent à penser que le Don de Cassilda n'a d'autre usage que de permettre à un *emmasca* d'acquérir la virilité qu'ils prisent tant. S'ils refusent d'admettre la valeur de la féminité en dehors de la reproduction et de certaines formes de satisfaction sexuelle, ce n'est pas à *moi* de les éclairer.

— Ni à moi, assura-t-il. Tu dis que vous n'avez aucun désir de contester le gouvernement du roi Hastur, que vous désirez seulement suivre en paix la voie que vous avez choisie. De mon côté, je désire simplement qu'on me laisse en paix dans mes efforts pour retrouver et conserver la vérité. Je ne représente pas une menace pour Dame Aillard.

— Es-tu perturbé par la pensée de ce que, d'après toi, elle aurait le pouvoir de te faire si elle le voulait ? demanda Liane en terminant son ragoût.

Oui, par les enfers de Zandru, pensa Kelan. Il se rappela le jour où, dans une ferme montagnarde isolée, une femme en couche, uniquement assistée d'une fillette, hurlait de douleur en implorant la miséricorde d'Avarra. Il s'était demandé alors pourquoi elle n'avait pas fait appel à ses propres ressources intérieures pour surmonter cette épreuve. Maintenant, il comprenait cette impression d'impuissance qu'on éprouve lorsqu'on est sous l'emprise d'une force plus invincible.

Il posa sa cuillère et repoussa son bol.

— Moi aussi, j'ai terminé mon dîner.

— Terminé, ou seulement assouvi ta faim ?

Elle sourit et se leva pour desservir la table.

— Le petit lapin a joué son rôle au mieux de ses capacités. L'abandonnerons-nous pour passer au dessert ?

— En quoi consistera-t-il ?

— Oh, je suis certaine d'avoir quelque chose à ton goût, répondit Liane, avec un regard si effronté que, si elle n'avait pas été une Aillard, il aurait pensé qu'elle lui faisait des avances.

Liane s'activa un moment, retirant la marmite du feu du bout du tisonnier, tisonnant les braises et y ajoutant quelques bûches. Kelan ne lui proposa pas de l'aider, mais se renversa sur sa chaise et l'observa. Si elle avait été une montagnarde, il aurait mis ce temps à profit pour admirer les formes que révélaient ses mouvements, pour chercher les paroles les plus aptes à lui faire accepter ses projets pour la fin de la soirée, et à se mettre en appétit en imaginant le parfum, le goût et la texture de sa peau nue.

Mais c'est une Aillard, se dit-il. Elle était là pour l'empêcher de divulguer ce qu'il savait sur le Don. Il s'efforça de repasser mentalement tout ce qu'elle avait dit, espérant trouver un indice de ce qui allait suivre, et un moyen de protéger ses informations et lui-même. Elle s'était déclarée opposée à tout assassinat, mais elle lui avait aussi demandé s'il redoutait ce que *Domna* Ysabet pourrait lui faire si elle le voulait. Il en conclut que le meilleur moyen de s'en sortir était de ne pas lui montrer qu'il avait peur du Don de Cassilda.

— Tu pourrais te rendre utile, dit-elle, quand elle comprit qu'il ne ferait pas un geste pour l'aider. Tu devrais trouver un petit gâteau et un pot de sirop de fruits dans le sac de cuir à tes pieds.

Il se pencha, rabattit la patte et fouilla à l'intérieur. Ses doigts sentirent des papiers liés par un cordon de cuir. Il tira le paquet, juste assez pour vérifier. Oui, elle avait déjà dévalisé son sac et volé le résultat de ses recherches. Sale petite voleuse... Mais cela tournerait peut-être à son avantage si elle ne soupçonnait pas qu'il avait remarqué ce larcin. Il renfonça les papiers dans le sac et en sortit un pot de sirop scellé à la cire et un gâteau enveloppé dans un linge humide.

— Je savais que Maura n'aurait pas oublié le sirop d'airelles. Elle me gâte depuis mon enfance ; elle et les autres servantes avaient pitié de moi parce que ma mère était morte.

Kelan essaya d'imaginer cette femme, qui se comportait avec plus d'assurance qu'aucune femme de sa famille, sous les traits d'une orpheline réduite à l'affection de sa nourrice et de ses servantes. Avait-elle jamais pleuré en s'endormant, regretté de ne pas être comme les autres fillettes qui avaient une maman, ou rêvé d'un homme qui l'aimerait... *Assez!* se tança-t-il. *Tu la laisses t'emmener où elle veut. Tu dois prendre la situation en main. Ne la laisse pas diriger la conversation ou décider de ce que nous allons faire maintenant.*

— S'il s'agit de ton dessert préféré, mange, je t'en prie. Pour moi, un autre verre de vin suffira.

— Permets-moi de remplir ton gobelet, dit-elle en le lui prenant, et se retournant pour trouver la bouteille. Tu dois être courbattu après ta journée de voyage, et cela t'aidera à te détendre.

Se détendre, c'était justement ce qu'il n'osait pas faire.

— Merci, répondit-il sèchement, reprenant le gobelet qu'elle lui tendait.

La surface du vin frémissait. Ses mains tremblaient-elles ? Etait-elle nerveuse, ou désirait-elle simplement le lui faire croire ?

— Ne veux-tu pas boire le reste ? demanda-t-il, la voyant reposer la bouteille sur la table à portée de sa main.

Il n'avait jamais connu une femme capable de tenir le vin. Peut-être parviendrait-il à lui en faire dire plus qu'elle ne voulait sur ce qu'on lui réservait. Lui aussi avait du vin dans son bagage, si cette bouteille ne suffisait pas.

Liane se renversa sur sa chaise et remplit son gobelet. Etait-ce elle qui voulait le pousser à l'enivrer? Comment distinguer les pensées qui lui appartenaient en propre, et celles qu'elle avait pu introduire dans son esprit?

— Tu sais, remarqua-t-elle, après avoir bu une gorgée de vin, je suis étonnée que tu aies passé tant de temps à Nevarsin, je l'avoue. Tu n'as pas l'air d'un *cristoforo.*

— Et quel air doit avoir un *cristoforo ?*

— Pincé et fatigué, l'air de n'avoir pas eu un repas décent, un bon lit, une femme ou un bon feu depuis trente ou quarante ans. Et tu n'as pas non plus l'air d'un travailleur des Tours. Pourtant, j'ai vérifié tes dires et je sais que tu as passé cinq ans dans le troisième cercle de Neskaya.

Elle a fait une enquête sur moi ?

— Qu'as-tu découvert que tu n'aurais pas aussi bien pu apprendre en me le demandant?

— Rien que je ne me sois pas attendue à trouver. Tu ne te soucies pas de la politique du Conseil — tu occupes ton siège, mais tu n'exprimes jamais une opinion, puis tu t'en vas reprendre tes activités d'avant le Solstice d'Eté. Tu as servi ton temps dans la garde montagnarde. C'est de là que vient ta carrure, je suppose. Dis-moi, quand tu étais soldat, as-tu jamais tué un homme de sang-froid?

Il acquiesça de la tête.

— Mais avant que tu ne m'accuses d'être un meurtrier, je précise que c'était un bandit qui avait expédié plus que sa part de femmes et d'enfants innocents, et que j'agissais en légitime défense.

Liane frissonna.

— Je ne crois pas que je pourrais jamais... infliger une blessure, puis regarder mourir... Je ne chasse même pas au faucon comme la plupart des femmes Aillard.

Elle ne me tuera pas! faillit hurler Kelan, défaillant presque de soulagement. *Même si c'est pour ça qu'elle est venue, elle n'en sera pas capable!* Puis lui vint une pensée plus troublante. Domna *Ysabet ne pouvait pas l'ignorer; pourquoi alors envoyer quelqu'un qui n'ait pas le courage d'accomplir cette besogne?*

— Alors, que fais-tu ici? Si *Domna* Ysabet veut m'empêcher de révéler à quiconque la vérité sur son Don...

— Dame Aillard n'a pas le Don de Cassilda, l'interrompit Liane. Elle n'est que le chef de la famille à qui un roi Hastur a donné un jour le droit de siéger à son Conseil. Si le Don avait été éveillé chez *Domna* Ysabet, ne crois-tu pas que quelque chose en Lorenz-Rafael l'aurait senti?

— Mais les filles de Cassilda...

— Toute femme douée de *laran* est fille de Cassilda, *Dom* Kelan, même les femmes de ta famille qui s'agenouillent devant leurs maris et leurs pères et prétendent n'avoir aucune volonté propre.

Le ton de mépris était patent, et il se dit qu'un mariage avec une de ces femmes Aillard devait être une expérience singulièrement éprouvante.

— Après tout ce que tu as appris jusqu'à présent, il doit sûrement t'être venu à l'idée que les « filles de Cassilda » ne sont pas la même chose que les « héritières de Cassilda »...

— Une fille n'est qu'un enfant, raisonna-t-il. Même un homme peut avoir des filles, bien qu'elles ne puissent pas être ses héritières. Son héritier pourra être le fils de son frère. Qu'un homme ait un héritier implique qu'il y ait un héritage... Le Don de Cassilda est l'héritage, et seules certaines femmes Aillard peuvent y prétendre... en ligne directe et ininterrompue, par les femmes, jusqu'à la fille de Robardin elle-même.

— Jusqu'à la fille de la femme de Robardin, rectifia Liane.

— Si *Domna* Ysabet n'est pas celle qui possède le

Don, alors qui ? demanda Kelan, tentant de ramener la conversation à ce que *lui* désirait savoir.

— Tu sièges au Conseil. Tu as dû remarquer *Domna* Yllane qui prend place à la droite de la Dame d'Aillard.

Kelan s'efforça de visualiser la salle.

— A la gauche de *Domna* Ysabet se trouve sa fille aînée, qui sera un jour Dame d'Aillard.

— Katarina, acquiesça Liane. La sœur de ma mère.

— Et à sa droite... une très vieille femme. Je supposais qu'elle jouissait de cet honneur en raison de son âge avancé. Elle — *Domna* Yllane ? — doit approcher de quatre-vingt-dix ans, être une sœur de la grand-mère ou autre chose.

— Ou autre chose, acquiesça Liane en souriant. Tu as raison, elle est très vieille. Quatre-vingt-quatorze ans aux roses.

Kelan se redressa.

— Alors, c'est *Domna* Yllane qui est intervenue, il y a environ soixante-dix ans, quand Geremy, le fils *emmasca* du Roi Ardran, a dû avoir l'air d'un homme aux yeux du Conseil ? Je savais que *Domna* Serena était la Dame d'Aillard à l'époque, mais aussi qu'elle était enceinte cet été-là, et je n'avais jamais compris comment elle avait pu faire les deux en même temps.

Cette apparente impossibilité était le seul détail qui ne concordait pas avec les informations qu'il avait découvertes sur le Don. Que lui restait-il à faire maintenant, sinon mettre ces informations en lieu sûr ?

— Nous n'avons pas encore fini, Seigneur, lui rappela Liane comme il s'apprêtait à quitter la table. Tu as peut-être obtenu les réponses à tes questions, mais le reste ? Notre repas ne se limite pas à ce petit lapin si savoureux.

— Je ne cherche pas à apprendre *tous* les secrets des filles de Cassilda, *Domna* Liane. J'ai trouvé ce que je cherchais. Cela suffit.

— Non, pas du tout. Tu as d'autres choses à apprendre, que tu le veuilles ou non, et c'est pourquoi je suis là, dit-elle, d'un ton qui lui glaça le sang. Tu les connaîtras avant mon départ. Tel est Son désir.

— Je serai heureux d'obliger *Domna* Yllane, si elle croit vraiment...

Liane secoua la tête.

— Ce n'est pas le souhait de *Domna* Yllane, *Dom* Kelan. C'est le souhait de la Déesse. Ta fougue t'a poussé à enquêter sur ce qui ne te regardait pas, et Son intention est que tu trouves exactement ce que tu cherchais.

Malgré son éducation, il trouva difficile à croire que les dieux puissent avoir des souhaits concernant le comportement des humains. Les dieux *existaient*, c'est tout, parfois bienveillants, mais le plus souvent indifférents aux petits événements de ce monde.

— Comment sais-tu ce que la Déesse veut ou ne veut pas ?

— Et moi qui te prenais pour un homme intelligent, dit-elle avec dédain.

— A moins que *Domna* Yllana ne te l'ait dit avant de t'envoyer ici, ou à moins que...

Kelan frissonna, malgré la chaleur du feu, et il n'eut pas besoin de regarder ses bras pour savoir qu'il avait la chair de poule. Un instant, il eut envie de s'enfuir dans la nuit glacée, mais il abandonna aussitôt cette idée. Il n'existait aucun endroit au monde où il pourrait échapper à Avarra. Sa résolution de ne pas révéler sa peur était totalement dérisoire.

— Tu es la suivante, n'est-ce pas ?

Elle vida le reste de la bouteille dans son gobelet sans le regarder.

— Inutile de feindre la surprise. L'hypocrisie ne te va pas.

— Ce n'est pas de l'hypocrisie ; c'est... mais tu parais beaucoup trop jeune. Quel âge as-tu ? Dix-neuf ou vingt ans ? Et tu n'as pas l'air de... de...

— D'une déesse ? suggéra-t-elle. Moi, au moins, je m'appuie sur quelques indices quand je dis que tu n'as pas l'air d'un *cristoforo* ou d'un travailleur des Tours. D'après toi, à quoi ressemble Avarra ?

Seule lui vint à l'idée la tapisserie qu'il avait vue un jour à Hali dans le Grand Hall, avec la Déesse Noire qui planait sur le monde comme un gigantesque oiseau de proie, les yeux noirs comme une nuit sans lune, avec une coiffure de plumes scintillantes. Vindicative, impitoyable, plus redoutable que Zandru lui-même, car Elle traitait le seigneur et le paysan, le bon et le méchant exactement de la même façon. La femme assise en face de lui était jeune et séduisante ; elle avait l'air presque vulnérable comparée à l'image de cette tapisserie.

Kelan prit une profonde inspiration.

— Est-Elle ici en ce moment, avec toi, partie de toi ?

— Chaque personne a en elle une part de la Déesse. Tu veux savoir si j'agis actuellement en tant que canal de la Déesse, de sorte que tu t'adresses à Elle plutôt qu'à Liane Delleray ? La réponse devrait être...

Liane vida son gobelet, et Kelan réalisa qu'il retenait son souffle, et que même son cœur semblait s'être arrêté.

— ... pas encore. Mais si je ne parviens pas à exécuter ses instructions, ou si tu parviens à me duper, peut-être viendra-t-Elle.

Il se remit à respirer.

— Te duper ? répéta-t-il. Comment pourrais-je seulement espérer... je veux dire, si Elle t'aide, je n'aurai jamais aucun moyen... Elle ferait mieux de faire ce qui doit être fait et qu'on en finisse.

— Es-tu si impatient de la rencontrer en face ? Te crois-tu vraiment assez brave pour une telle rencontre ?

— Oui, mentit-il. Et, à défaut de bravoure, cela vient de la conviction qu'il vaut mieux affronter l'ennemi en face.

Liane éclata de rire.

— Elle n'est pas ton ennemie, *Dom* Kelan. Et moi non plus. Rien n'est plus éloigné de ma pensée.

— Alors, qu'est-ce que tu veux ?

Dans le silence total, il entendait la pluie, ou la grêle crépiter sur le toit. Comment aurait-il passé la nuit sous les arbres ? Il eut quelque mal à se persuader que sa situation actuelle était plus agréable que le froid et la pluie à la belle étoile. Le feu siffla et projeta une petite gerbe d'étincelles hors du foyer.

— Toi.

Elle avait parlé si bas que, d'abord, il ne fut pas certain qu'elle eût prononcé ce mot. *Naturellement, elle est télépathe*, se rappela-t-il, *sinon elle n'aurait pas le Don.*

— Cela t'amuse ?

— Non, dit Kelan, secouant la tête. Je... je pensais à autre chose.

Liane soupira.

— Comme c'est humiliant d'entendre un homme déclarer qu'il pense à autre chose quand on vient juste de lui dire qu'on le veut.

— Tu ne serais pas là si tu ne voulais pas quelque chose de...

— Pas de, ni pour. Je te veux, c'est tout.

Il détourna la tête du feu et vit qu'elle le regardait. Ses yeux gris avaient perdu leur expression calculatrice, et il savait parfaitement ce que signifiait leur douce intensité. Un instant, il faillit se laisser aller à croire qu'elle était sincère.

— Est-ce de cela que t'a chargée la Déesse ? De me séduire ?

Elle secoua la tête.

— Ce que je dis ou fais ne vient pas toujours d'Elle, tu sais. J'ai un esprit et des désirs en propre. Crois-tu que je passe toute ma vie dans Son ombre ? Dans ce cas, je crois que je me serais suicidée depuis longtemps.

Kelan se dit qu'elle tentait d'endormir sa méfiance en éveillant sa sympathie. Cette femme avait moins besoin qu'aucune autre d'en appeler aux instincts masculins pour trouver un homme qui la protégerait des vicissitudes de l'existence. Il se piquait d'une force aux armes au-dessus de la moyenne, mais ses capacités pâlissaient jusqu'à l'insignifiance en regard de ce qu'elle pourrait faire si elle le voulait. Cela signifiait-il que, lorsqu'elle disait qu'elle le voulait, il s'agissait uniquement d'un simple et honnête désir physique ?

— Pourquoi moi ? demanda-t-il.

— Parce que tu éveilles ma curiosité. Tu es intelligent, et beaucoup plus retors que je ne l'aurais été à ta place. Et je *sais*, à la façon dont tu as réagi à ce que tu as appris ce soir, que tu es beaucoup plus brave que je ne le serai jamais. De plus, je ne pense pas être la première à te dire que tu es très beau. Tu as certainement fait l'amour avec bien des femmes qui avaient moins de raisons que moi.

Kelan sourit.

— Il ne serait pas galant de ma part de répondre à cette accusation.

Il déplaça son poids sur sa chaise. Sapristi, réagissait-il à ses compliments, ou à...

— Inutile de te servir de ton Don sur moi, *Domna.*

— Je ne m'en sers pas.

Elle se leva et lui tendit la main.

— Allons-nous passer la nuit à discuter des « pourquoi » et des « comment », ou allons-nous passer à l'étape suivante ?

— Comme tu voudras, dit-il, se levant et prenant la main qu'elle lui tendait.

Il essaya de se forcer à ne pas la regarder, et s'aperçut qu'il ne le pouvait pas.

Elle porta la main de Kelan à ses lèvres, mais continua à le regarder dans les yeux.

— On m'a dit qu'au nord de Valeron, c'est l'homme qui prend généralement l'initiative. Je me demande, Kelan, malgré toutes tes conquêtes que tu es trop galant pour évoquer, si tu as jamais connu une femme qui te fasse l'amour, à toi. Penses-tu trouver cela agréable ?

Elle lui tourna doucement la main, ouvrit ses doigts, et effleura sa paume de ses lèvres.

Il déglutit avec effort et tenta de calmer sa respiration. Quand la pointe de la langue toucha sa peau, il fut tout juste capable d'étouffer à demi un gémissement.

— Est-ce un « oui » ? sourit-elle. Je l'espère, parce que je désire vraiment te faire vivre cette expérience. Et j'espère que tu es assez mâle pour l'apprécier.

— Je... j'en suis sûr, balbutia-t-il.

— Oui, acquiesça-t-elle, je le crois.

Elle se rapprocha et lui prit la tête dans ses mains. Elle l'embrassa.

Il referma ses bras sur elle et la serra contre lui. A un niveau purement physique, le baiser était très excitant. Au niveau émotionnel, il s'étonna du vide.

Liane s'écarta autant que le permettait l'étreinte, et le regarda.

— Tu ne peux pas abaisser tes écrans, au moins un peu, pour que nous puissions partager nos sensations ?

Kelan hésita. Se pouvait-il que tout au long de cette soirée il eût réussi à l'empêcher de lire ses pensées et de les manipuler ? Contrôlait-il mieux la situation, était-il moins en danger qu'il ne le croyait ? Seigneur de la Lumière, il désirait cette femme, toute entière, il désirait toucher son esprit aussi bien que son corps, pourvu qu'il fût certain de s'unir à son esprit à elle.

— Avarra, dit-il enfin. Y a-t-il un moyen d'être certain qu'Elle n'est pas... ? Je ne veux pas ouvrir les yeux après un autre baiser comme celui-là, et regarder dans Ses yeux au lieu des tiens.

Elle hésita, elle aussi, comme si elle cherchait quelque chose sur son visage. Elle dut trouver ce qu'elle cherchait, car elle hocha lentement la tête.

— Si cela a tant d'importance pour toi, oui, il y a un moyen. Ce qui La préoccupe, ce sont les papiers que tu apportes à Nevarsin. Si Elle sait que la vérité sur le Don ne tombera pas sous les yeux du roi Hastur, Elle n'aura aucune raison de venir à travers moi. Si tu les jetais au feu...

— Non, répondit-il automatiquement.

Il avait passé trop de temps sur ces papiers pour les

donner si facilement. Brûler le produit de trois ans d'efforts épuisants juste pour faire l'amour avec cette femme, quelle que fût la violence de son désir, c'était impensable. Chaque ligne qu'il avait écrite était plus profondément imprimée dans son esprit qu'aucun baiser ou étreinte ne le serait jamais...

Plus profondément imprimée dans son esprit ! Même si les papiers étaient détruits, il pourrait les récrire quand il arriverait à Nevarsin. Il pouvait avoir Liane, et empêcher quand même que la vérité se perde !

Liane se dégagea de son étreinte. Il se sentit soudain glacé et terriblement seul.

— Brûler les papiers, c'est tout, et elle ne viendra pas nous déranger ? répéta-t-il.

Elle s'agenouilla devant le sac de cuir et lui tendit le rouleau.

— La décision t'appartient, Kelan.

Il prit les papiers, dénoua le cordon de cuir, et les feuilleta rapidement. Lentement, une par une, il froissa chaque feuille dans sa main gauche et la jeta au feu. Quand il ne resta plus qu'une masse calcinée tombant en cendres, il abaissa ses écrans, ne protégeant que le souvenir de ce qu'avait contenu ce mémoire, puis il la reprit dans ses bras.

— Pourquoi souris-tu ? demanda Liane.

— Tu le sauras bientôt, répondit-il, penchant la tête pour l'embrasser.

Elle avait peut-être été capable de duper un petit lapin pour le ragoût...

Quel vin ai-je donc bu hier soir ? se demanda Kelan, resserrant d'un cran les sangles de sa selle. La dernière chose qu'il se rappelait nettement, c'était d'avoir ramassé du bois pour le feu, et de s'être demandé s'il restait assez de jour pour poser un collet.

Le reste de la soirée était flou, et mêlé à des images d'un étrange rêve qu'il avait fait d'une femme rencontrée une fois à Thendara et du légendaire Don de

Cassilda. *Jusqu'à quand vais-je essayer de prouver mes élucubrations ?* se demanda-t-il, mettant le pied à l'étrier de son chervine. *Entre Nevarsin et les Plaines de Valeron, il n'y a pas la moindre preuve que cette légende contienne la moindre vérité.*

Comme le chervine se dirigeait vers le sentier, quelque chose dans les buissons attira son regard. Kelan démonta pour aller voir. C'était un collet. En avait-il posé un la veille après tout ?

Les fils avaient sauté, comme si le lapin était parvenu à se libérer du piège fatal. Il ne releva pas trace de lutte : pas de touffes de poils, pas de gouttes de sang, pas même quelques ramilles brisées dans le buisson. En soupirant, il ramassa le collet et le fourra dans sa tunique, puis se remit en selle.

Oui, il était temps de cesser de chercher ce qui n'existait pas.

Il fit faire demi-tour à son chervine et s'engagea sur le chemin le ramenant chez lui.

On se fait beaucoup d'illusions sur le laran. *Même ceux qui l'ont ne réussissent pas à en faire le tour. Mais il y a une force en eux, plus grande qu'ils n'en ont conscience, et qui peut se manifester dans l'urgence.*

IV
LA PESTE

de Janet R. RHODES

L'état de Thomaste s'aggravait, et Kirsten, Dame de Rockraven et épouse de *Dom* Lennart, craignait que l'étrange maladie n'emporte son fils unique. Patiemment, Kirsten se concentra sur la pierre-étoile nichée dans le sachet de soie suspendu à son cou. Projetant ses pouvoirs psychiques concentrés et augmentés par la pierre, elle évacua les humeurs accumulées dans les glandes de Thomme, au niveau du cou et de l'aine. Elle diminua la tension de son estomac et atténua ses crampes intestinales. Kirsten espérait ardemment que ses pouvoirs limités ne la trahiraient pas et qu'elle pourrait faire fonctionner les organes de son fils jusqu'à ce que le processus de guérison opère. Car elle ne pensait pas avoir affaire à l'une de ces brèves fièvres estivales, apportées et remportées aussitôt par les brises du nord.

Adonelle hésita devant les grandes portes de bois de la chambre du malade. Supervisant toute la domesticité depuis des années, elle ne craignait pas d'entrer en présence de sa maîtresse. Mais, connaissant depuis deux jours l'état de Thomaste, et sachant que *Domna* Kirsten n'avait pratiquement pas quitté son chevet, elle craignait plutôt d'ajouter à sa détresse. Il le fallait pourtant : d'autres malades avaient besoin de son assistance.

— Avarra, aide-nous, murmura Adonelle entre ses dents. Comme si un incendie de forêt ne suffisait pas, Zandru nous envoie une peste — avec tous les hommes valides et les *leronis* sur les lignes de feu !

Soupirant, elle ravala ses craintes et entra. Sursautant, Kirsten se tourna vers la porte.

— Adonelle ! dit-elle, repoussant des mèches rousses et or tombées sur son front et secouant la tête. Qu'est-ce que je dois faire ? J'atténue sa souffrance, mais elle revient aussitôt. Si seulement mon *laran* était plus puissant ou si les autres... as-tu des nouvelles de Lennart, des lignes de feu ?

La gouvernante secoua la tête.

— Et le village ? Cette maudite fièvre a-t-elle atteint les villageois ?

Adonelle se redressa.

— *Domna*, l'aînée de Lennette vient de nous prévenir que Donal a contracté la fièvre, lui aussi. Elle te supplie de venir.

— Mais elle sait que mes talents sont plus que modestes !

— *Domna*, elle dit que tu as le don de guérison, et que les remèdes de la sage-femme ont aggravé l'état de Donal.

— Les herbes ne le soulagent pas ? Alors, je dois faire tout ce que je pourrai. Dis-lui que je vais venir.

— Oui, *Domna*.

Elle se dirigea vers la porte, hésita, se retourna.

— Je m'excuse de t'importuner, mais pourrais-tu t'arrêter à la cuisine et jeter un coup d'œil sur le levain ? Il a tourné une fois de plus, il ne lève pas et empeste comme un banshee. J'espérais que nous aurions du vrai pain aujourd'hui ; voilà une décade que nous n'en avons plus. Pourtant, j'ai tout essayé. Il se passera encore une décade avant qu'on ait du pain levé si tu ne ressuscites pas les ferments.

Kirsten soupira.

— J'y passerai avant de partir. Prépare-moi un bol de soupe, veux-tu ? Je n'ai encore rien mangé aujourd'hui, et il doit être midi passé.

Kirsten regarda Thomaste qui se tournait et retournait fiévreusement dans son lit, comme pour esquiver des obstacles. Il était livide ; même ses taches de rousseur avaient pâli ; ses cheveux entouraient son visage d'un halo flamboyant. Tendrement, elle borda les couvertures qu'il avait rejetées au retour de la fièvre.

Centrant sa respiration, Kirsten ramena son attention sur sa pierre-étoile. Doucement, son esprit entra dans le fragile être d'énergie qu'était son fils. Avec effort, elle se concentra sur les glandes gonflées de fluide, vit les nombreuses cellules qui s'y amassaient. Elle évacua le liquide dans le sang ; puis, trouvant le centre de la température, elle éteignit le feu de son corps et dilata les vaisseaux proches de la peau pour dissiper l'excès de chaleur et lui apporter une fraîcheur apaisante.

Comme il a l'air fragile. Ce n'était plus l'enfant bondissant qui faisait sa joie et celle de Lennart.

Quand Thomaste se calma, elle l'embrassa et sortit aussitôt, les larmes aux yeux. Elle s'arrêta un moment dans le couloir pour donner ses instructions à Suzonna, la petite servante.

— Ne le quitte pas, veille à ce qu'il reste couvert, et rafraîchis-lui le front avec un linge humide si la fièvre reprend.

Suzonna fit la révérence et se répandit en promesses, mais Kirsten lui coupa la parole d'un geste.

— Si son état s'aggrave, préviens immédiatement Adonelle.

Alarmée, Suzonna bredouilla encore des serments, puis entra vivement dans la chambre du malade.

— Cesse donc d'effrayer cette petite, elle est à peine plus âgée que Thomaste, se reprocha Kirsten, regagnant sa chambre.

Elle y fit une rapide toilette et changea la robe qu'elle portait depuis deux jours, regardant avec nostalgie la baignoire pleine d'eau minérale chaude issue d'une source située sous le manoir.

Quelques heures plus tard, Kirsten entra dans la grande cuisine et vit, posé sur un buffet, le pot de levain destiné aux pains du lendemain. *Enfin, le peu de laran que j'ai servira au moins à quelque chose.*

Avec la familiarité née d'une longue pratique, Kirsten se concentra sur sa pierre-étoile, puis plongea ses sens dans la pâte verdâtre, dont l'odeur, même perçue psychiquement, était nauséabonde, signe certain d'un déséquilibre organique. Rapidement, Kirsten analysa ses sensations. Il y avait peu de ces minuscules bâtonnets qui vivent sur la farine ajoutée chaque jour dans le pot. Les petites choses rondes, agglutinées en grappes, étaient plus abondantes. Elles aussi vivaient sur la farine, et, quand on y ajoutait de l'orge et des fleurs amères, produisaient la boisson qu'on dégustait par les chaudes journées d'été, ou, à la saison des neiges, devant le feu de la cheminée.

Dans son adolescence, son *laran* incontrôlé tuait les ferments fragiles ou les transformait en une mousse exubérante, mais elle avait appris à maîtriser son don. Elle avait toujours su qu'il n'agissait que sur les levures, ou pour soulager les maladies enfantines. Ce n'était pas le vrai don de guérison d'une *leronis*.

L'esprit de Kirsten entra dans les bâtonnets et les boules, réactiva leurs feux intérieurs, rétablit leur fonctionnement. Bientôt, les ferments se remirent au travail.

Puis elle chercha dans la pâte les étranges particules qui l'envahissaient souvent et bouleversaient le délicat équilibre du levain. Oui, elles étaient étranges, ces particules en forme de croissant de lune. Un instant, Kirsten s'étonna de leur curieuse familiarité, puis se mit à les désactiver. Finalement, elle eut la certitude que les ferments étaient sauvés.

La pauvre cabane de Lennette à la lisière du village symbolisait son statut dans la communauté. Sans mari, sans famille pour la soutenir, chargée de six enfants de pères inconnus, Lennette et sa progéniture avaient vécu une existence misérable jusqu'aux naissances simultanées de Donal et Thomaste, dix ans plus tôt.

Kirsten n'avait pas assez de lait pour son fils et celui-ci dépérit à vue d'œil, jusqu'au jour où Lennette proposa de l'allaiter avec Donal. Lennette passa un an au manoir, en qualité de nourrice, et une solide amitié se développa entre les deux femmes.

Kirsten entra dans une pièce sombre, éclairée d'une unique chandelle.

— La lumière lui fait mal aux yeux, murmura Lennette, montrant de la tête un garçon brun qui s'agitait fiévreusement sur son lit au fond de la pièce.

Le feu de la cheminée servait à faire la cuisine, et à chauffer et éclairer l'unique pièce où vivaient sept personnes.

— Il refuse de manger, et il vomit quand je l'oblige à prendre quelque chose. La fièvre monte et descend. Tout ce que je fais n'a aucun effet.

— Je sais dit Kirsten, ôtant son manteau. C'est la même chose pour Thomaste.

Elle prit dans les siennes les mains de son amie usées par le travail, et regarda son visage rougi par le soleil, le vent et le froid.

— Je ferai ce que je pourrai, Lennie, même si ce n'est pas grand-chose.

Kirsten caressa doucement une mèche brune de Lennette en pensant : *Tes enfants sont ton seul bien, ton seul trésor.*

L'une des filles apporta une couverture propre et la posa près du lit pour que Kirsten s'agenouille dessus. Sous ses tresses blondes enroulées autour de sa tête, elle regarda timidement Kirsten, et se rappela tardivement de « faire la révérence à la *Domna* », comme sa mère le lui avait recommandé peu avant.

Habituellement, Donal était aussi rougeaud que Thomaste était mat, aussi vigoureux que Thomaste était frêle. Mais aujourd'hui, il n'était que l'ombre de lui-même, et sa pâleur valait celle de Thomaste.

Kirsten s'agenouilla sur la couverture.

— Donal, je suis là pour t'aider. Est-ce que tu m'entends ?

Ne sachant trop si l'enfant l'avait comprise à travers sa fièvre, Kirsten se prépara à entrer dans son corps.

Concentrée sur sa pierre-étoile, elle projeta doucement son esprit dans Donal, qui n'opposa aucune résistance. Kirsten sentit la peau brûlante, les battements trop rapides du cœur, la respiration oppressée. A un niveau plus profond, elle trouva les glandes, pleines de cellules nettoyeuses du sang. Le système purificateur du corps semblait obstrué par des cellules nettoyeuses mortes et mourantes, et d'autres particules qui ressemblaient aux envahisseurs des ferments. *Comme c'est curieux!* pensa-t-elle.

Donal était beaucoup plus vigoureux que Thomaste : Kirsten dégagea facilement les glandes du cou et de l'aine, ralentit et fortifia les battements de son cœur, dilata les capillaires de la peau pour lui permettre de rafraîchir son corps. Le feu intérieur de Donal réagit à son contact mental, et, comme elle revenait à la conscience normale, elle entendit Lennette.

— La fièvre est tombée ! *Domna* Kirsten, tu as arrêté la fièvre !

— Ce n'est peut-être pas définitif, Lennie. Surveille-le bien. La fièvre peut reprendre. Dans ce cas, appelle-moi. Et éloigne de lui les autres enfants ; on ne sait pas comment cette maladie se propage.

— Evanda soit louée ! Merci, Kirsten. Merci.

Lennette la serra dans ses bras.

— De rien, Lennette. Mais je suis fatiguée et je dois rentrer à la maison.

— Qu'Evanda et Avarra permettent que Thomaste guérisse aussi facilement que Donal. Si je peux faire quelque chose...

— Merci. Si j'ai besoin de toi, je t'enverrai un message.

Et Kirsten sortit dans la lumière sanglante et rentra au manoir.

En chemin, elle pensa au bain chaud qui l'attendait dans sa chambre, aux quelques heures de sommeil qu'elle allait s'accorder pour la première fois depuis deux jours. Mais Adonelle, le front plissé d'inquiétude, l'attendait à la porte, tortillant son tablier à deux mains.

— Adonelle ? commença Kirsten.

Puis elle sut.

— Thomaste ! cria-t-elle, s'élançant dans l'escalier qui montait aux chambres. Quand elle ouvrit la porte, elle vit Zuzonna au chevet de son fils. Celui-ci, les yeux vitreux, se contorsionnait sur son lit.

— *Domna*, hasarda le servante, ça vient juste de commencer. J'ai prévenu Adonelle. Je ne sais plus quoi faire.

Kirsten se concentra sur Thomaste, sur sa soif intolérable, sur les spasmes agitant ses entrailles. La souffrance et la terreur de l'enfant l'enveloppèrent de ténèbres. Elle dut faire un effort pour se dégager.

Un seau entre les genoux, Suzonna maintenait la tête de Thomaste, dont l'estomac se soulevait et contractait, pour rejeter une nourriture qu'il n'avait pas prise.

— Mon petit cœur, murmura Kirsten, lui essuyant doucement les lèvres d'un linge humide et caressant ses cheveux poissés de sueur.

Puis elle se concentra sur sa pierre-étoile, et plongea son esprit dans les muscles torturés des entrailles de son fils. D'abord, le maelström lui donna le vertige, mais elle se ressaisit bientôt et se mit en devoir de réparer les tissus malades.

Kirsten s'efforça de se rappeler le peu qu'elle avait appris sur l'art de guérir ; elle poussa ses capacités jusqu'à leurs extrêmes limites, puis au-delà. Elle s'enfonça profondément dans les tissus, dans les cellules minuscules.

Elle fit ce qu'elle put pour évacuer les poisons qui provoquaient les spasmes. Elle allait de muscle en muscle, de cellule en cellule, évacuant les toxines et réparant les ravages. Maintenant, Kirsten était en rapport profond, utilisant son *laran* plus pleinement qu'elle ne s'en croyait capable.

Les spasmes se calmèrent peu à peu ; elle put retirer son esprit et considérer son travail. Les muscles semblaient en voie de guérison, et elle resta médusée devant les capacités nouvelles qui lui avaient permis d'accomplir cet exploit.

Fière de lá nouvelle ampleur de son *laran*, Kirsten fit évoluer son esprit dans tout le corps de Thomaste. Et soudain, elle s'immobilisa, stupéfaite, remarquant quelque chose pour la première fois — Thomaste était plein de minuscules croissants. Apparemment semblables à ceux qui avaient envahi le levain. Et si nombreux qu'on eût dit des brins d'herbe dans une prairie.

Le choc de cette révélation, son épuisement total et ses craintes pour son fils, tout s'unit pour la terrasser. Sa vision intérieure s'embruma, elle perdit le contrôle de son esprit et le contact avec Thomaste s'interrompit. Un instant, elle eut l'impression d'errer dans une grisaille informe, puis une léthargie irrésistible l'accabla et elle perdit connaissance. Sa dernière pensée fut qu'elle avait au moins stoppé les vomissements et la diarrhée. Tout espoir n'était pas perdu.

Quand elle sortit du long sommeil de l'épuisement, un clair de lune verdâtre entrait dans la chambre. Suzonna dormait sur un lit de camp au pied du lit. *Thomaste* ! pensa Kirsten, soudain glacée au souvenir des envahisseurs. Elle tenta de repousser ses couvertures, de balancer ses jambes sur le côté du lit, et s'aperçut que ses bras et ses jambes refusaient de lui obéir. La brume de l'extrême épuisement l'engloutit bientôt, conséquence du manque de nourriture et de sommeil, et d'un usage de son *laran* dépassant de loin son expérience.

Quand elle se réveilla pleinement, le soleil était haut dans le ciel, et Adonelle entrait avec un plateau chargé de fruits, de gâteaux, de porridge et de miel.

— *Domna*, il faut manger avant d'entreprendre quoi que ce soit. Nous savons tous que le *laran* épuise les énergies. Si tu ne manges pas, tu pourrais te mutiler de façon définitive.

Adonelle leva les yeux et réalisa que Kirsten, bien

réveillée, était assise dans son lit et la regardait avec consternation.

— *Domna*, tu as bien repris connaissance ? Tout à l'heure, tu as fait une peur affreuse à Suzonna, parlant d'envahisseurs et tombant de ton lit. Nous t'avons rallongée. Tu es remise maintenant ? Bien réveillée, je veux dire ?

Sans un mot, Kirsten hocha la tête et prit le plateau. Comme si elle était enceinte, elle mangea pour deux. D'une façon ou d'une autre, elle devait déchiffrer le mystère de cette invasion du corps. En tant que maîtresse de Rockraven, elle devait protéger non seulement sa santé et celle de son fils, mais celle de tous les villageois. Jamais le poids de ses responsabilités ne lui avait paru plus grand, son corps plus épuisé, son âme si désolée.

Des heures plus tard, ayant une fois de plus soulagé Thomaste, elle envoya les deux garçons les plus âgés restés au village porter la nouvelle de la peste à son mari. On les avait laissés en arrière parce qu'ils étaient trop jeunes, même pour apporter des seaux d'eau sur les lignes de feu, et ils étaient sans doute aussi trop jeunes pour entreprendre seuls un voyage d'une journée, mais elle n'avait personne d'autre sous la main. Le village et Rockraven avaient désespérément besoin d'une vraie *leronis*. La plupart des femmes et des enfants du village avaient contracté la fièvre. Certains, comme Donal, n'avaient eu qu'un accès temporaire et des vomissements. D'autres étaient à l'article de la mort, et plusieurs avaient succombé pendant la nuit.

Ce jour-là, Kirsten pleura avec les villageois. Elle se rappela les paroles de *Domna* Hélène, sa mère : « Tu n'es pas simplement la maîtresse de ta maison, de ton mari, de tes enfants et de tes serviteurs. Tu es aussi la servante de ton peuple. Ce sont tes enfants. Ils comptent sur toi. »

En deux jours, Kirsten avait perdu plus d'enfants qu'elle n'en pouvait compter.

Un toussotement poli avertit Kirsten qu'Adonelle était dans la chambre.

— Ne te cache pas. Avance, et dis-moi la vérité. Je crains qu'elle ne soit bien triste si tu restes ainsi dans l'ombre. Viens. Le monde ira comme il veut.

Adonelle s'approcha vivement, les yeux gonflés, le visage inondé de larmes qu'elle n'essuyait même pas.

— Je ne voulais pas te déranger, mais...

Elle soupira, déglutit avec effort, et poursuivit.

— La maladie continue à s'étendre. Et... Lennette a contracté la fièvre.

Kirsten se leva pour aller chez Lennette. Le cœur gros, elle se hâtait dans la poussière du chemin. Un linceul de tristesse s'était déployé sur les humbles cottages. De rares femmes et enfants restaient assis sur le pas de leurs portes, apathiques. Deux cadavres, l'un d'enfant, l'autre de vieillard, gisaient au milieu de la chaussée, leurs familles étant trop malades pour les transporter à l'intérieur ou au cimetière.

La puanteur des vomissures et de la diarrhée, mêlée à l'odeur des corps suants et mal lavés, la prit aux narines. Dans la pénombre fuligineuse de la cabane, elle vit les enfants blottis dans le coin de la cheminée. Donal, apparemment le plus en forme, leva les yeux de sa mère dont il bassinait le visage d'un linge humide.

— *Domna*, tu es venue ! Aide-nous, je t'en supplie. Maman est malade, et les petits aussi.

Kirsten ravala ses larmes et dit d'une voix étranglée :

— Si je peux faire quelque chose pour ta maman et tes frères et sœurs, je le ferai.

Maudissant son *laran* limité, elle revêtit le tablier qu'elle avait apporté. Kirsten alla de l'une à l'autre, prenant le pouls, effleurant les fronts fiévreux, murmurant des paroles encourageantes.

Dans l'ensemble, les frères et sœurs de Donal réagirent bien à ses soins. Ils étaient de souche solide. Elle eut tôt fait de pénétrer mentalement dans leurs corps, de dégager les glandes engorgées, de ralentir et fortifier les battements de leurs cœurs, de rafraîchir leurs corps. Mais son travail avec la pierre-étoile la fatigua. Quand elle se tourna vers Lennette, elle était faible et tremblante, et sursautait au moindre bruit — tous ses sens en alerte.

— *Domna*, veux-tu un verre d'eau du puits ? Je n'ai rien d'autre à te donner.

Elle le prit avec reconnaissance et se mit à boire à longs traits. Soudain, elle jeta le verre dans l'âtre, et Donal recula. Peut-être était-elle sensibilisée par l'usage intensif qu'elle venait de faire de son *laran*. Peut-être ses craintes pour Thomaste avaient-elles brisé la barrière qui limitait son pouvoir. Peut-être, dans sa souffrance et son épuisement, la conscience de Kirsten s'était-elle élargie, comme les ferments croissent dans le levain — transformant une boulette de farine en la pâte bien ronde débordant de la jarre.

Quoi qu'il en fût, Kirsten sentit, de toutes les fibres de son être, les envahisseurs qui grouillaient dans l'eau. C'étaient les mêmes croissants minuscules qui emplissaient le corps de Thomaste et menaçaient de le lui enlever. Et en ce moment même, les envahisseurs se répandaient en silence dans son peuple à partir de l'eau qu'ils buvaient.

Kirsten réalisa lentement que Donal et les enfants devaient la croire frappée de folie. Avec précaution, elle monitora et ralentit sa respiration, s'efforça de réfléchir rationnellement, d'envisager les possibilités. Il devait exister un moyen de tuer les envahisseurs dans l'eau. Elle devait s'inspirer de son expérience avec les ferments du pain. Elle savait qu'elle ne pouvait pas tuer chaque envahisseur séparément. Il devait y avoir... les petits ferments de la pâte ! Ils mouraient quand le pain était cuit ! La chaleur les tuait !

— Donal, tisonne le feu et mets de l'eau à bouillir. Donal, tu m'entends ? C'est l'eau qui transporte la maladie. Il faut la faire bouillir, ou la maladie nous envahira tous.

Incrédule, Donal s'approcha lentement de la cheminée.

— Quand tu auras mis l'eau sur le feu, fais le tour du village et dis... Non, va trouver Adonelle et demande-lui de me rejoindre ici. Je m'occuperai de ta mère.

Lennette était plus affaiblie que ses enfants. Elle avait derrière elle trop d'années de misère, trop de grossesses et d'allaitements, trop d'isolement et de larmes. Kirsten fit ce qu'elle put pour elle, puis s'assit sur ses talons et se prit la tête à deux mains. C'est ainsi qu'Adonelle la trouva.

— *Domna*, Donal raconte que la maladie est dans l'eau. Quelle sottise est-ce là ?

— Ce n'est pas une sottise, Adonelle. L'eau grouille des petits croissants qui causent la maladie. Dis à tous les villageois de faire bouillir leur eau. Cela devrait les tuer. Dis aux servantes du manoir de venir les aider s'ils sont trop faibles pour le faire. Nous devons purger notre eau de cette peste, sinon personne ne guérira. Nous continuerons à boire les envahisseurs encore et encore !

Elle eut un sourire pâlot.

— Est-ce que cela suffira ?

— Nous ne pouvons que l'espérer. Si seulement nous avions des *leroni* pour nous aider...

— Nous t'avons. Je sais que tu es surmenée — personne n'aurait imaginé que tu pourrais tenir aussi longtemps — mais il doit bien y avoir quelque chose que tu peux faire !

— Je ne sais rien de plus, dit-elle d'un ton amer. Maintenant, si les gens étaient comme les ferments...

Adonelle partit transmettre le message. Dans le rêve éveillé de l'épuisement total, Kirsten vit les ferments du levain danser dans la lumière de l'aube. Dans certains pots, l'invasion était rapidement maîtrisée. Dans d'autres, les envahisseurs submergeaient les bâtonnets et les boules, le levain tournait, et — comme aurait dit

Adonelle — puait comme un banshee. *Quelle est la différence ? . Qu'est-ce qui fait qu'un ferment survit, et qu'un autre tourne ? Quelle est la différence ?*

Sursautant, Kirsten embrassa la cabane du regard.

— Quelle est la différence ?

Avec difficulté, Kirsten se concentra sur sa pierre-étoile, entra en rapport avec chacun des enfants, cherchant un indice qui lui apprendrait pourquoi certains survivaient à la peste alors que beaucoup mouraient. Quelle était la différence ? Chez les enfants de Lennette, Kirsten remarqua que des cellules nettoyeuses parcouraient leurs corps, détruisant les croissants et transportant leurs cadavres en des points de rassemblement situés au cou et à l'aine.

Les jambes raidies par la fatigue, Kirsten s'approcha du lit de Lennette et projeta son esprit dans son sang, ses glandes et ses entrailles. Le nombre des croissants la choqua. Et les quelques rares cellules nettoyeuses passaient près d'eux sans les remarquer. Le corps de Lennette peinait pour se rétablir, pour combattre un envahisseur qu'il ne reconnaissait même pas.

Kirsten se laissa tomber sur une chaise, posant avec lassitude un coude sur les planches mal équarries de la table. La différence ? Le corps de Lennette ne reconnaissait pas les envahisseurs, celui de ses enfants les reconnaissait. C'était aussi simple que ça.

Mais que pouvait-elle faire contre ça ?

— Si seulement j'étais une vraie *leronis* ! murmura-t-elle.

Lennette gémit, repoussa sa couverture. Kirsten se leva en soupirant et s'approcha. Machinalement, elle se concentra sur sa pierre-étoile, projeta son esprit dans le corps de Lennette. La fièvre avait monté. Kirsten abaissa sa température, ramena le sang près de la peau pour le rafraîchir. Depuis quelques minutes, Lennette semblait lutter moins énergiquement contre les envahisseurs.

La femme qui avait été son amie, qui avait allaité son

fils, s'affaiblissait rapidement. La mort lui enlevait déjà ses couleurs. Son regard était vague et vitreux, sa respiration oppressée. Pressée par l'urgence, Kirsten fit corps avec la pierre suspendue à son cou et plongea mentalement dans le corps de son amie. Partout elle y vit le carnage, les tissus et les cellules ne fonctionnaient plus. Partout elle vit les envahisseurs en forme de croissants. Son amie se mourait.

Brusquement, elle se retira en criant :

— Nooon ! Non !

Les enfants la regardèrent, effrayés.

— Il doit y avoir quelque chose que je peux faire !

Kirsten saisit l'enfant le plus proche d'elle. Il recula, terrorisé, et Kirsten se ressaisit.

— Non, mon enfant, je ne te ferai pas de mal. Laisse-moi seulement te regarder une minute. Ne bouge pas !

Tout tremblant, le garçon s'immobilisa tandis que Kirsten projetait son esprit dans son corps.

Au bout de quelques minutes, elle détecta la différence qui permettait à l'enfant de détruire les envahisseurs. Elle se demanda comment elle avait fait pour ne pas le remarquer plus tôt. Pourtant, elle n'avait jamais tant utilisé son *laran*, et pour de si longues périodes. Elle n'était jamais entrée si facilement en rapport avec d'autres. Elle n'avait jamais ressenti tant de choses. A l'évidence, elle apprenait à se servir d'un don qui était au fond d'elle-même.

L'enfant commença à s'agiter sous sa main, et elle le lâcha.

Entrant doucement dans le corps de Lennette, Kirsten chercha les cellules nettoyeuses qui détruisaient les croissants. Chez les enfants, ces cellules semblaient s'adapter aux envahisseurs, comme une clé dans une serrure. Kirsten chercha aussi un réseau d'énergie tel qu'elle en avait vu chez le garçon. Il lui semblait que ce réseau scintillant commandait les cellules nettoyeuses comme une armée défensive.

S'inspirant de ce qu'elle avait vu chez l'enfant, Kirsten parvint à discerner dans le corps de Lennette le réseau qui luisait faiblement. Rassemblant son courage et ses forces, elle nettoya les canaux d'énergie obstrués, et vit le réseau se mettre à luire et à pulser d'une vie nouvelle. Puis elle chercha les cellules nettoyeuses qui semblaient savoir s'attacher aux envahisseurs. Elle désespérait presque lorsqu'elle en trouva une, solidement attachée à un croissant. Puis elle s'aperçut que la cellule était malade. Faisant appel à ses dernières forces, Kirsten se mit en devoir de la guérir.

Et fut récompensée en la voyant revenir à la vie. Stupéfaite, elle vit la cellule se diviser, donnant naissance à un frère, ou à une sœur, semblable à elle. Les deux cellules furent bientôt quatre, et elle les vit continuer à se diviser et à se répandre dans tout le corps de Lennette.

Kirsten les suivit de son mieux. Elle s'arrêta un instant pour regarder une cellule nettoyeuse s'approcher d'un croissant, se coller à lui, et sentit la vie quitter l'envahisseur. Dans d'autres parties du corps, de nouvelles cellules nettoyeuses se mirent à attaquer d'autres envahisseurs. Pleine d'espoir, Kirsten retira son esprit du corps de Lennette.

Et vit qu'elle commençait à revenir à la vie.

— *Domna*, elle va guérir ? demanda l'enfant qu'elle avait terrorisé quelques minutes plus tôt.

— Je l'espère, mon enfant. Si c'est le cas, c'est à toi qu'elle le devra.

— *Domna ?*

— Je t'expliquerai plus tard. Laisse-moi me reposer.

Des heures plus tard, Adonelle trouva Kirsten, toujours assise à la table de Lennette, le visage maculé de poussière et de larmes. Donal, à genoux près du lit de sa mère, bassinait doucement son visage fiévreux, ses bras et ses mains.

— *Domna* ?

Kirsten abaissa ses mains et se tourna vers la porte avec lassitude.

— Adonelle ? dit-elle, d'une voix rauque de fatigue, secouant la tête avec tristesse. Je croyais que j'avais trouvé notre salut. Après avoir réalisé que nous avions en nous des défenseurs, tout semblait si facile... et maintenant, tout est perdu.

— *Domna*, je ne comprends pas, dit Adonelle, regardant alternativement Lennette et Kirsten.

— Son corps combat les envahisseurs, mais... la fièvre... la fièvre a repris de plus belle...

Sa voix mourut. Elle tremblait.

Adonelle s'approcha, prit sa maîtresse dans ses bras et la guida vers la porte. Elle la soutint dans la pénombre du crépuscule pour traverser le village, l'air lourd du froid de la mort.

En arrivant au manoir, Adonelle lui dit :

— Pourras-tu regagner ton appartement ? Je vais t'apporter à manger.

— Merci, dit Kirsten en lui serrant le bras.

Puis elle monta l'escalier, s'appuyant lourdement à la rampe.

Quand elle eut mangé de la soupe, du pain et des fruits, Kirsten commença à s'animer, passa une robe de chambre et chercha ses pantoufles.

— Où vas-tu, *Domna ?* demanda Adonelle.

— Je vais soigner Thomme, répondit Kirsten.

Adonelle protesta qu'elle n'était pas assez forte, que Suzonna s'occupait de l'enfant, que Kirsten devait se reposer et...

Suzonna surgit dans la chambre inondée de larmes, haletant après sa course. Adonelle lâcha le plateau chargé de vaisselle sale, et Kirsten s'agenouilla près de la jeune fille terrifiée.

— Que se passe-t-il ? Suzonna ! Que se passe-t-il ?

Les lèvres tremblantes de la servante, le désespoir qu'elle lut dans ses yeux confirmèrent les soupçons de Kirsten.

En peignoir, elle courut à la chambre de son fils. Son corps frêle était inanimé lorsqu'elle se concentra sur sa pierre-étoile et projeta en lui son esprit. Elle dégagea vivement le réseau d'énergie défensif et en rétablit le fonctionnement. Elle trouva une cellule nettoyeuse attachée à un envahisseur, la guérit, la vit se multiplier avec joie. Ici et là dans le corps de Thomaste, elle trouva des tissus endommagés et mourants, qu'elle répara et ramena à la vie. Elle sentait Thomaste lutter, chercher à reprendre le dessus. Elle l'encouragea mentalement.

Mais il semblait qu'elle arrivât trop tard. Bientôt, trop tôt, elle sentit la vie refluer. *Thomaste, ne meurs pas* ! Paniquée, Kirsten tenta sur lui tout ce qu'elle savait ; sans résultat. Thomaste n'était plus dans le corps allongé sur le lit. Angoissée, Kirsten projeta son esprit dans l'astral. La vaste grisaille informe s'étendait devant elle, déserte. Puis, très loin, enveloppée de lambeaux de brume, elle aperçut une petite silhouette frêle qui s'en allait d'un pas résolu. Qui s'éloignait. Qui mourait.

Désespérée, Kirsten se dirigea vers la silhouette, projetant une image vers son fils. Il fit encore quelques pas, puis s'arrêta. Encouragée, elle projeta vers lui son esprit et son cœur, lui tendant les bras. Hésitant, il regarda par-dessus son épaule, la regarda, puis détourna la tête et reprit sa marche. Kirsten gémit de douleur et d'épouvante, maudissant la destinée qui lui déniait le plein usage du *laran*. De nouveau, elle lui envoya des images de vie et d'amour, se projetant vers lui de toutes ses forces, jusqu'au moment où elle perdit connaissance. En un dernier effort désespéré, elle hurla : « *Thomaste !* » puis s'effondra, son esprit retombant dans son corps inanimé.

Une aube brumeuse se leva, chargée de pluie. Elle apportait l'espoir, car la pluie éteindrait les incendies. Et elle apportait la peur, car la peste continuait à tuer.

Adonelle, qui venait donner du jus de fruit à Kirsten, entendit les lamentations de ceux qui accompagnaient au cimetière leurs êtres chers. Elle pleura avec eux.

En entrant dans la chambre, Adonelle se raidit. Elle s'approcha du lit ; la tasse lui tomba des mains. Kirsten était terrassée par la fièvre, ses draps trempés de sueur dans les efforts que faisait son corps pour se rafraîchir, ses cheveux collés à son front.

— Oh, maîtresse, quel espoir nous reste-t-il maintenant ?

Dom Lennart arriva à Rockraven ce même après-midi, dans de grands claquements de sabots, suivi de Rederick, le *laranzu* de la famille, et des *leroni* des autres districts venus combattre l'incendie.

— Louée soit Avarra ! s'écria Adonelle en le saluant.

— Où est *Domna* Kirsten ? tonitrua Lennart dans l'entrée.

— Ton épouse a contracté la fièvre.

— Et Thomaste ?

— Ah, *Dom* Lennart...

Elle éclata en sanglots, incapable de continuer.

Lennart s'avança vers l'escalier, criant par dessus son épaule à Rederick et au vieux *laranzu* Kirk de l'accompagner. Adonelle les suivit.

A la porte de l'appartement, il dit à Kirk d'aller soigner Thomaste, tandis qu'il s'occuperait de Kirsten avec Rederick. Lennart passa un long moment à contempler sa femme, toute pâle dans son grand lit.

— Depuis quand est-elle ainsi ? demanda-t-il.

— Depuis ce matin. *Dom* Lennart, je crains pour sa vie. Tant d'autres sont morts. Tout le village...

Le visage de Lennart s'assombrit. Il ferma les yeux, s'abandonnant à la fatigue des jours passés à combattre le feu, à la douleur de toutes ces vies perdues, à la peur de perdre aussi les siens. Posant une main sur l'épaule de Rederick, il dit d'une voix étranglée par l'émotion :

— Tu es le plus habile *laranzu* présent. Prends bien

soin d'elle. Moi, je vais voir Thomaste, et envoyer les autres s'occuper des villageois.

Des heures plus tard, Rederick entra dans la salle à manger. Il y trouva les autres *leroni* attablés, maudissant leurs échecs. Aucun n'avait jamais vu une épidémie pareille. Tristement, ils informèrent Lennart que, malgré tous leurs efforts, ils n'avaient pu que soulager un peu la souffrance des malades.

— Il doit pourtant bien y avoir quelque chose à faire ! les pressa Lennart.

Kirk, qui était allé au village après avoir dispensé ses soins à Thomaste, prit alors la parole.

— Il serait bon d'interroger la maîtresse si elle n'était pas malade elle-même.

Tous les visages se tournèrent vers lui, stupéfaits.

— Les villageois répètent partout que *Domna* Kirsten a guéri une femme hier. Et *Mestra* Lennette était très malade, disent-ils, mourante, même.

Frappé de stupeur, Lennart envoya chercher Adonelle.

La gouvernante arriva, les yeux bouffis d'un somme trop tôt interrompu.

— *Mestra* Lennette ? Oui, *Domna* Kirsten a fait tout ce qu'elle a pu pour la guérir. Elle croyait avoir trouvé comment faire, mais la fièvre est revenue, dit-elle en frissonnant.

— Tu ne savais pas que *Mestra* Lennette est guérie ?

Adonelle secoua la tête, les yeux dilatés d'étonnement.

— *Dom* Lennart, je jurerais que *Domna* Kirsten a arraché Thomaste à la mort hier soir !

— Rederick, peux-tu découvrir ce qu'elle a fait ?

— Elle est très malade, *Dom* Lennart, elle pourrait en mourir.

— Pourrais-tu me promettre de la guérir autrement ?

— Non.

— Dans ce cas, il n'y a pas à hésiter. Elle est peut-être notre seul espoir.

Lennart et Kirk accompagnèrent Rederick dans l'appartement de Kirsten. Rederick s'employa d'abord à la soulager, puis les trois hommes unirent leurs esprits. Enfin Rederick entra doucement en contact avec Kirsten, cherchant ses souvenirs des quelques derniers jours.

Et rencontra une résistance, une barrière. Rederick hésita, répugnant à entrer dans un autre esprit par la force. Il savait qu'elle pouvait en mourrir.

Par le lien mental qui les unissait, Lennart pressa Rederick d'insister. *Je sens que sa fièvre monte. Pour nous tous, tu dois continuer.*

Rederick rassembla ses forces mentales, tenta de faire pression là où il sentait une fissure dans l'armure psychique de Kirsten. Elle gémit doucement, fit un petit geste de rejet des deux mains. Rederick accentua sa pression.

Kirsten prit conscience d'une présence étrangère en elle, paniqua, tenta de relever ses barrières, sans y parvenir. Alors elle s'efforça de combattre cet autre envahisseur, de le repousser.

Kirsten, laisse-nous entrer! Nous sommes là pour t'aider.

Non, je mourrai plutôt...

Kirsten ! rugit une voix familière. Kirsten haleta, troublée, sachant que Lennart était loin, en train de combattre l'incendie, qu'il n'entrerait jamais dans son esprit sans permission, à moins...

Kirsten, ma chérie. Ne crains rien. Nous devons savoir comment tu as guéri Thomaste et Lennette.

Une grande tristesse descendit sur Kirsten. *J'ai fait tout ce que j'ai pu, mais la fièvre est revenue.*

Non, tu n'as pas échoué. Thomaste et Lennette sont vivants!

Ils perçurent en elle un mélange de confusion et d'espoir. Puis Kirsten releva ses barrières. Un gémissement monta des profondeurs de son être. *Qu'Avarra me vienne en aide. Tout est perdu. Pourquoi continuerais-je à me torturer?*

Effrayé, Lennart s'écria : *Kirsten, ne nous quitte pas!* Pour toute réponse, elle renforça encore ses barrières.

Rederick, qu'est-ce que...?

Je crains qu'elle n'ait pas la force d'envisager la possibilité que Thomaste et Lennette sont sauvés, par crainte de vivre leur mort une seconde fois, répondit Rederick. *Elle ne pourrait en supporter la douleur.*

Tu veux dire que nous risquons de la perdre parce qu'elle crois que Thomaste et Lennette sont morts ? La peur, à elle seule, la tuerait ?

J'ai déjà vu des cas semblables.

Comment l'atteindre ?

Je ne sais pas.

Bon sang, il faut faire quelque chose! Lennart poussa son esprit vers l'endroit où celui de Kirsten s'était emmuré. Lennart savait que sa raison, peut-être sa vie, dépendait de sa capacité à établir le contact.

Projetant délicatement sa conscience, Lennart toucha le mur élevé par Kirsten. Le mur le repoussa. Au désespoir, il abaissa ses barrières les plus intimes, révélant ses pensées et ses sentiments les plus secrets. Son amour pour Kirsten et Thomaste était une chose tangible, sa crainte de les perdre était une braise ardente. Lennart déversa toute sa force en Kirsten, la lui offrit. Derrière son mur protecteur, elle perçut son offrande, qui déclencha en elle un flot de souvenirs — souvenirs d'elle et de Lennart, de Thomaste, de Lennette.

Tremblante, craintive, Kirsten se projeta vers sa présence, laissa la force de Lennart l'entourer, la remplir. Le mur s'amenuisa, mais ne tomba pas.

Kirsten, dit Rederick, percevant le changement, *beaucoup sont mourants. Nous devons savoir ce que tu as fait pour guérir Thomaste et Lennette, afin que d'autres puissent vivre.*

Ma bien-aimée, ajouta Lennart, *je serai avec toi.* Oublieux de ses propres besoins, Lennart continua à déverser son amour et sa force en Kirsten.

Rassurée, elle abaissa ses barrières, pour qu'ils puissent voir ce qu'elle avait appris.

Rederick retira son esprit de Kirsten avec précaution, puis guérit une de ses cellules nettoyeuses avant de l'abandonner à un sommeil réparateur.

Lennart s'agenouilla près du lit de sa femme, la main de Kirsten dans la sienne.

Rederick, debout près de lui, dit :

— Je suis étonné de ce que *Domna* Kirsten a accompli. Quand elle sera guérie, Lennart, peut-être qu'un séjour dans une Tour serait salutaire. Son don mérite d'être développé et partagé. Elle possède une grande force.

Lennart approuva de la tête, sans quitter sa femme des yeux.

Rederick s'inclina en silence, et partit soigner les villageois.

On a toujours un don. Il suffit de le trouver. Et de l'accepter pour ce qu'il est.

V
JUSTE UNE TRACE...

de Lynne ARMSTRONG-JONES

Donalla courait. A l'aveuglette, sans se soucier où elle allait. C'était d'ailleurs sans importance, car les larmes l'aveuglaient.

C'était devenu une habitude ; chaque fois que sa frustration virait à la colère, elle courait chercher le calme dans les bois.

Et la frustration montait de plus en plus, ces derniers temps. Le *laran!* Ne parleraient-ils jamais d'autre chose ? *Oui, mon cher frère,* pensa-t-elle, *tu as le Don, et ils ont pour toi des projets mirobolants! Tu viens d'épouser une femme tout aussi douée, et vous produirez bientôt des enfants dont les pouvoirs dépasseront les rêves les plus fous des* leroni !

Donalla avait ralenti sa course et s'abandonnait à son chagrin. Elle s'assit sur une souche et sanglota, se demandant pourquoi elle était si décevante. Le *laran* n'était pas brusquement descendu sur son frère et sa sœur à l'adolescence, mais avait semblé grandir avec eux.

Et moi, à près de quinze ans, je n'ai toujours pas la moindre trace de pouvoir, se dit-elle.

Elle soupira, pensant à ses parents et à leur inquiétude : quelle Famille Douée la demanderait en mariage pour son fils alors qu'elle n'avait manifesté aucune trace du Don ?

Je finirai sans doute par épouser un chiffonnier, se dit-elle en soupirant.

Oh, il y avait eu des moments où elle était pratiquement sûre que le *laran* s'éveillait en elle — sinon, comment expliquer les émotions étranges qu'elle ressentait parfois sans aucune raison ?

Pourtant la *leronis* de la famille, sa pierre-étoile à la main, avait dit « non ». Et si la *leronis* l'avait dit, ce devait être vrai.

Le cri d'un kyorebni au-dessus d'elle la fit sursauter et la ramena à la réalité. Donalla se leva, scrutant le ciel à la recherche du grand oiseau.

Ne le voyant pas, elle commençait à se détendre quand... Elle se mit à haleter. Soudain, elle sentit les battements de son cœur s'accélérer...

Elle courait, courait — *non*, pensa-t-elle, *je ne bouge pas... alors, pourquoi mon esprit sent-il mon corps courir ?*

Elle sentit une souffrance — mais ce n'était pas physique. Elle sentit la terreur et vit la mort devant ses yeux — et pourtant, elle était seule.

Mais elle savait obscurément d'où venaient ces sensations. Ses yeux gris se portèrent à l'ouest, vers les arbres, et elle partit dans cette direction... vite, vite !

Maintenant, elle l'entendait. Elle écarta vivement les feuillages d'un buisson.

Et là... un enfant. Elle s'approcha. Le sang d'une large blessure au front l'aveuglait. Lui murmurant des paroles de réconfort, Donalla déchira une bande d'étoffe au bas de sa jupe et lui nettoya le visage, puis lui en attacha une autre autour de la tête, dans l'espoir d'arrêter le sang. Les saignements ralentirent, et elle sourit.

Il était très jeune — pas plus de quatre ans, sans doute — et semblait venir du village. Entre deux sanglots, il expliqua qu'il se promenait avec sa grande sœur, qu'il s'était perdu — et qu'il était tombé sur une pente et s'était cogné la tête.

Le reste de son babil évoquait des mirages issus de l'imagination d'un enfant effrayé, pensa-t-elle. Donalla sourit.

— Viens avec moi, dit-elle avec douceur, car je sais

où se trouve une colline comme celle dont tu parles. Allons chercher ta sœur tous les deux.

Tout content, il lui donna la main.

Ils n'eurent pas loin à aller avant d'entendre une voix féminine crier le nom de l'enfant. Et ce fut une sœur soulagée qui le serra dans ses bras.

Donalla continua sa promenade dans un état d'esprit plus joyeux.

Elle avait raconté cette aventure à sa mère, *Domna* Jamilla, mais sans préciser *comment* elle avait trouvé l'enfant. Car ils auraient tous déclaré que ce n'était pas grâce au *laran*. Pourtant, la nuit suivante, toute la maisonnée endormie, Donalla s'assit près de sa fenêtre et contempla le ciel.

— Idriel, murmura-t-elle à la lune mauve, qu'est-ce qui ne va pas chez moi ?

Sans rien dire à personne de la récurrence de son « problème », Donalla se surprenait à y penser de plus en plus — essayant de comprendre ce qui lui arrivait.

— Qu'as-tu donc, *chiya* ? lui demanda *Dom* Mintus. Es-tu malade, mon enfant ?

— Non, père. Excuse-moi, j'étais inquiète.

Son père ne dit rien, mais caressa ses boucles rousses, se demandant comment des cheveux aussi flamboyants que les siens pouvaient pousser sur une tête totalement dépourvue de *laran*.

Soudain, il la sentit se raidir.

— Qu'as-tu, mon enfant ?

Mintus s'agenouilla près de sa fille, craignant vraiment qu'elle ne fût malade.

Donalla voulut répondre, mais la peur qui s'était emparée d'elle la paralysa — terreur, désir de s'enfuir... et pourtant impossibilité de bouger. La *Mort !* La mort était devant elle.

Soudain, elle fut debout, partiellement elle-même, et partiellement un autre.

Un autre qui était terrorisé.

Et elle savait où il était !

— Père, parvint-elle à articuler, vite — va chercher des secours. Il faut le sauver !

Avant que Mintus n'ait pu lui demander des explications, elle avait passé la porte en courant. Son père sortit derrière elle en toute hâte, criant à un serviteur de les suivre avec un chervine.

La main sur la garde de son épée, Mintus s'enfonça dans la forêt derrière sa fille. Elle se dirigea d'abord vers la route, puis tourna brusquement en direction de la falaise.

Un instant, il craignit qu'elle n'eût perdu l'esprit et qu'elle se jetât dans le vide — mais elle ralentit, puis s'arrêta et regarda dans le précipice.

— Il est là, haleta-t-elle.

Dom Mintus n'eut pas besoin de faire appel à son *laran* pour localiser l'homme. Il était sur une corniche, blessé à l'évidence, et cherchait à repousser les assauts d'un oiseau de proie.

Le domestique attacha une corde autour d'un arbre proche et descendit près du blessé, l'oiseau décidant d'aller chercher ailleurs un repas plus facile. Mintus et son serviteur confectionnèrent des attelles de fortune pour le bras et la jambe cassés, et remontèrent l'homme.

Le retour fut bref et sans histoires.

L'homme fut mis au lit et soigné. Il remercia D*om* Mintus avec effusion pour lui avoir sauvé la vie. Donalla, restée dans le couloir, l'entendit demander :

— Mais comment avez-vous su où j'étais ?

Mintus fit une réponse évasive, puis, ressortant dans le couloir, regarda sa fille dans les yeux.

— Peut-être, dit-il avec bonté, lui caressant la joue, peut-être... juste *une trace de laran*. D'une envergure très limitée, mais en même temps très sensible. Tu dois apprendre à t'en servir avec sagesse, ma fille... mais je ne sais pas comment.

— N'aie crainte, Père, murmura Donalla. Je sais maintenant ce qui me reste à faire.

L'hiver arrivait enfin à son terme — qui était aussi le terme des dangers apportés par le vent et le froid.

Donalla sourit en pensant à tous les voyageurs perdus qu'elle avait secourus et remis sur leur chemin. Leur peur et leur panique avaient été pour elle comme des phares dans la nuit.

Elle savait maintenant qu'elle ne se marierait pas : son *laran* était toujours trop faible pour la rendre intéressante aux yeux des Grandes Familles.

— Es-tu certaine de ne pas regretter ta décision, ma fille ? demanda de nouveau Jamilla.

— Oui, Mère, dit Donalla en souriant. Bien que le printemps ait débuté dans nos pays, il en est beaucoup d'autres où l'hiver sévit encore. C'est là que ma « trace » peut se révéler le plus efficace. Pense à toutes les vies que je peux sauver !

— C'est une noble ambition, ma fille.

Donalla se mit en selle et s'éloigna, jetant un dernier regard sur ce qui avait été son foyer.

Mes pauvres parents ! pensa-t-elle. *Comme ils étaient préoccupés que leur fille ne soit pas conforme à leurs désirs ! Le plus triste, c'est qu'ils ne voient pas qu'une « trace » utilisée pour le bien est plus précieuse que le plus puissant des* larans.

Avec un soupir, puis un éclat de rire, elle talonna sa monture.

Même quand les pouvoirs sont bien répertoriés et les Tours bien organisées, il peut toujours se présenter des cas imprévus. Il faut alors que l'un des Doués accepte de prendre des risques — risques physiques, parfois même politiques. A Ténébreuse, on accepte le laran *à condition qu'il soit ben domestiqué ; on redoute ce qu'il y a en lui d'imprévu et de sauvage.*

VI
CERCLE DE LUMIERE

de Kathleen S. WILLIAMS

Les pieds d'Alindas trouvèrent la flaque blanche de sa robe de monitrice hâtivement ôtée la veille, et, au-dessous, ses pantoufles de velours, avant que l'ordre mental se fût estompé dans sa tête. Sur ses cheveux blonds décoiffés, elle jeta à la hâte un foulard et enfila le corridor en oubliant les bonne manières et la grâce dont trois ans de résidence à la Tour de Hali l'avaient dotée.

Concentrée sur sa matrice, elle s'envola si vite dans le puits élévateur qu'elle se cogna contre un mur à l'arrivée. S'efforçant de retrouver la dignité qu'on exigerait d'elle dans quelques minutes, Alindas modéra son allure pour rejoindre la plus centrale des trois salles de travail protégées. Etroitement groupé autour de son Gardien mourant, le cercle l'attendait, elle, la plus douée des monitrices. Dans un silence résigné, ils déversaient leurs énergies faiblissantes dans le corps de Damon Leynier, Doyen des Gardiens de la Tour de Hali, pour faciliter son passage dans l'autre monde.

Serrant les dents, Alindas chercha le regard des membres du cercle de Damon. Elle regarda dans les yeux Mhari, longtemps compagne et amante de son Gardien, et celle-ci lui rendit son regard avec défi.

— Nous allons faciliter son passage, Alindas,

comme il le désirait. Nous t'avons appelée uniquement parce qu'il désirait te revoir avant de nous quitter.

La voix de Mhari s'adoucit, ses yeux s'emplirent de larmes.

— Il t'aime, *chiya mia*, comme nous t'aimons tous, et désirait t'épargner son trépas, sachant avec quelle douleur tu le ressentirais.

Faisant signe à Alindas d'approcher, elle s'agenouilla près de Damon.

Alindas s'approcha, incapable de répondre, ruminant de sombres pensées. Faisant appel à toutes les techniques de self-control qu'elle avait apprises, elle étendit les mains au-dessus de Damon, suivant mentalement les influx nerveux et l'écoulement du sang et des fluides vitaux dans les organes.

S'attardant au-dessus de la poitrine, elle sut que ce qu'elle craignait depuis longtemps s'était finalement réalisé. Les gros vaisseaux qui nourrissaient son cœur s'étaient rétrécis de plus en plus, et maintenant, ils ne charriaient plus qu'un filet de sang, insuffisant pour entretenir la vie. Sous ses yeux, elle vit le cœur mourir; puis le corps suivit. Plongeant son esprit dans celui de Damon, pour soulager sa souffrance, elle écouta les dernières pensées qu'il lui adressait.

— Ne pleure pas, ma fille, car je connais depuis longtemps l'heure et la manière de mon trépas. Ne trouble pas la sérénité de mon âme, mais accepte mon amour et laisse-moi doucement passer derrière le Voile.

Alindas accepta en silence, soulagea sa douleur, puis lorsqu'il n'y eut plus rien à faire pour lui, elle chanta doucement l'hymne qui le guiderait jusqu'au Seigneur de la Lumière.

Elle s'assit sur ses talons, le visage inondé de larmes, et donna libre cours à son chagrin et à sa rage.

— J'aurais pu l'aider, le sauver, lamenta-t-elle. Vous savez tous que je l'aurais pu.

Elle sortit en fureur, quittant la Tour dans un tel désarroi qu'elle ne sut jamais quel chemin elle avait pris. Mhari voulut la suivre, mais Lerrys, le technicien du cercle, la retint.

— Elle ne veut pas de notre réconfort, dit-il doucement, et elle ne croira pas à quel point nous aurions voulu sauver Damon. Le *laran* d'Alindas, s'il s'agit vraiment d'un nouveau pouvoir, n'a encore jamais été mis à l'épreuve, et ces guérisons vont à l'encontre de nos croyances. Ce sont des faits qu'elle devra finir par accepter.

Quittant le cercle, Lerrys reconduisit chez elle une Mhari éplorée, et la laissa aux soins de ses servantes.

Passé le Voile protecteur de la Tour, loin du lac scintillant, Alindas fuyait le contrecoup de sa douleur, et la mort de celui qu'elle considérait presque comme un père. *Nedesta* du vaste clan de Serrais, par sa mère, une Ridenow captive d'un homme des Basses-Terres, elle n'avait jamais eu d'autre famille que Damon et Mhari.

Quand elle se ressaisit, elle sut que la peine qu'elle avait causé à Mhari la hanterait longtemps. Mais sa douleur continua à alimenter sa rage et sa frustration, jusqu'au moment où elle sentit qu'elle allait se désintégrer sous la violence de ses émotions, tapissant le monde d'un réseau de nerfs à vif.

Arrivée en haut d'une montée abrupte à quelque distance de la Tour, elle descendit dans une petite vallée qu'elle arpenta longuement, le cœur battant, les muscles crispés, les entrailles nouées, son corps absorbant les émotions destructrices qu'elle aurait aimé déchaîner sur ses compagnons de la Tour.

Soudain, un faucon doré piqua dans la vallée, enleva un lapin-cornu à l'entrée de son terrier, et remonta d'un coup d'aile, son plumage doré prenant des tons de bronze bruni dans le soleil sanglant qui se levait.

Survie du plus fort, du plus apte, disent les anciens, pensa-t-elle avec amertume. *Mais sommes-nous des animaux pour passer notre vie à arracher notre subsistance aux forêts et aux plaines, sans jamais lever les yeux sur la lumière du jour ?*

— Leçon quelque peu désuète, mais probablement pas sans valeur, dit une voix cultivée derrière elle.

Se retournant, elle vit Krist, qui serait maintenant le Doyen des Gardiens de la Tour de Hali. Grand, mince, apparemment sans âge, c'était un Hastur *emmasca*, demi-frère du roi actuel.

Devant celui qui aurait pu persuader Damon de la laisser le soigner, la fureur la reprit dans toute sa force et se déchaîna contre lui.

— Du calme, *chiya*, dit-il, détournant sa colère avec difficulté. Damon croyait sincèrement à la validité des anciennes coutumes, et si ce que tu m'as dit de ton *laran* est vrai, il faut un patient coopératif. De plus, tu sous-évalues grandement sa force de caractère si tu penses que quiconque, y compris moi, aurait pu lui faire modifier sa décision. Pense à ce que tu peux réaliser, mon enfant, et attends patiemment que tourne la roue de la civilisation. Crois-tu être la première qui ait le pouvoir de guérir avec la matrice ?

La surprise et la contrariété d'Alindas de ne pas être unique furent si drôles que Krist ne put garder son sérieux. Son rire chaleureux et vibrant résonna dans le petit amphithéâtre de sapins.

— J'en ai connu au moins quatre, dans ma vie qu'on s'accorde à considérer comme longue. Ils finissent par retourner dans leurs familles, prennent mari ou femme, ont des enfants, testant à leur façon l'étendue et la force de leur pouvoir. Ils le font, sachant qu'un jour leurs descendants pourront modifier cet équilibre, que ne seront pas uniquement sauvés des hommes de grande valeur comme Damon, mais que tous les habitants des Domaines vivront plus longtemps et en meilleure santé.

Alindas le fixa, sincèrement atterrée de son attitude.

— Mais ne vois-tu pas que nous pourrions faire beaucoup plus en travaillant ensemble ? Comment peux-tu renvoyer ces femmes à la ferme pour produire des enfants, alors qu'elles pourraient guérir ? Un cercle comprenant un bon guérisseur dans chaque Tour pourrait soigner des milliers de personnes tous les ans.

— Sais-tu vraiment ce que tu peux faire, Alindas? demanda-t-il sévèrement. Qui le sait? Qui pourrait te l'enseigner? Et si tu ne pouvais pas faire tout ce dont tu te crois capable? Sur qui, d'après toi, devons-nous te laisser t'exercer? Vis dans le présent, mon enfant. Cultive la patience, apprends, contrôle-toi. Viens maintenant; tu as mis tes forces à rude épreuve ce matin; tu dois passer le reste de la journée dans le repos et la méditation, afin d'affronter le travail de la nuit, qui est également important pour notre peuple.

Il se détourna et remonta la colline à grandes enjambées souples et athlétiques.

— Extraction minière! cracha-t-elle avec mépris, repartant à regret vers la Tour.

Krist était assis, rêveur, dans la pièce d'angle qui lui servait de bureau pour régler les questions administratives et recevoir ses rares visiteurs. Détendu, il laissait son esprit errer à l'aventure, tandis que ses mains aux six doigts fuselés caressaient les accessoires de son bureau, percevant les pensées des Gardiens précédents, savourant le plaisir tactile du vieux bois. Sous le soleil de cette fin d'après-midi, les murs translucides bleus avaient pris des tons chauds d'améthyste, et les dalles des nuances de vin vieux. La brise de cette fin d'été charriait jusqu'à sa conscience étendue l'odeur épicée des forêts voisines, et les senteurs plus exotiques du lac.

Il interrompit ses réflexions pour penser au cas d'Alindas. Dans sa cinquième année parmi eux, elle avait enfin conclu une paix précaire avec les limitations de la vie à la Tour et la politique de Krist en matière de *laran*. Elle n'avait pas perdu son désir d'adolescente de modeler la société pour la conformer à ses propres attentes, et parfois, sans raison apparente, elle devenait maussade et déprimée, mais Krist trouvait cela plutôt encourageant. L'équilibre qu'elle finirait par trouver entre l'assurance et l'humilité ferait d'elle une personne d'une force peu commune, et rendrait plus fructueuse l'exploration de son *laran* exceptionnel.

Krist laissa son esprit revenir à ces années douloureuses où il avait dû accepter sa nature d'*emmasca*, accepter de n'être jamais le Seigneur de son Domaine — le Royaume qu'on l'avait préparé à gouverner aussi loin que remontât son souvenir —, accepter que, malgré ses qualités de souverain, le caprice de la nature qui l'avait dépouillé d'une sexualité définie l'avait aussi dépouillé de son héritage. Bien qu'il agît et sentît en homme, il se demandait souvent s'il savait *vraiment* ce que c'était que d'être un homme *ou* une femme, ou si simplement il se comportait conformément à ce que chacun semblait attendre de lui.

Il souhaitait qu'Alindas apprenne à coopérer avec la nature et l'homme, et cesse de gaspiller ses forces en un combat qu'elle ne comprenait pas.

— Accepte le miracle de ce don, souhaita-t-il, et laisse-nous travailler ensemble à l'utiliser au mieux.

Des excuses mentales suivies d'un petit coup frappé à la porte l'interrompirent.

— Entrez, dit-il, intrigué qu'on vienne le voir à cette heure tardive.

L'une des plus jeunes monitrices entra, escortant discrètement Régis Estaban Alton-Hastur, Prince et Héritier des Sept Domaines. Krist se leva et s'inclina, sans dissimuler sa surprise.

— Vous nous honorez, Votre Altesse. En quoi pouvons-nous vous servir ?

Régis eut un grand sourire, qui donna un charme certain à son visage presque émacié.

— Je croyais que ce formalisme n'existait pas à la Tour de Hali, mon Oncle ; sinon, j'aurais prévu une entrée plus spectaculaire.

— J'avoue que la surprise m'a décontenancé, mon Neveu. Ton père insiste, à juste titre, pour qu'on te traite en tout comme un futur roi, et les vieilles habitudes ont la vie dure, même dans une Tour.

Krist indiqua une chaise à son royal neveu, et demanda à la monitrice de leur envoyer des rafraîchissements.

Il observa le jeune homme, dissimulant sa tristesse. Faible et fragile depuis sa naissance, Régis était le seul de quatre fils qui ait survécu plus de dix jours après sa naissance. Il allait avoir quatorze ans et serait bientôt confirmé comme héritier d'un royaume encore instable, mais Krist doutait sérieusement qu'il vécût jusq'à la mort de son père. Et même s'il lui survivait, aurait-il la force de maintenir la cohésion d'un royaume agité de troubles incessants ? Stéphan, frère de Krist, était le huitième Roi des Sept Domaines, qui comprenaient en principe les sept plus grandes familles de Ténébreuse, celles qui possédaient l'indispensable *laran*. Pourtant, il était le premier à qui tous les autres Domaines avaient prêté allégeance, et cela grâce à un expédient — son mariage avec une princesse d'Alton, la famille qui avait combattu le plus longtemps et le plus violemment l'unification. La perte du seul héritier légal unissant les sangs Hastur et Alton plongerait leur monde dans des troubles violents.

Autrefois, il avait sérieusement considéré de demander à son frère qu'il permît à leur demi-sœur, Melora Hastur-Elhalyn, guérisseuse de grand potentiel, de voir si elle pouvait faire quelque chose pour l'enfant, mais les conséquences d'un échec auraient été trop graves.

— Enfin, pensa-t-il sombrement, tant qu'il vit, nous pouvons espérer le meilleur.

Maîtrisant ses craintes, il se tourna vers le jeune homme, qui semblait plein d'appréhension.

— En quoi puis-je te servir, mon Neveu ? Je suis certain qu'en ces temps troublés, ton père ne t'a pas permis de venir ici juste pour me rendre visite.

Régis humecta nerveusement ses lèvres bleuâtres.

— Je suis venu pour être testé, mon Oncle, bredouilla-t-il, s'attendant manifestement à une pénible épreuve.

Krist sourit, et eut la satisfaction de voir Régis se détendre.

— Très bien, dit-il. Mais es-tu certain que tu as dépassé la maladie du seuil ?

— Oh oui, mon Oncle. Plus de vertiges, plus de voix étranges, plus de... d'étranges sensations, termina-t-il en rougissant. Et quand mon père me parle mentalement, je l'entends bien. J'entends aussi ma mère, et tous les deux disent qu'ils perçoivent clairement mes réponses. Mais ils ne me laissent parler mentalement à personne d'autre, pas même à Cathal, et pourtant, nous sommes *bredin* ! termina-t-il avec quelque rancœur.

— Tes parents agissent sagement, Régis. Un télépathe non entraîné, mais doué du grand potentiel des Hastur, peut provoquer de sérieux ravages dans les pensées et les émotions des autres. Cathal n'a pas été testé ni entraîné lui-même, n'est-ce pas ?

— Non, mon Oncle. Je suis désolé, dit-il lentement, je ne savais pas que je pouvais faire du mal à Cathal par l'esprit.

— Je sais, Régis, cesse donc de t'en inquiéter. Nous allons commencer par te donner une matrice. Lorsque tu l'auras accordée, c'est-à-dire réglé ses résonances sur les tiennes, tu pourras entendre toutes les pensées à volonté, sans danger pour personne. Tu passeras ici plusieurs décades, car tu dois apprendre à te servir de ton *laran*, mais aussi à connaître et respecter certaines habitudes et bonnes manières en usage chez les télépathes.

— Mon père m'a recommandé de faire tout ce que tu dirais, et de rester aussi longtemps que tu le jugerais nécessaire. Quand pourrons-nous commencer ?

— Immédiatement, bien sûr, mon Neveu. Loin de moi l'idée de différer ta formation, dit Krist en riant. Et comme les Hastur évoluent dans le *laran* aussi naturellement qu'un lapin cornu dans la neige, tout délai serait peut-être dangereux !

Répondant au rire contagieux de Krist, Régis prit la chaise que son oncle lui indiqua. Stéphan et son épouse, la Reine Camilla, étaient tous deux des télépathes exceptionnels, et si Régis avait hérité de leur double *laran*, ce qu'il pourrait faire ne manquerait pas d'intérêt.

Krist s'agenouilla devant Régis, prit la tête du jeune homme entre ses mains, et se mit à accorder leurs résonances.

— Détends-toi, Régis ; laisse-toi flotter sur une mer calme et tiède. Respire lentement et profondément, détends-toi.

Leurs résonances s'accordèrent sans difficulté. Prenant une matrice vierge, Krist la mit sous les yeux de Régis. Le jeune prince projeta instinctivement son esprit, et amena la pierre dans le champ combiné de leurs consciences. Puis, lentement, avec d'infinies précautions, Krist laissa ses propres résonances se déphaser et s'écarta de Régis, toujours assis, hypnotisé par la matrice qu'il tenait dans ses mains. Au bout d'un moment, il toucha légèrement l'épaule de Régis.

— Tout va bien, mon Neveu ?

Régis leva les yeux, le visage rayonnant dans la lueur bleutée de la matrice.

— C'est encore plus merveilleux que je l'imaginais, mon Oncle. Je... je sens le monde entier pulser autour de moi !

Il ramena son regard sur la pierre, absorbé dans la contemplation de la vie nouvelle qu'il découvrait. Krist l'y abandonna un moment, tandis que le soleil finissait de disparaître.

Enfin, l'appelant mentalement avec une infinie douceur, il ramena Régis à la réalité de la pièce maintenant plongée dans la pénombre. Régis battit des paupières, encore sous le charme de ce qu'il avait vu.

— Regarde bien maintenant, Régis, et je vais te donner ta première leçon pour l'utilisation de cette matrice.

Se concentrant à peine, Krist alluma toutes les chandelles de la pièce.

Régis en resta bouche bée, ébahi par cette démonstration aussi simple que spectaculaire.

— C'est une tâche facile ou difficile, mon Oncle? demanda-t-il, sérieusement inquiet que son pouvoir puisse se limiter à allumer des chandelles, même si c'était impressionnant au premier abord.

— Cela dépendra du niveau de ton pouvoir personnel, dit prudemmment Krist. Cela exige plus de concentration pour certains que pour d'autres. Je n'y consacre pas un grand effort, car mes devoirs exigent que je conserve mes forces pour mon travail dans les cercles. Nous procéderons plus tard à un test de ton pouvoir personnel.

Régis frémit, réfrénant mal son désir de commencer tout de suite.

— Maintenant, écoute-moi bien, dit Krist, tapotant la table d'un long doigt fuselé et adoptant une attitude de conférencier.

Régis se pencha vers lui, intensément concentré, prêt à jouer les parfaits disciples pour obtenir les informations qu'il désirait ardemment. Krist sourit à cette déférence inattendue, se disant qu'il valait mieux aller vite.

— Le cerveau humain est capable de bien des choses, sur lesquelles nous savons peu ou rien du tout. Quand nos ancêtres sont arrivés sur ce monde, les Sages de la Forêt leur ont donné les pierres-étoiles, que nous appelons aujourd'hui matrices. Et quand ils s'unirent avec les nôtres, des enfants naquirent qui apprirent à les utiliser. De nos jours, nous voyons rarement les Sages, mais les dons qu'ils nous ont faits continuent à vivre en nous et dans les pierres elles-mêmes. Pour certains d'entre nous, apparentés aux Bienheureux Hastur et Cassilda, enfants des Sept Domaines, ces dons sont puissants, et souvent singuliers. Mais le plus important, et qu'on attendra de toi en toutes circonstances, c'est que tu respectes ce pouvoir, n'oubliant pas qu'il t'a été offert, comme part de ton héritage, et que tu ne dois jamais en abuser. Toute personne qui entre dans cette Tour et qui en sort avec une matrice, a prêté le serment non seulement d'utiliser son pouvoir pour le bien, mais aussi de protéger ses semblables de ceux qui s'en serviraient pour le mal. En tant que futur roi, tes épaules auront à supporter le fardeau particulièrement lourd de ne jamais utiliser ton pouvoir abusivement, et de te joindre aux Tours pour punir tous ceux qui pourraient abuser du leur.

Régis l'écoutait, immobile, avec une concentration intense du visage et une tension évidente dans tous les muscles de son corps mince et osseux.

— Se servir d'un don si merveilleux pour le mal me paraît bien étrange, mon Oncle, dit-il avec sérieux, mais mes connaissances sont encore très limitées. Dans ce domaine, je dépendrai de toi pour me guider, comme je sais que le désire mon père, et comme je souhaite sincèrement que tu le désires aussi.

Il termina en haussant le sourcil gauche d'un air interrogateur : la même mimique que son père, pensa Krist.

Celui-ci fut frappé par une réponse si adulte. Une tristesse incontrôlable le prit comme il pensait à la santé de Régis. Cet enfant — non, ce jeune *homme* — promettait d'être un grand roi.

— Je serai toujours à tes ordres, dit-il doucement. Bon, foin de ces cérémonies poursuivit-il avec animation. Il est temps de voir ce que tu peux faire avec ce caillou !

Régis eut un grand sourire et se leva d'un bond, ravi de la réponse de son oncle, et impatient de se mettre aux choses sérieuses.

Krist sortit un petit treillis composé de quatre matrices — les plus grosses qu'il ait pu synthétiser et contrôler jusque-là — et le posa sur son bureau. Si Régis parvenait à accroître la puissance de ce réseau, cela signifierait qu'il avait hérité de la capacité des Hastur à énergiser et à contrôler pleinement plus d'une matrice à la fois.

— Maintenant, dit-il, tu vas te concentrer sur ce treillis. Ne tente pas d'en diriger la force ou d'en faire quoi que ce soit. Tu n'y es ni formé ni entraîné. Détends-toi, accorde tes résonances comme tu l'as fait tout à l'heure avec ta propre pierre, et tente de faire de même avec ce réseau. Comprends-tu ce que tu dois faire ?

— Je crois que oui, mon Oncle. Tu veux que j'active cette structure comme tu as activé ma pierre pour moi, non ?

— Exactement, Régis, dit Krist. Maintenant, je vais m'écarter et te laisser te concentrer.

Sortant sa propre matrice, il entra en léger rapport avec le jeune homme, pour monitorer le fonctionnement de ses organes et l'interrompre s'il commençait à faiblir.

Régis fixa intensément sa pierre. Pendant un temps qui lui sembla très long, il se concentra sur sa matrice, son rayonnement bleuté se répandant sur tout son corps. La gorge de Krist se serra quand il sentit Régis tendre son esprit vers le réseau.

Lentement, le réseau se mit à briller d'un éclat intense, qui semblait défier toute limite à son expansion. Comme en transe, Krist vit le pouvoir exploser au-delà de tout ce qu'il avait connu jusque-là. La brillance de la lumière dépassa les limites supérieures de la vision humaine, et Krist se demanda machinalement s'il resterait définitivement aveugle, tout en tentant désespérément de rompre le lien hypnotique entre Régis et le réseau. A même instant, le réseau atteignit ses ultimes limites, et il explosa en milliers de fragments calcinés, tombant en pluie dans toute la pièce. Le contrecoup frappa les deux hommes avec la force d'une montagne s'écroulant sur eux, et Krist fit appel à ses dernière force pour diffuser un appel au secours frénétique.

Krist eut vaguement conscience de revenir à lui quand Alindas surgit dans son bureau, suivie de six autres personnes.

Remarquant que la main de Krist montrait Régis,

Alindas fit signe à une jeune monitrice de s'occuper de lui, et s'approcha du Gardien.

— Non, *chiya*, soigne d'abord notre Prince.

Surprise, mais comprenant immédiatement, Alindas se retrouva près de lui du même mouvement. Régis était à l'article de la mort. Elle lui prit vivement la main gauche dans sa main droite, tendant la gauche à une monitrice. Ensemble, elles déversèrent leurs forces dans le prince, tandis qu'elle le monitorait à un autre niveau mental. Quand sa respiration redevint régulière, qu'il eut repris des couleurs, et que son cœur battit aussi normalement qu'il le pourrait jamais d'après elle, Alindas envoya l'autre monitrice se reposer, et se tourna vers Krist, allongé sur un divan, blanc comme la neige nouvelle.

— Tu sembles encore vivant, mais tout juste. C'est tout ce que Mhari a pu faire pour toi ?

— Je l'ai envoyée chercher à manger. Je ne veux pas trop de personnes présentes quand Régis reprendra connaissance. Il va beaucoup souffrir du contrecoup.

Il regarda anxieusement le divan où l'on avait allongé son neveu.

— Tu veux dire, s'il reprend jamais connaissance, n'est-ce pas ? demanda Alindas, acide. Où avais-tu l'esprit, Krist, de laisser quelqu'un dans son état faire... ce que vous faisiez ?

L'air écœuré, elle parcourut du regard la pièce dévastée.

Krist lui serra le poignet avec une force qui démentait son apparence.

— Que veux-tu dire par « quelqu'un dans son état » ? demanda-t-il d'un ton inquiet. Il a toujours été maladif, mais il semblait en forme aujourd'hui.

Alindas le regarda, stupéfaite.

— Je ne comprends pas, Krist. Tu ne l'as donc jamais monitoré ? Je suis franchement surprise qu'il soit encore vivant. Mais il n'en a plus pour longtemps, tu sais.

Krist se rallongea sur le divan, les larmes lui montant aux yeux.

— Oui, Alindas, je l'*ai* monitoré. Mais franchement, je ne sais pas ce qu'il a. Il a toujours été faible, et je ne croyais pas qu'il vivrait si longtemps. Et puisqu'il a survécu jusqu'ici, j'espérais qu'Evanda l'épargnerait pour notre Royaume qui a tant besoin de lui.

Alindas le considéra avec une infinie compassion, tandis qu'il s'abandonnait à ses larmes : les répercussions déprimantes de l'intense travail des matrices l'avaient dépouillé du reste de son contrôle.

— Désolée, Krist. Je sais à quel point tu es attaché à ta famille et à ton Domaine, mais il ne survivra pas longtemps. A Neskaya, les moniteurs assistent souvent aux naissances locales, pour soulager les douleurs et calmer le nourrisson. Pendant la saison où j'y ai étudié, j'ai découvert que les nouveau-nés ont des trous entre les chambres de leurs cœurs. D'abord, poursuivit-elle avec ironie, je crus qu'ils étaient en danger de mort. Mais j'appris bientôt que ces trous se referment, comme se referment les blessures, dans les jours qui suivent la naissance. Lauria, dont le *laran* est très semblable au mien, me dit avoir vu un bébé, dont les trous ne s'étaient pas refermés, mourir avant d'avoir dix jours, parce que son cœur n'avait pas la force d'irriguer tout son corps. C'est pourquoi je me suis étonnée que le Prince soit encore en vie, car les trous de son cœur sont toujours ouverts.

Krist la considéra, au comble de la stupeur. Il avait toujours cru en ses capacités, mais de les voir ainsi démontrées l'étonnait au-delà de toute expression.

— S'il a vécu jusqu'à maintenant, pourquoi ne pourrait-il pas continuer ? demanda-t-il.

— Il est encore très jeune, Krist. Il atteindra bientôt sa taille et son poids d'adulte, comme tous les adolescents de son âge, et pendant un certain temps, son corps grandira plus vite que son cœur. Actuellement, son cœur a déjà du mal a entretenir sa vie. Quand surviendra cette croissance soudaine, cela imposera à son cœur une fatigue insupportable, et il *mourra*.

Le chagrin et la compassion d'Alindas étaient presque palpables dans la pénombre de la pièce. Elle prit les deux mains de Krist dans les siennes, lui communiquant ses dernières forces.

— Je vais vous laisser tous les deux vous reposer et manger. Il devrait se réveiller bientôt. Appelle-moi si je peux faire quelque chose.

Elle s'éclipsa vivement, ne voulant pas exacerber le chagrin de Krist par sa présence et le souvenir de ses paroles.

Krist se rallongea, contemplant un éclat noirci de matrice incrusté dans la pierre bleue du plafond.

— Tant de puissance, se lamenta-t-il. Tant de jeunesse, tant de sagesse inemployée.

Il sombra dans un sommeil agité, peuplé des silhouettes éplorées de son frère et de la Reine. La Reine était forcée de retourner au Domaine d'Alton. Le Seigneur Alton se préparait à une guerre que lui imposaient ses fils et les autres familles des Domaines. Debout au milieu d'un champ fraîchement labouré, faisant couler la terre entre ses doigts, il pleurait en disant :

— Mon royaume, mon fils, disparus tous les deux.

Un coup frappé à la porte le réveilla. S'étonnant d'un comportement si barbare dans une Tour, il s'assit vivement, son buste suivi de près par la tête lourde et congestionnée qu'il avait laissée sur l'oreiller. Il lutta contre la nausée et les souvenirs de la veille.

— Personne dans son bon sens ne peut venir me parler dans l'état où je suis, pensa-t-il vaguement. Entrez, croassa-t-il pourtant, titubant jusqu'au divan où Régis reposait toujours et le contemplant avec inquiétude.

— Retourne t'allonger, Krist, dit Alindas, plus fraîche et jolie que jamais. Il est midi passé, ajouta-t-elle, et je l'ai surveillé de près. Il va bientôt se réveiller, et nous serons sans doute obligés de le faire manger de force. Toi aussi, il faut manger.

Krist retourna s'asseoir docilement, et considéra avec dégoût le repas posé devant lui, mais désirant éviter les insistances d'Alindas, il l'attaqua avec plus d'entrain qu'il n'en ressentait. Pourtant, le solide repas eut bientôt l'effet désiré, sa tête et son estomac reprirent leur place habituelle, et il se rallongea avec un intense sentiment de soulagement. Dans l'intervalle, Alindas était parvenue à faire absorber un repas tout aussi substantiel à un Régis qui résistait faiblement, et qui se rendormit aussitôt. Elle vint s'agenouiller près de Krist, et prit ses mains dans les siennes.

— Te sens-tu mieux maintenant ? demanda-t-elle.

— Mon corps se sent beaucoup mieux, *chiya*. Mais mon cœur ne se remettra peut-être jamais, j'en ai peur.

D'un commun accord, leurs regards se portèrent sur Régis endormi.

— Krist, je connais peu la politique des Domaines, commença prudemment Alindas. Franchement, il y a trop de choses qui m'intéressent davantage. Toutefois, cet accident me pousse à m'interroger. Je sais à quel point tu aimes le Prince, mais je sens que tes craintes ne concernent pas uniquement sa mort. Que redoutes-tu ?

Il la regarda, étonné, et soupira.

— Parfois, il est bien dur de réaliser à quel point les gens sont peu attentifs à l'état de leur propre royaume, avoua-t-il. Voici la situation, Alindas : depuis que Damon-Aran Hastur s'efforça d'apporter la paix aux Sept Domaines, croyant que, selon le plan d'Hastur et Cassilda, leur descendants devaient vivre ensemble comme une grande famille, le Domaine d'Alton, et, à une époque ou une autre, pratiquement tous les autres Domaines, ont résisté à la volonté d'Hastur. En prenant pour épouse Camilla, Princesse d'Alton, mon frère, en accord avec le vieux *Dom* Lerrys Alton, pensait apporter une paix durable aux Domaines par la naissance d'un héritier conjointement issu des Hastur et des Alton. Tous trois ont travaillé activement à l'instauration de cette paix, car les fils de *Dom* Lerrys étaient prêts à partir en guerre au moindre prétexte, et il y a eu des troubles incessants en différentes régions du royaume. Cette paix fragile s'évanouira comme une volute de fumée si Régis meurt avant d'avoir engendré un héritier. Et même dans ce cas, la lutte pour la régence sera peut-être pire que s'il n'y avait pas d'héritier du tout, soupira-t-il. C'est le plus important, mais il y a aussi ce qui s'est passé ici hier soir.

— Qu'est-ce qui s'est passé hier soir ? demanda Alindas avec sérieux, réfléchissant à ce qu'elle venait d'entendre.

— Régis a tiré suffisamment de puissance d'un réseau de quatre matrices pour le faire exploser, dit-il avec ironie, anticipant l'incrédulité qu'il vit dans ses yeux. Avec ce genre de *laran*, il devrait être capable d'imaginer comment construire de grands réseaux artificiels de matrices, et de nous enseigner à les utiliser.

Sa voix mourut, tandis que son esprit s'attardait avec regret sur ce qu'il ne verrait jamais se réaliser.

Assise près de Krist, Alindas garda longtemps le silence, ruminant la situation et ses implications auxquelles elle n'avait jamais pensé au cours de ses vingt-deux ans d'existence, mais qui à l'avenir pourraient déterminer son sort et celui de ses proches. Saisissant fermement les mains de Krist, elle le regarda, bien résolue à essayer une fois de plus de le convaincre.

— Crois-tu ce que je t'ai dit hier soir ? demanda-t-elle avec sa franchise coutumière.

— Si je te *crois*, Alindas ? Pourquoi ne te croirais-je pas ? Tu ne m'as jamais donné aucune raison de douter de toi. Pourquoi cette question ?

Prenant une profonde inspiration, elle le regarda dans les yeux.

— Il a si peu de temps à vivre, Krist, et le royaume a tant besoin de lui. Serait-ce vraiment blâmable que j'essaye de le guérir ?

Krist la regarda, stupéfait, tentant de réprimer l'espoir qui montait en lui.

— Penses-tu vraiment que tu peux réussir, Alindas ? Si oui, je crois que je pourrai persuader mon frère. Lui et Camilla ont tout tenté pour le sauver.

Alindas se leva avec fougue, le foudroyant du regard.

— Tu sais mieux que personne que je ne peux rien promettre. Je te dis que les trous se referment comme les autres blessures que tu m'as vu refermer. Mais c'est beaucoup plus compliqué dans ce cas. Je suis profondément et sincèrement convaincue que je peux faire quelque chose, mais tu es bien placé pour savoir que je ne peux produire aucune guérison similaire pour le prouver !

Krist lui serra les mains pour la calmer.

— Je le sais, Alindas. Réalises-tu que si tu le guéris, cela devra rester secret ? Que tu ne pourras plus jamais travailler dans un cercle de crainte que ton intervention ne soit découverte ? Je suis certain de convaincre Camilla ; elle a travaillé comme monitrice, et, dans une certaine mesure, elle comprendra ce que nous proposons. A nous deux, nous pourrons sans doute convaincre mon frère, car son fils et son royaume sont tout pour lui. Quant aux Seigneurs des Domaines, c'est une autre histoire. Il a fallu près de cent ans pour les persuader de nous laisser guérir les blessures externes et monitorer les accouchements, et il y a à peine vingt-cinq ans que nous avons obtenu ces concessions. Ton action devra rester ignorée. Pourras-tu vivre avec ce secret ?

Alindas fut atterrée de ces paroles.

— Quitter la Tour à jamais ? Où irai-je ? Je n'ai pas de famille ; ma mère, une Ridenow, est morte peu après ma naissance en captivité. Sa famille a payé mon éducation, et n'a été que trop contente de me donner à une Tour. La Tour est ma seule famille !

— Je le sais, *chiya*. Crois-moi, je ferai tout ce que je pourrai pour assurer ton avenir, mais tu devras impérativement quitter la Tour.

— Eh bien, dit-elle avec douleur, je sais déjà ce qui

doit être fait pour lui. Il ne me reste qu'à le faire. Je crois que je le peux, Krist, et le pouvant, je sens que je le dois. Comme tu l'as souvent dit, le don nous est donné en dépôt, et ce serait manquer mon devoir que de ne pas l'utiliser au mieux.

Krist l'embrassa doucement sur le front.

— Le Seigneur de la Lumière te bénira, Alindas. Maintenant, soupira-t-il, occupe-toi immédiatement des préparatifs du voyage. Mes vieux os me disent que le temps presse.

Alindas eut un sourire tremblant, à la fois exaltée et attristée.

— Repose-toi, Krist, car *mes* vieux os me disent que les préparatifs du voyage prendront un certain temps.

Alindas contemplait rêveusement les nuages roses et floconneux flottant sur les rayons du soleil levant, simples rappels de la légère pluie nocturne. Tandis que son poney caracolait dans l'air frais du matin, elle repassait sans cesse dans sa tête les arguments qu'elle présenterait au Roi et à la Reine pour les persuader d'autoriser ce traitement peu orthodoxe sur leur fils.

Elle regarda Krist, encore pâli et affaibli par son épreuve, se demandant si leur voyage servirait à quelque chose. L'interdiction d'interférer avec la Nature, de quelque façon que ce soit, avait, à leur connaissance, toujours existé. Les quelques personnes ayant étudié les rares archives de leur race n'avaient trouvé aucune référence à une époque où de telles guérisons eussent été permises. Krist était la seule personne de sa connaissance à croire ce qu'il lui avait dit : que le pouvoir des matrices était nouveau pour leur race. Tous admettaient que les pierres leur avaient été données par les Sages de la Forêt, mais la plupart croyaient que le *laran* était un don du Seigneur de la Lumière, que le propre fils du Dieu, le Bienheureux Hastur, avait lui-même engendré sept fils, chacun doué d'un *laran* spécifique, et que ces fils étaient les ancêtres des Sept Domaines actuels. Peu de gens croyaient que leur race était arrivée assez récemment sur ce monde, et que le *laran* leur avait été donné et enseigné par les Sages de la Forêt. Elle n'était pas certaine de le croire elle-même.

A certains moments, le *laran* de Krist avait l'étrange faculté de déployer sous ses yeux le temps, sous ses aspects passé et futur. Ces moments étaient brefs, et, Alindas le savait, souvent frustrants pour lui. Toutefois, il était certain d'avoir vu une époque où il n'y avait ni *laran*, ni pierres-étoiles parmi les humains de Ténébreuse. Il était souvent intrigué par un espace noir du passé, au-delà duquel il ne pouvait pas voir, et il savait, ou peut-être seulement sentait, qu'il avait atteint l'époque ayant précédé la venue de sa race sur Ténébreuse.

Alindas ne savait pas ce qu'elle croyait, mais elle sentait du plus profond de son cœur que la décision de Stéphan et Camilla serait un tournant décisif dans l'histoire de leur peuple. Elle ne parvenait pas à accepter que le Seigneur de la Lumière — ni d'ailleurs les Sages de la Forêt — l'eussent douée d'un talent qu'elle ne dût pas utiliser. Dans ses moments d'amertume, elle avait imaginé bien des choses, par exemple, qu'elle était punie pour quelque obscure raison, ou qu'elle était un monstre de la nature, comme un poney à deux têtes qu'il vaut mieux éliminer. Heureusement, Krist la surveillait toujours étroitement dans ces moments de crise, ne lui permettant pas de s'attarder sur ces idées noires.

L'estomac d'Alindas se noua à l'idée de se séparer de Krist. Il était devenu le pilier central de sa vie, et elle se sentait perdue et troublée à l'idée de vivre à jamais loin de lui.

— Ce ne sera pas aussi catastrophique que ça, *breda*, dit-il en souriant, car il suivait ses pensées depuis un moment. Tu trouveras quelqu'un que tu aimeras sincèrement ; lui et vos enfants donneront un autre sens à ta vie. Les gens passent rarement toute leur existence à la Tour — tu savais sans doute que tu trouverais un jour un mari et que tu partirais. Ton *laran* doit être préservé et transmis, même si, dorénavant, tu ne pourras plus l'utiliser.

Il lui saisit la main par-dessus sa selle.

— J'ai retardé ce moment, *chiya*, car nous avions besoin de toi, et je pense que tu avais besoin de nous.

« Ma sœur Melora m'a souvent demandé de t'envoyer chez elle, car elle s'est attachée à toi lors de ton séjour, la saison dernière. Elle a hâte de découvrir ce que vous pouvez faire ensemble, et je crois qu'elle espère secrètement qu'un de ses fils trouvera grâce à tes yeux et que tu resteras toujours auprès d'elle. Approuves-tu ce projet ? Ce ne sera pas la même vie qu'à la Tour, mais à bien des égards, ce sera peut-être une vie meilleure. Comme elle est mariée à l'héritier d'Elhalyn, le jour viendra peut-être où, du moins dans ce Domaine, tu pourras guérir plus librement. Et à vous deux, qui sait ce que vous pourrez accomplir ? »

Krist scruta le visage d'Alindas. Elle le considéra pensivement, prenant son temps pour assimiler l'idée qu'il proposait. Puis elle se mit à rire.

— C'est un projet que tu as formé de longue date, n'est-ce pas, Krist ? Dame Melora m'a témoigné beaucoup de bonté — davantage, je pense, que ne pouvait en attendre la *nedesta* (et elle donna au mot l'inflexion péjorative signifiant « bâtarde ») d'un seigneur Serrais et d'une captive sans *laran*. Mais, poursuivit-elle, levant la main pour faire taire ses protestations probables, au bout d'un certain temps, nous sommes devenues très proches, comme deux sœurs plus que comme mère et fille ; et je suis certaine qu'elle fait cette proposition du fond du cœur, c'est pourquoi j'irai chez elle, dans un premier temps. Mais je ne promets pas d'épouser l'un de ses fils, je n'en ai encore rencontré aucun !

Elle regarda Krist avec défi, avançant un menton volontaire — elle mourrait en vieille fille ratatinée plutôt que de se marier pour lui plaire !

Hochant la tête, plus satisfait qu'il ne voulait l'avouer, Krist accepta sa décision sans mot dire. Dans un silence amical, ils poursuivirent leur chevauchée vers le Château Hastur tandis que le soleil montait vers le zénith et qu'une brume de chaleur s'élevait du lac qu'ils longeaient.

Ils arrivèrent en début d'après-midi et entrèrent dans la cour grouillante de vie. Impressionnés par une visite du frère de leur souverain, doublé du Gardien de Hali, les palefreniers prirent leurs poneys, et le *coridom* les introduisit immédiatement chez la Reine.

Camilla Lanart-Hastur, Reine des Sept Domaines, était une femme d'une beauté éblouissante, ayant à peine dépassé la trentaine. Grande, mince, avec d'épais cheveux auburn enroulés en lourdes tresses autour de sa tête, un teint très clair et des yeux gris si foncés qu'ils en paraissaient parfois noirs, elle avait une présence imposante et une allure très aristocratique. Son apparence fascina Alindas à tel point que tout d'abord, elle ne prêta aucune attention à l'élégant salon où on les avait introduits. Une douce lumière ambrée éclairait ses verts et ses beiges délicats, les épais tapis, et les beaux meubles de bois luisant.

Heureusement, le temps que Krist présente ses hommages officiels à la Reine, Alindas avait eu le temps de se ressaisir. Elle fit une timide révérence sous le regard intense de la Reine.

— Vous venez au sujet de Régis, dit-elle avec appréhension. Comment va-t-il ?

— Pour le moment, il se repose, Camilla, dit Krist, avec une familiarité accordée à quelques rares intimes. Tu aurais été très fière de lui. Il ne m'a jamais été donné de voir *laran* plus puissant que le sien. Parce que je n'avais pas conscience de la puissance qu'il pouvait activer, il a reçu un violent contrecoup, mais il s'en remet de façon satisfaisante. Toutefois, je laisserai à Alindas le soin de t'exposer la raison de notre visite, car elle te l'expliquera mieux que moi.

Krist fit signe à Alindas d'avancer.

Alindas se trouva comme frappée de paralysie. Krist

voulait qu'*elle* explique tout à la Reine ? Alindas se sentit soudain très vieille. Plus que la timidité devant la Couronne, c'était la responsabilités dont la chargeait Krist qui lui liait la langue. Prendre des responsabilités n'avait jamais été son fort, et cela l'effrayait davantage que toute autre épreuve qu'elle eût affrontée dans sa vie.

— Approche, mon enfant — Alindas — que souhaites-tu me dire ?

Avec l'impression d'être perdue dans une grotte sans une lueur pour la guider, Alindas rassembla tout son courage, se jeta à genoux devant la Reine, et bredouilla :

— Majesté, je crois que je peux faire quelque chose pour améliorer la santé du Prince !

Redoutant de rencontrer le regard de la femme assise en face d'elle, Alindas fixa obstinément les pieds de la Reine.

Avant qu'Alindas réalise ce qui se passait, la Reine se jetait à genoux près d'elle, lui saisissait les mains, et tirait directement de son esprit toutes les informations concernant son cher fils, et ce qu'Alindas pourrait faire pour lui. Après une courte résistance instinctive à cette invasion mentale, Alindas se détendit, laissant tous les faits se déverser dans l'esprit angoissé de Camilla. Avec une admiration révérencielle, elle réalisa quelles craintes Camilla Hastur affrontait chaque jour, chaque fois qu'elle regardait son fils unique.

— Ainsi, Krist, ce que tu espérais, ce que nous espérions tous, pourrait se réaliser. J'en suis encore bouleversée, dit la Reine, se rasseyant dans son fauteuil, si rayonnante d'espoir qu'Alindas en fut émue de sympathie.

Leur rapport avait été très profond, et semblait encore imprégner l'atmosphère de la pièce.

— Krist, toi qui connais ces choses mieux que moi, dis-moi ce que tu en penses, toi.

A l'évidence, Camilla s'efforçait vaillamment de maîtriser ses espérances.

— Tout ce que je peux dire, Camilla, c'est que je n'aurais pas amené Alindas si je ne croyais pas qu'il y ait quelque chance, si petite soit-elle, qu'elle réussisse ce qu'elle propose. Je n'ai aucun doute sur l'exactitude de son diagnostic. Elle est, de loin, la meilleure monitrice que j'aie jamais connue. Son action se placera sans doute au niveau instinctif, et je ne peux pas jurer de sa réussite. Sa conviction de pouvoir le guérir est la meilleure garantie dont nous disposions, car elle n'a pas eu la possibilité de prouver ses capacités sur quelqu'un d'autre.

Camilla réfléchit quelques instants, puis envoya un page chercher le Roi.

— Krist, voudrais-tu sortir avec Alindas ? Je crois qu'il est préférable que je discute avec Stéphan en particulier.

Krist acquiesça de la tête, puis s'inclina ; Alindas, rongée d'inquiétude, fit une révérence empruntée, et ils sortirent.

Les deux heures suivantes furent les plus longues de leur vie. Ils ne mangèrent pas, ne dormirent pas, ne parlèrent pas, mais de temps en temps, l'un ou l'autre faisait les cent pas quelques minutes, prenant bien soin de ne pas entendre accidentellement, par les oreilles ou par l'esprit, ce qui se disait dans l'appartement royal.

Camilla et Stéphan sortirent enfin, l'air trop épuisé pour tenir encore debout. Les yeux de Stéphan, rougis de fatigue, se posèrent directement sur Alindas.

— Nous te permettrons de tenter cette guérison, car nous croyons sincèrement que c'est notre seul espoir. Toutefois, vous devez comprendre tous les deux que *personne* en dehors de nous ne devra jamais l'apprendre. Le Conseil ne permettrait jamais à Régis de gouverner s'il savait que son corps a subi des manipulations, quelles qu'elles soient.

Avec un calme dont elle ne se serait jamais crue capable, Alindas soutint le regard du Roi.

— Même Régis n'a pas besoin d'être au courant si

vous le désirez, Majesté. Si la Reine et vous-même voulez bien m'assister, nous aurons assez de puissance à nous quatre sans faire appel à personne d'autre.

Stéphan se détendit visiblement, un léger sourire aux lèvres. Il s'inclina profondément devant Alindas.

— Sache que nous te sommes *très reconnaissants* du risque que tu prends en tentant de guérir notre fils.

Se tournant vers Krist, il ajouta :

— Camilla me dit que tu as déjà pris des mesures pour le retour de Régis. Je pense que nous devrions tous aller nous reposer, pour le traiter dès son retour.

Prenant le bras de Camilla, il sortit, laissant Krist et Alindas aux soins de ses serviteurs.

Un jour entier plus tard, assise sur un banc de cuir encastré dans une embrasure, Alindas regardait par la fenêtre. Le soleil couchant projetait des ombres noires sur les lointaines montagnes violettes, qui semblaient des géants endormis. Elle rit à un souvenir d'enfance — son frère adoptif aimait l'effrayer en lui racontant ce qui se passait quand s'éveillaient les géants de la montagne.

Soudain, elle aspira désespérément à la sécurité précaire de son foyer d'adoption. Elle n'avait pas l'étoffe d'une décideuse. Priant que la nuit suivante se passe bien, elle fit vœu de vivre docilement et définitivement où son destin la conduirait. Percevant tout à coup la complexité de l'univers, dont elle n'avait jamais eu conscience, elle se sentit incapable de l'affronter. Elle grimaça au souvenir de sa coléreuse impatience à l'égard du monde, n'ayant pas réalisé jusqu'à cet instant comme elle le connaissait peu.

Maintenant que le soleil était couché, l'heure était venue d'aller retrouver Régis. Ils avaient décidé de le laisser dormir aussi longtemps que possible après son retour, la veille au soir, mais le moment arrivait où ils devraient rejoindre leur cercle secret pour prendre un risque peut-être fatal.

Chaudement et confortablement vêtus, ils s'assemblèrent autour du lit de Régis. Il les regarda, amusé de leur air inquiet.

— Je ne suis pas définitivement estropié, vous savez. Non qu'il me déplaise d'être l'objet de la sollicitude des êtres que j'aime le mieux, ajouta-t-il, englobant Alindas dans un sourire ensorcelant.

Et elle pensa, incongrûment, que ce sourire parviendrait à faire fondre les neige des Heller.

— Nous avons simplement demandé à Krist et Alindas de te monitorer une dernière fois avant leur départ, expliqua Camilla. Pour nous rassurer totalement sur ton état. Après tout, ce n'est pas rien ce que tu as accompli à la Tour, et tu devras reconstituer tes forces avant d'y retourner.

Tous les télépathes présents perçurent sa peur sans difficulté, mais Régis était encore trop inexpérimenté pour la recevoir.

Avec une docilité peu commune chez un jeune malade chronique, il se rallongea et les regarda, en attente.

Prenant l'initiative, Alindas saisit ses deux mains dans les siennes.

— Régis, je vais accorder mes résonances avec les tiennes, comme l'a fait ton oncle l'autre jour. Au bout de quelques minutes, tu n'auras plus conscience de grand-chose, mais ne t'inquiète pas. Ce ne sera qu'une légère transe, qui me permettra de te monitorer plus facilement.

Ce n'était pas tout à fait vrai, mais Alindas avait promis au Roi et à la Reine que Régis ignorerait toujours son intervention, et cette explication lui semblait plausible. Elle ne s'était pas trompée, car il se détendit complètement et accorda lui-même leurs résonances.

Voyant la transe s'approfondir, les trois autres entrèrent en rapport, attendant le signal d'Alindas pour déverser en elle la puissance dont elle aurait besoin.

Quand Régis fut en transe profonde et perdit toute conscience de son entourage, Alindas entra en rapport avec eux, testant la puissance à sa disposition. Elle sentit une grande intimité avec Camilla, qui monitorait étroitement son fils et Alindas. Elle fut reconnaissante de la sollicitude qu'elle perçut dans l'esprit de la Reine, légèrement étonnée qu'elle pût s'inquiéter pour une étrangère alors que la vie de son fils unique tenait à un fil.

Réconfortée par ce contact, Alindas attaqua la première phase de son intervention : se concentrant sur le cœur de Régis qui battait faiblement, elle le ralentit à un ou deux battements par minute. Puis, sachant que les instants étaient comptés, elle projeta son esprit dans la structure cellulaire du jeune homme.

Elle commença par localiser les lèvres de la petite fente entre les deux chambres supérieures du cœur, et, avec une délicatesse infinie, accéléra la croissance des cellules. Comme une couturière avec son aiguille, elle tissa les cellules flexibles à chaque extrémité. Trois fois, elle fut interrompue par un battement du cœur, manquant perdre son emprise sur la délicate structure cellulaire. Avec un profond soupir et une légère perte de concentration, elle tourna alors son attention sur la fente entre les deux chambres inférieures. Elle la localisa facilement, et se mit à la raccommoder à l'aide de cellules nouvellement générées, quand un battement soudain lui fit totalement lâcher prise.

Elle faillit perdre toute sa concentration en réalisant ce qu'elle avait fait : en commençant par restaurer les chambres supérieures, elle avait accru le flux de sang qui arrivait dans les chambres inférieures à chaque battement. Epuisée, elle chercha frénétiquement à rétablir le contact, réalisant que la fermeture devrait être assez solide pour résister au battement suivant. Le sentant venir, elle raffermit sa prise mentale, maintenant la fente fermée pendant le battement suivant. Cette fois, elle tint bon, et se remit à tisser des cellules, tirant de plus en plus de puissance des autres membres du cercle, en un effort pour terminer avant le battement suivant. En quelques secondes, la fente fut complètement refermée. Elle attendit encore deux battements, pour s'assurer que la réparation résisterait à la pression accrue. Puis, lentement, tendrement, accompagnée des encouragements de Camilla, elle relâcha son emprise sur la force vitale de Régis, laissant son cœur établir un nouveau rythme.

Déphaser ses résonances avec Régis provoqua un violent contrecoup, et elle sombra dans une bienheureuse inconscience. Incapable de rassembler assez de puissance pour réveiller Alindas, ni pour vérifier l'état du Prince, les trois autres mangèrent à la hâte, puis s'installèrent dans des fauteuils pour s'abandonner à un sommeil réparateur.

Le retour d'Alindas à la conscience fut lent et doux comme un réveil. Voyant qu'on l'avait allongée près de Régis, elle se leva sans bruit et l'observa attentivement. Tentant de projeter en lui son esprit pour le monitorer, elle constata avec colère qu'elle était trop affaiblie, et se mit à manger avidement les restes.

Camilla, sentant son trouble, s'éveilla aussi, et prit dans ses bras la jeune fille qui sanglotait.

— Ne pleure pas, *chiya*, la gronda-t-elle doucement, tu as tenté l'impossible, et bien que je n'aie pas ton pouvoir, je crois que tu as réussi. Viens près de lui.

Elle entraîna une Alindas sans résistance au chevet de son fils.

— Ne vois-tu donc pas comme il a les joues roses, les lèvres vermeilles, alors qu'il les a toujours eues pâles et bleuâtres ? Ne sens-tu pas comme son cœur bat avec vigueur ?

Alindas posa la main sur la poitrine du Prince et sentit le cœur qui battait lentement, normalement.

Encore incrédule, elle leva la tête et rencontra le regard chaleureux de Camilla.

— Croyez-vous que j'ai *réussi ?* demanda-t-elle.

Pour la première fois, elle entendit le rire vibrant de Camilla, auquel se joignirent bientôt Stéphan et Krist, réveillant Régis.

— Alors, vous avez fini ? demanda-t-il, d'une voix

qui sonna plus robuste et vibrante à leurs oreilles inquiètes. Tu sais, Maman, je ne sens vraiment *très bien* ce matin — tu es sûre que je ne peux pas retourner à Hali avec Oncle Krist ?

— Eh bien, Dame Alindas, dit le Roi, s'inclinant très bas devant elle. Qu'en dis-tu ?

— Absolument pas, Majesté, dit-elle, surprise de tant de déférence. Je pense qu'il doit garder la lit une décade, jusqu'à ce que nous soyons certains qu'il ne souffrira pas de séquelles.

Déçu, Régis accepta ce délai et se rendormit immédiatement, tandis que les autres membres du cercle regagnaient leurs chambres pour se reposer.

Deux jours plus tard, Alindas quittait la cour du Château Hastur, en route pour Nevarsin et son nouveau foyer, les remerciements du couple royal résonnant encore à ses oreilles : Nous serons toujours tes débiteurs, et nous te considérerons toujours comme notre fille, ce qui est bien peu pour ce que tu nous a donné. N'oublie jamais que nos remerciements et nos prières t'accompagnent.

« C'est moi qui devrais vous remercier, pensait Alindas, car vous m'avez donné une vie nouvelle, comme j'en ai donné une à Régis. Car mes doutes sont envolés et mon cœur est enfin libre. »

Une fois de plus, Alindas prit conscience de sa nouvelle sérénité. En toutes circonstances, nous donnons ce que nous pouvons, faisons ce dont nous sommes capables, et prenons de la joie à la vie que les dieux nous ont donnée, se dit-elle.

Avec un dernier regard au château que l'aurore teintait de rose, elle sortit de son ancienne vie.

Le risque majeur, pour un télépathe, c'est de perdre son pouvoir. Mais l'on peut jouer à qui perd gagne, comme le montre ici un personnage familier aux admirateurs de la Reine des orages.

VII
UNE VIE MOINS EXALTANTE

de Patricia Duffy NOVAK

La route de Thendara à Hali n'est ni longue ni dangereuse, mais Renata ne l'emprunta pas. Elle préféra attendre son fils adoptif, Ari, au Col du Sang Infernal, où la route de Thendara à Aldaran rejoint la route orientale conduisant à Hali.

Par la vitre arrière de la calèche, Renata considéra le ciel maussade, et pria que les tempêtes hivernales attendent leur arrivée à Aldaran avant d'éclater. Elle savait qu'elle n'aurait pas dû s'attarder si longtemps dans les basses terres, mais voilà des années qu'elle n'avait pas rendu visite à sa famille, et elle avait eu du mal à s'en séparer. Pourtant, le devoir l'avait obligée à mettre un terme à cet agréable séjour. Dans un peu plus d'une décade, le fils biologique de Renata, Brenton, serait intronisé Seigneur d'Aldaran, et elle devait être là pour lui transmettre le gouvernement du royaume.

Elle terminait son règne sans regret ; pour elle, le devoirs de Régente avaient été davantage un fardeau qu'un plaisir, mais quand elle pensait à l'avenir, elle ne voyait devant elle que de longues années vides. Sa vie n'aurait plus autant d'importance, mais elle ne serait pas libérée pour autant de ses obligations envers Aldaran. Elle devait conclure le mariage de Brenton et attendre la naissance de ses fils — monitorant soigneusement la femme de Brenton pour s'assurer qu'aucune fille ne verrait le jour. Brenton était porteur du *laran* mortel des

Rockraven, héritage de son défunt père, le don des orages, le redoutable *laran* de la foudre et de la colère, le *laran* qui échappait si facilement à tout contrôle, mutilant et tuant sans discrimination.

Un instant, il lui sembla voir, détaché sur le ciel, un visage de jeune fille entouré d'éclairs. Mais Renata ferma les yeux et réprima ses larmes, refusant de revivre l'ancienne douleur. Tant de morts et de souffrance !

— Dame Renata, ils arrivent.

La servante qui accompagnait Renata dans la calèche tapota la vitre givrée.

Renata suivit la direction qu'elle lui indiquait du doigt, et vit la petite bande de poneys qui n'était encore que des taches noires sur l'horizon.

Renata projeta sa pensée. *Ari ?*

J'arrive, Mère ! Et j'amène quelqu'un avec moi. C'est une surprise.

Renata laissa sa conscience dériver sur l'escorte d'Ari, et perçut un *laran* autre que le sien, et pourtant étrangement familier. Elle sonda un peu plus profondément, mais doucement, respectant l'intimité de l'autre. Puis elle sut.

Coryn ? Ce ne pouvait être que lui. Pourtant, il était différent. Dix-huit ans qu'ils n'avaient pas été en rapport. Dix-huit ans. Mais il avait été son Gardien, et elle n'oublierait jamais son contact mental.

Il céda légèrement, la laissant sonder un peu plus, mais pas trop. Elle sentit alors les barrières successives qu'il avait érigées. Même elle, qui possédait le Don des Alton dans sa pleine puissance, aurait du mal à vaincre ces résistances. Mais naturellement, elle n'essaya pas. *Tu nous honores, Gardien*, dit-elle mentalement, gênée de ces retrouvailles inattendues. *Z'vai par servu.*

Elle perçut une émotion soudaine chez Coryn, remords ou tristesse, peut-être ; elle disparut trop vite pour qu'elle pût l'analyser. Mais dans le rapport, la pensée de Coryn ressemblait à un soupir. *Ah, Renata, nous étions amis autrefois.*

Et nous le sommes toujours. Mais elle n'était pas certaine de pouvoir regarder Coryn sans amertume. Arielle, la mère d'Ari, lui avait été plus chère qu'une sœur. Mentalement, elle la revit, mourant au Château Aldaran, donnant naissance au fils de Coryn. Renata raffermit ses barrières mentales, coupant presque le lien.

Maman ? La pensée d'Ari, vive et audacieuse, titilla sa conscience, et sa tristesse s'estompa.

Oui, mon fils ? Renata sentit Coryn quitter le rapport, la laissant converser en particulier avec son fils adoptif.

J'ai invité le vai tenerezu *au couronnement de Brenton. Tu n'es pas fâchée ?*

Bien sûr que non. Il nous fait honneur. Coryn de Hali consent rarement à voyager hors de son domaine. Elle laissa sa pensée caresser doucement Ari, comme une étreinte maternelle. *Tu m'as manqué, mon fils.*

Tu m'as manqué aussi. Leurs esprits se touchèrent légèrement, tendrement, puis se séparèrent.

La petite bande de cavaliers, quatre en tout, finit de gravir la colline. Sans attendre l'aide de sa servante, Renata ouvrit la portière de la calèche, et descendit vivement.

Ari arriva le premier au sommet, sauta à bas de sa monture, courut à elle et la serra dans ses bras. Puis il alla saluer ses vieux amis de l'escorte de Renata, tandis qu'elle faisait un pas vers les chevaux, les yeux fixés sur le cavalier en robe noire resté en selle. Les deux autres du groupe, des serviteurs à en juger sur leur tenue et leur attitude, avaient démonté et tenaient trois chevaux par la bride, les leurs et celui d'Ari.

A l'approche de Renata, Coryn démonta avec grâce. Il était toujours mince et agile, mais Renata ne voyait pas son visage, caché par le capuchon de sa robe.

Renata lui tendit la main, et Coryn s'avança, rabattant sa capuche en arrière. Ses cheveux couleur de flamme étaient à peine saupoudrés d'argent et son visage portait toujours l'empreinte des Hastur, avec son menton arrogant et ses pommettes saillantes. Mais s'ils ne s'étaient pas contactés mentalement, Renata ne l'aurait peut-être pas reconnu. Toute lumière avait disparu de son regard, et sa bouche n'était plus qu'une ligne dure et impassible. Ses joues étaient sillonnées de cicatrices fermées depuis longtemps, qui ne le défiguraient pas, mais durcissaient son visage. Il était beau dans sa jeunesse. Il était encore bel homme, mais il ne semblait plus tout à fait vivant.

Il effleura légèrement sa main de la sienne, en le contact imperceptible des télépathes.

— Renata, dit-il, toujours sans sourire, comme ça fait longtemps que nous ne sommes pas vus. J'aurais dû venir bien avant.

— Mieux vaut tard que jamais, Coryn, dit-elle. Tu nous honores.

Elle avait parlé avec l'intonation familière, et elle vit un peu de chaleur dans ses yeux.

Depuis la naissance d'Ari, Renata blâmait Coryn de la mort d'Arielle, oubliant qu'il avait souffert de cette tragédie, lui aussi, et qu'il avait perdu sa jeunesse et son bonheur en perdant Arielle. Mais maintenant, lisant cette souffrance sur son visage, elle ne put se résoudre à lui faire les amers reproches qu'elle avait sur le cœur. Rien ne pouvait ramener Arielle à la vie, et, pour être juste envers Coryn, il savait seulement depuis peu qu'il était le père de son enfant. Ainsi en avait décidé Arielle ; elle avait fait promettre à Renata de n'envoyer Ari à Coryn que lorsqu'il serait assez grand pour travailler à la Tour de Hali. D'après ce que savait Renata, Coryn, après avoir appris la vérité, avait fait tout ce qu'il pouvait pour son fils. Ne fût-ce que dans l'intérêt du jeune homme, Renata aurait bien accueilli Coryn à Aldaran. Pourtant, contemplant son visage devenu étranger, elle se rappela qu'il avait été son ami. Quand elle travaillait à Hali, elle l'avait aimé comme un frère. Il était grand temps de faire taire sa colère.

Tandis qu'Ari aidait les serviteurs à préparer un

déjeuner champêtre, Coryn prit Renata par le bras et l'entraîna à l'écart.

— Je craignais que tu ne me renvoies, dit-il, avec une franchise désarmante.

Il avait toujours été un télépathe d'une extrême sensibilité, et Renata ne doutait pas qu'il n'eût perçu certaines de ses pensées inexprimées, bien qu'elle ait tenté de les dissimuler.

Renata marmonna quelques dénégations polies, mais Coryn haussa les épaules et poursuivit.

— Peu importe. J'aurais insisté pour venir, que tu le veuilles ou non. Ari n'a pas terminé sa formation. Il n'aurait pas dû quitter la Tour, mais il a voulu absolument assister au couronnement de Brenton. Il aime beaucoup son frère adoptif.

— Oui, dit Renata, et Brenton le lui rend bien. Il aurait été désolé qu'Ari ne soit pas là. Mais pourquoi Ari ne devrait-il pas voyager ? Je n'ai pas souvenir de telles restrictions chez un Gardien en formation.

— Ari est un Hastur. Et doublement. De moi, il tient le don sous sa forme la plus puissante, mais aussi d'Arielle, dans une moindre mesure — bien que le talent ne se soit jamais manifesté chez Arielle elle-même. Les Di Asturien sont étroitement apparentés aux Hastur, et, bien qu'Arielle ait un peu de sang Aillard, elle lui a transmis le Don.

Renata branla du chef.

— Et ainsi, il n'est pas mort de la maladie du seuil, comme il arrive parfois aux Hastur qui s'allient à une autre lignée. Il a de la chance d'avoir hérité de ses parents des *larans* compatibles.

— Oui, il a de la chance, et il sera un Gardien exceptionnel. Mais toi qui es une Alton, peut-être ne comprends-tu pas parfaitement la nature du *laran* des Hastur.

Son visage s'anima en lui parlant du travail des matrices, qui avait été l'unique passion de sa vie. Et sous le visage dur de l'adulte, Renata vit reparaître les traits plus doux du jeune homme. Les traits d'Ari. Ils se ressemblaient beaucoup.

— Nous sommes la source et l'embouchure, Alton et Hastur, dit Coryn. Vous autres Alton, vous êtes des béliers, doués d'un *laran* très puissant. Nous autres Hastur, nous générons peu d'énergie, mais nous canalisons et amplifions les courants de force. C'est pourquoi un Gardien Hastur correctement formé peut travailler avec d'énormes matrices, avec des cercles de vingt télépathes ou plus.

Renata acquiesça de la tête, et Coryn poursuivit.

— Toutefois, pour contrôler un cercle de cette taille, un Hastur doit s'ouvrir totalement. Nous sommes donc vulnérables tant que nous n'avons pas acquis une maîtrise parfaite, tant que nous ne savons pas nous barricader pour canaliser l'énergie sans risque pour nous-mêmes. Ari a appris à s'ouvrir, mais ses barrières mentales ne sont pas encore assez solides. Il aurait dû rester six mois de plus à la Tour, au moins.

Un vent glacial s'infiltra sous la cape de Renata, et elle frissonna.

— Tu ne penses quand même pas qu'Ari sera en danger à Aldaran ? Nous sommes en paix. Brenton est fiancé à la fille de Scathfell. Nos vieilles querelles seront oubliées par ce mariage.

— Je n'ai pas un *laran* de précognition, dit Coryn, ouvrant les mains en un geste d'impuissance. Je ne vois pas dans l'avenir. Je sais seulement que j'aurais préféré qu'Ari reste en sécurité à Hali. Mais il n'a pas voulu, alors je suis venu avec lui.

Bien qu'il eût parlé d'un ton léger, elle perçut son inquiétude, et elle se tourna vers lui, le cœur gros d'appréhension.

— Quel danger vois-tu, mon Cousin ? Je te supplie de me le dire.

Il secoua la tête, la regardant avec une totale candeur.

— Renata, je ne te cacherais jamais rien concernant Ari ou l'intérêt de ton Domaine. Franchement, je ne sais pas pourquoi j'ai peur. Ari est au cœur de mes craintes, c'est tout ce que je sais.

— Je suis heureuse que tu sois venu, Coryn, dit-elle avec sincérité. S'il est quelqu'un dans les Sept Domaines qui puisse assurer la sécurité d'Ari, c'est bien toi.

Puis elle sourit, ses craintes un peu assagies.

— Et il est agréable de renouer les vieilles amitiés.

Elle lui prit la main vigoureusement, et non légèrement comme font les télépathes, et à ce contact, des images d'Arielle fulgurèrent spontanément dans son esprit : cheveux de flamme et teint de lait, yeux ombrés de longs cils, main fine serrant celle de Renata comme elle serrait en ce moment celle de Coryn.

Et, malgré les barrières mentales de Coryn, Renata perçut un élancement de douleur si intense qu'elle faillit s'évanouir. Puis il se ressaisit et lui retira sa main, livide et frissonnant.

Renata projeta vers lui son *laran*, mais il était fermement barricadé. Quels que fussent ses démons intérieurs, il les gardait pour lui.

— Viens, dit Renata avec douceur. Le déjeuner est prêt. On nous attend.

Ils rejoignirent les autres sans ajouter un mot.

Le reste du voyage se passa sans histoire ; le temps resta au beau, et aucun accident d'aucune sorte ne survint. Ils ne passèrent que deux jours sur la route, arrivant au château en début d'après-midi, comme le soleil sanglant commençait à décliner vers les Heller.

Renata regrettait presque la brièveté du voyage. Le château fourmillait d'invités — seigneurs montagnards, venus avec leurs familles et leurs escortes, prêter allégeance à Brenton et le proclamer souverain légitime du Domaine — et elle avait fort à faire à s'occuper d'eux. Elle voyait Ari assez souvent ; il avait toujours aimé les cérémonies et les fêtes, mais elle vit à peine Coryn. Parfois, Renata avait l'impression qu'il l'évitait, mais elle ne comprenait pas pourquoi.

Le jour de l'investiture de Brenton se leva, gris et humide. Tandis qu'elle accueillait les groupes d'invités, les uns après les autres, Renata ne cessa d'entendre rouler le tonnerre, mais la tempête n'avait toujours pas éclaté en fin d'après-midi. Pourtant, le temps lui sembla normal, et non influencé par la sorcellerie, mais lui parut de mauvais augure. Depuis la mort de Donal par les mains de sa sœur Dorilys, Renata n'avait jamais entendu le tonnerre sans trembler.

Juste avant l'heure fixée pour la cérémonie, Renata convoqua son fils en audience privée.

— Dans quelques minutes, dit-elle, j'abandonnerai ma charge de régente. Tu sais que j'ai toujours désiré te voir épouser Allira, fille de Scathfell, pour mettre fin à notre ancienne querelle. Elle fut ici ma pupille ces dernières années, et semble avoir trouvé grâce à tes yeux.

Brenton voulut parler, mais elle lui imposa le silence de la main.

— Laisse-moi terminer. Si tu désires en épouser une autre, c'est maintenant qu'il faut me le dire. Les fiançailles ne sont pas définitives, et dans ce cas, nous trouverons un autre moyen de régler notre querelle.

Brenton inclina brièvement la tête en souriant.

— Mère, je désire vraiment ce mariage. Allira est l'épouse que j'aurais choisie moi-même, indépendamment de son parentage.

Renata scruta le visage de son fils ; le front haut et le nez couvert de taches de rousseur venaient d'elle, mais il avait les yeux de son père, des yeux expressifs qui transmettaient sa pensée plus clairement que son *laran*. Elle vit qu'il disait vrai.

Brenton prit une main de Renata dans les siennes.

— Mère, je suis heureux que tu restes à Aldaran. Je sais que c'est égoïste de ma part, mais j'en suis venu à me reposer beaucoup sur tes conseils, et je ne me sens pas prêt à m'en passer.

Renata sourit.

— Tu seras un sage souverain, Brenton. Meilleur que moi, parce que tu as été élevé en vue de cette charge. Mais je suis contente que tu doutes. Trop d'orgueil et d'assurance sont souvent gages de ruine.

Disant ces mots, elle pensait au Vieux Mikhail, son défunt mari, dont l'orgueil avait causé la perte de sa fille Dorilys, et coûté la vie à Donal, son fils adoptif. Brenton ne connaissait qu'une partie de cette histoire; elle l'avait laissé grandir en se croyant le fils du Vieux Mikhail, fiction juridique qui lui permettait d'être son héritier. Son vrai père, Donal Delleray, bien-aimé fils adoptif de Mikhail, n'avait pas une goutte de sang Aldaran. Et c'était aussi pour cette raison que Renata désirait l'alliance avec Scathfell, afin de ramener le sang Aldaran dans la lignée.

— Va donc, mon fils, dit Renata, et sache que je suis très contente de toi. Occupe-toi de tes invités. Je te rejoindrai bientôt.

Brenton la rencontra à l'arche d'entrée du Grand Hall, et la conduisit à travers la foule. Dans sa veste brodée de brocart rouille, il était beau et majestueux, et paraissait plus que ses dix-huit ans. A sa vue, le cœur de Renata se gonfla de fierté, et d'amour inquiet. *Voilà mon fils, la chair de ma chair, qui sera Seigneur d'Aldaran.*

Tout en accueillant ses nobles invités, elle remarqua Coryn, debout un peu à l'écart, bras, croisés, visage dur et fermé. Dans cette posture, il lui évoqua une vipère lovée sur elle-même avant l'attaque, et elle comprit pourquoi il était craint d'un bout à l'autre des basses terres — chose qu'elle n'avait jamais comprise jusque-là. Un *laran* si puissant concentré en une seule personne, c'était véritablement effrayant.

Elle le salua de la tête, et il lui rendit son salut, mais elle vit à ses yeux qu'il n'était pas d'humeur à parler. Elle continua donc à traverser la foule au bras de son fils, jusqu'à la longue table surmontée d'un dais. En s'asseyant, elle jeta un regard sur Ari, qui avait pris sa place d'écuyer derrière Brenton. Le visage généralement expressif d'Ari était vide et froid, et elle se demanda un instant s'il était malade, mais elle n'avait pas le temps de s'en inquiéter pour le moment ; elle verrait cela après la cérémonie.

Un majordome tendit à Renata le sceptre d'Aldaran ; elle le prit, l'agita trois fois en l'air, et tous les invités s'assirent aux tables dressées devant eux. Renata se leva.

— Aujourd'hui, dit-elle, je renonce à la régence d'Aldaran, je renonce au gouvernement du Domaine.

Elle tendit le sceptre au majordome, qui s'inclina et le tendit à Brenton.

— Mon fils, reprit Renata, Brenton Aldaran, qui a vécu toute sa vie parmi vous...

Elle s'interrompit, chancelant sous un ordre télépathique. *Renata, stoppe Ari ! Stoppe-le immédiatement !*

C'était la voix du Gardien à la monitrice, et elle réagit instinctivement.

— Stop ! cria-t-elle de la voix de commandement, et un silence de mort tomba sur la salle.

Elle chercha la conscience d'Ari — mais rencontra un esprit étranger dans le corps du jeune homme. Projetant son *laran* d'Alton, elle immobilisa Ari, mais quand elle vit qu'il tenait à la main, un désintégrateur braqué sur la nuque de Brenton, elle faillit lâcher prise. Le doigt d'Ari frémit sur l'arme, mais elle libéra un flot d'énergie en réaction, et le maintint fermement.

Du coin de l'œil, Renata vit Coryn sortir en courant de la foule frappée d'immobilité. Un instant plus tard, elle sentit une explosion, d'énormes ondes d'énergie déferlant sur la salle. Elle regarda les murs de roc du château, s'étonnant qu'ils soient encore debout. Puis elle réalisa qu'il s'agissait d'une explosion d'énergie, comme si une grosse matrice venait de se désintégrer.

Ari s'affala de tout son long, et leva sur elle des yeux qui étaient maintenant les siens.

— Maman ? dit-il. Pourquoi suis-je là ?

Puis, regardant avec horreur le désintégrateur dans sa main, il ajouta :

— Mais qu'est-ce que c'est que ça ?

Renata ne répondit pas. Dès qu'elle vit qu'Ari était redevenu lui-même, elle quitta la salle en courant vers la source de l'explosion, suivant Coryn dans les couloirs sinueux du château.

Une fumée bleuâtre sortait de la porte ouverte d'une pièce rarement utilisée. Renata en franchit le seuil, et son cœur faillit s'arrêter. Sur les dalles de pierre gisaient cinq hommes, tous, pour autant qu'elle pouvait en juger, morts récemment. Quatre d'entre eux lui étaient inconnus, mais leurs cheveux roux et leur livrée noir et or les identifiaient comme des *laranzu'in* de Scathfell. Le cinquième serrait une pierre-étoile grosse comme le poing dans sa main sans protection, et Renata connut alors la cause de l'explosion. Coryn avait éteint la matrice à main nue.

A partir de cette scène, elle reconstitua les événements. Les *laranzu'in* de Scathfell avaient ensorcelé par le *laran* le jeune Ari, qui, comme Coryn l'en avait avertie, était totalement ouvert aux influences extérieures. Et Coryn l'avait senti. Il avait rompu l'enchantement en prenant la matrice dans sa main nue, tuant les traîtres au prix de sa propre vie.

— Oh Coryn, Coryn ! s'écria-t-elle en pleurant, cachant son visage dans ses mains.

Elle resta quelques instants agenouillée près de lui, puis entendit une grande agitation dans le couloir. Levant les yeux, elle vit Coryn sur le seuil, flanqué d'un groupe de soldats d'Aldaran. Enfin, Ari parut, se frayant un chemin parmi les soldats, et il s'agenouilla près de Renata.

— Père ! s'écria-t-il. Oh, non, Renata !

Il se jeta sur le corps de Coryn, puis se releva immédiatement, les yeux dilatés.

— Il respire ! Je l'ai senti !

Renata prit le poignet de Coryn, et sentit battre le pouls. Mais comment pouvait-il être vivant sans donner aucune signe de présence ?

— Coryn ?

Elle lui secoua doucement le poignet.

Coryn ouvrit les yeux, des yeux brillants d'intelligence, mais Renata ne sentit toujours rien par le lien du *laran*.

— Tu es vivant ?

Il eut un sourire attristé.

— Apparemment.

Le sourire s'évanouit.

— Mais peut-être aurait-il mieux valu que je meure avec les autres. Je suis aveugle mental, Renata. Je suppose que tu le sais déjà.

Renata baissa la tête, incapable de répondre, mais Ari le regarda, bouleversé et horrifié, lui qui avait été le télépathe le plus puissant des Sept Domaines.

— Pourquoi, Père ? Pourquoi as-tu pris la matrice à main nue ?

— Ari, ces hommes de Scathfell voulaient faire de toi l'instrument de la mort de ton frère adoptif. Et ils auraient réussi, si je n'avais pas senti la pulsation d'une matrice du cinquième niveau, qui ne devrait jamais être dévoilée hors d'une Tour.

Il se tourna vers Renata.

— Voilà donc le complot que je redoutais. Et je suis heureux de l'avoir découvert à temps, même si cela me coûte tout le *laran* que je possédais.

— Coryn, dit Renata, nous ne pouvons pas être sûrs que tu es aveugle mental définitif. Tu as encaissé un violent contrecoup, et tu es parvenu à canaliser cette énergie de façon qu'elle ne te consume pas par le feu. Tu es peut-être simplement en état de choc. Je vais faire venir un cercle de Tramontana, et alors, nous saurons avec certitude.

— Oui, dit-il, quoique Renata sentît qu'il avait déjà

accepté le pire. Mais tu dois terminer la cérémonie, et vite ! Tu as renoncé à tes prérogatives, mais Brenton n'a pas accepté le sceptre. C'est pourquoi Scathfell a frappé à cet instant. S'il avait réussi à tuer Brenton, personne n'aurait pu s'opposer à lui, car Aldaran n'aurait pas eu de souverain légitime. Et n'en a toujours pas. Allez, dit-il. Tous. Mon corps n'est pas grièvement blessé, et je n'ai pas besoin d'une telle suite autour de moi !

Renata se leva et s'adressa au garde.

— Le Seigneur Coryn a raison. Ramène Brenton dans le Grand Hall. Et toi, Brenton, ramasse ce sceptre immédiatement. Nous sauterons les beaux discours.

Tous sortirent en hâte, et elle se tourna vers Coryn, qui se relevait avec effort.

— Tiens, dit-elle, prend mon bras. Je vais te conduire dans une chambre où tu pourras te reposer. Et je t'enverrai un serviteur.

— Comme tu voudras.

Il s'appuya contre elle, et Renata le soutint. Elle n'était pas très grande, mais Coryn n'était pas lourd, et elle n'eut aucun mal à guider ses pas.

Quand elle rentra dans le Grand Hall, la tempête qui menaçait depuis le matin éclata enfin, crépitant sur les murs du château.

Les jours suivants furent difficiles pour Renata. D'abord, il y eut le problème de Scathfell à régler. Loren, Seigneur Scathfell, avait avoué le complot sans vergogne, pointant sur Brenton un doigt accusateur.

— Aldaran m'appartient de droit, dit-il. Ce n'est un secret pour personne que le Vieux Mikhail n'a pas engendré ce gredin.

— Silence ! ordonna Renata de la voix de commandement.

Puis elle se tourna vers Brenton, pour voir comment il avait accueilli cette révélation.

— Oh, Maman, dit-il, quand il eut retrouvé la parole, car la voix de commandement de Renata l'avait affecté lui aussi. Voilà des années que je le sais ! Je l'ai entendu dans la tête d'une servante au début de la maladie du seuil. Elle se félicitait que je n'aie pas le sang des Aldaran, qui est souvent fatal à ce moment de la vie !

— Tu savais donc ! dit-elle. Mais peu importe. Aldaran t'appartient.

Elle se tourna vers Loren et fixa le visage hautain qui la défiait.

— Brenton est l'héritier légitime de Mikhail. Tu as juré toi-même de soutenir ses droits. Ta fille devait l'épouser. Tes petits-enfants auraient régné sur Aldaran.

— Et maintenant ? ricana Loren. Déchaîneras-tu une nouvelle guerre, Dame Renata ? Car je ne céderai pas Scathfell sans combattre.

— C'est à moi qu'il faut t'adresser, intervint Brenton. Maintenant, c'est moi qui gouverne ce Domaine. Et je ne combattrai pas mon beau-père.

La mâchoire de Scathfell s'affaissa, et il fixa Renata et Brenton, qui reprit, avec un sourire crispé :

— Ta fille n'a pas eu part à ce complot. Et elle a accepté de m'épouser, avec ou sans ton consentement. Le sang d'Aldaran reviendra dans la lignée, quoi que tu décides. Tu peux, soit me jurer allégeance, sous un sort de vérité cette fois, ou perdre ta fille unique.

A la fin, Scathfell céda, et ce problème fut réglé, du moins pour le moment. La trahison resterait impunie, mais il n'y aurait pas de guerre dans les montagnes, au moins pas tout de suite.

Puis il y avait Coryn. Un cercle arriva de Tramontana, et quand les télépathes l'eurent examiné, la monitrice Rosaura conféra avec Coryn et Renata. Rosaura n'avait jamais vu Coryn en chair et en os, mais elle avait souvent travaillé avec lui dans les relais, et son *laran* lui était familier.

— Tu n'es pas aveugle mental, Coryn, pas au sens usuel. Ton centre du *laran* n'est pas détruit. Quand tu as encaissé le contrecoup, tes barrières ont bougé et sont devenues fixes. Maintenant, tu ne peux pas les abaisser pour utiliser ton *laran*.

Coryn accueillit la nouvelle sans émotion visible.

— Y a-t-il un remède ?

Renata haussa les épaules.

— Je ne sais pas. Je ne peux pas enfoncer ces barrières, Coryn. Cela n'est pas mon don. Mais il en est une parmi nous qui y parviendrait peut-être, ajouta-t-elle en regardant Renata.

Renata porta une main à sa gorge.

— Moi ? Mais il y a des années que je ne me suis pas servi de mon *laran* pour quelque chose d'importance. Je pourrais le tuer en tentant de forcer le rapport, dit-elle, ayant éprouvé personnellement la solidité de ces barrières.

— Je veux bien prendre ce risque, dit Coryn. Je te supplie d'essayer, Renata.

Renata remua nerveusement dans son fauteuil. Comment refuser, à lui, qui avait sauvé son fils et son Domaine ? Elle regarda Rosaura, mais elle avait détourné la tête et relevé ses écrans mentaux. Elle n'obtiendrait aucune aide de ce côté, réalisa Renata. Elle devrait décider seule.

— Très bien, dit-elle lentement. Mais je ne veux pas te tuer, Coryn. Tu dois me faire confiance. Tu ne dois pas combattre le contact.

— Je te ferai confiance, Renata, dit-il.

Puis il poursuivit, s'adressant à Rosaura :

— Je te suis reconnaissant de l'espoir que tu m'apportes, et je ne voudrais pas t'offenser, mais je préférerais rester seul avec Renata pour cette tentative.

Rosaura hocha la tête.

— Je n'ai pas à m'offenser, Coryn. Tu dois faire ce que tu penses être le mieux.

Après le départ de Rosaura, Renata donna à Coryn du *kirian*, la drogue qui affaiblit les barrières télépathiques, et il s'allongea, se préparant à entrer dans une légère transe.

— Attends, Coryn, dit Renata, et il ouvrit les yeux. J'ai eu l'impression que tu m'évitais, comme si tu avais un secret à me cacher. Quoi que ce soit, il faudra le révéler.

Il détourna la tête.

— Je ne voulais pas te revoir. J'avais peur des accusations que je pourrais lire dans ton esprit, malgré tes efforts pour les dissimuler.

Renata lui effleura l'épaule sur la soie bleu foncé de sa tunique.

— Pendant des années, je t'ai rendu responsable de la mort d'Arielle. Mais Arielle portait les gênes des Aillard ; elle pouvait mourir en donnant naissance à tout enfant doué de *laran.*

Coryn ne répondit pas, et Renata s'assit près de lui sur le lit, et tira sa pierre-étoile de sa robe.

— Y a-t-il autre chose, Coryn ?

Il la regarda quelques instants, puis détourna vivement les yeux.

— Il y a autre chose, mais j'aimerais mieux que tu l'apprennes de mon esprit que de ma bouche. Je ne te résisterai pas, Renata.

— Comme tu voudras.

Elle se concentra, s'efforçant d'entrer en contact avec l'esprit hermétiquement scellé de Coryn, poussant de toutes ses forces, comme le bélier auquel il l'avait comparée. D'abord, elle ne rencontra que des résistances, puis, peu à peu, les barrières vacillèrent et s'estompèrent, et elle découvrit les couches successives de ses souvenirs : les longues années à la Tour, prisonnier virtuel de sa propre obsession du *laran*, coupé des émotions et des sentiments humains. Elle revécut avec lui sa rencontre avec Ari, l'instant où il avait réalisé qu'il était son fils, et ses pénibles efforts pour redevenir un être humain.

Puis elle atteignit la barrière la plu solide, abritant ses souvenirs les plus douloureux. Et elle partagea son chagrin et ses remords de la mort d'Arielle, et le força à affronter ces émotions en face, à les accepter et à continuer à vivre.

Des larmes tombèrent sur ses mains, et elle ne sut pas si elles étaient versées par Coryn ou par elle. Et quand cette dernière barrière tomba, leurs esprits s'unirent en une harmonie ancienne et familière. Le contact de son *laran* avait toujours été doux et apaisant dans les cercles, et il le fut encore, en cet instant où ils se fondirent en une union beaucoup plus intime que le sexe.

Et elle apprit ce qu'il n'avait pas voulu lui dire; c'était seulement qu'il la désirait, comme un homme désire une femme. *Mais Coryn*, dit-elle dans le rapport, *pourquoi me l'as-tu caché? Nous avons tous connu cette situation dans les cercles.*

Je n'ai pas eu à affronter ce genre de sentiment depuis très, très longtemps, répondit-il. *J'ai vécu comme un moine à Hali, ne désirant rien que le travail des matrices. Je pensais être au-delà du désir. Je ne suis plus un jeune homme, Renata. Je ne peux pas te prendre et te rejeter. Je n'ai rien à t'offrir, ni terres, ni titres, ni honneurs. Et je te connais, Renata. Tu es compatissante. Tu es capable de te donner parce que je te désire. Je ne te veux pas de cette façon, je ne veux pas que tu te donnes par pitié.*

Par pitié, Coryn? Non. J'ai vécu bien seule, moi aussi. Plus seule que tu ne peux l'imaginer.

Il tendit les bras, la prit par les épaules, et les souvenirs de Renata déferlèrent dans le lien, paraissant la fusion émotionnelle. Renata n'avait pas envie de se séparer de Coryn, ni maintenant, ni jamais. Il avait un contact mental doux comme les nuages du lac de Hali, qui ne sont ni eau ni air mais un tendre mélange des deux.

Les lèvres de Coryn rencontrèrent les siennes, et elle s'abandonna contre lui, le caressant jusqu'à ne plus distinguer les frontières de leurs êtres séparés. Elle avait vécu si longtemps sans ce genre d'amour qu'elle avait oublié le plaisir presque insoutenable de cette intimité. Et voilà que Coryn, non plus froid, austère et lointain, mais chaleureux, vibrant et vivant, ranimait une passion qu'elle avait crue morte avec Donal.

Quand enfin ils reposèrent l'un près de l'autre, apaisés et très proches du sommeil, il l'embrassa légèrement sur le front et dit :

— Tu mas rendu mon *laran*, mais aussi bien autre chose en plus.

Elle s'assit et lui caressa le visage, répugnant à lui dire ce qu'elle avait appris dans le lien.

— Tu as retrouvé ton *laran*, Coryn, mais tu n'as pas échappé au contrecoup sans dommages. Tu n'es plus ce que tu étais. Tes barrières ont changé et bougé. Tu ne les contrôleras plus totalement. Tu ne peux plus être Gardien. Tu ne devrais même plus travailler dans les cercles. Dans un certain temps, peut-être, mais pas tout de suite.

— Je le sais, dit-il. Crois-tu que je n'aie pas remarqué le changement ? Je suppose que je vais aller à Carcosa. Je ne peux pas dire que mon frère Regnald sera ravi de me voir, mais je n'ai aucun autre endroit où aller.

Parce que ses barrières mentales n'étaient pas encore relevées, elle sut ce qu'il désirait, ce que sa fierté l'empêchait de demander.

— Reste ici, Coryn. Du moins un certain temps, jusqu'à ce que tu puisses retourner à Hali.

Elle sentit chez lui un mélange de désir et d'appréhension.

— Je ne suis pas facile à vivre. Je n'ai jamais été mondain. J'ai un caractère épouvantable, dit-il avec sincérité, mais elle éclata de rire.

— Je sais tout ça. Et aussi que tu chantes faux, à moins que ta voix ne se soit améliorée avec l'âge.

— Ma voix ? Quelle insulte, Renata ! dit-il, la main sur le cœur, feignant l'indignation J'espérais passer ma retraite à chanter les rôles de ténor à l'opéra d'Aldaran.

Elle sourit de ce badinage, puis reprit son sérieux.

— Je me demande si tu pourras être heureux ici. Tu as l'habitude du pouvoir et de la vie excitante de la Tour. Pourras-tu te contenter d'une vie moins exaltante ?

— Pas une vie moins exaltante, *chiya*, dit-il en lui prenant la main. Une vie différente, sans doute. Je resterai aussi longtemps que tu voudras bien de moi. Je n'ai aucun désir de retourner à mon ancienne vie. Je viens finalement d'apprendre une grande vérité, Renata. Quand je me suis cru définitivement aveugle mental, peu m'importait, pourvu que vous soyez indemnes, Ari et toi. Sais-tu qu'Ari ne m'avait jamais appelé « père » avant de me croire mort ? « Gardien », « *Vai Tenerezu* » et « Seigneur Coryn », oui, mais jamais « père ». Il est des choses plus importantes que le *laran*. Et je remercie les dieux de me l'avoir enfin appris.

Puis il ferma les yeux et s'abandonna au sommeil. Allongée près de lui, Renata ne dormait pas, se remémorant ses amours et ses deuils, et les éclairs fulgurant dans ces montagnes redoutables. Elle ne savait pas ce que l'avenir leur réservait à tous deux, et elle était heureuse de son ignorance, heureuse de ne pas avoir le don de précognition.

L'haleine de Coryn était tiède sur son bras nu, et Coryn Hastur ses traits altiers d'Hastur s'étaient adoucis dans le sommeil. Il avait renoncé à son rôle de Gardien, au moins pour un certain temps ; il n'était plus Coryn de Hali, mais simplement de Carcosa, cadet de famille sans terres. Mais Renata était toujours Dame d'Aldaran et mille problèmes requéraient son attention. Elle se leva et s'habilla à regret, mais s'arrêta sur le seuil pour regarder Coryn endormi. Et, quoi que l'avenir lui réservât, elle savait qu'elle conserverait le souvenir de cette joie partagée. Cela lui suffirait ; elle n'en demandait pas davantage.

Celui qui ne risque pas de perdre son pouvoir, c'est celui qui n'en a aucun. Mais le vrai perdant, c'est lui.

VIII
BLEU MATRICE

de C. FRANCES

Laria regarda dans le ruisseau, elle revit la matrice bleue et les larmes lui montèrent aux yeux. Elle avait suivi toutes les instructions du *tenerezu*, mais la pierre restait inerte; elle ne provoquait même pas chez elle la nausée dont on lui avait parlé. Comment pouvait-elle ne pas posséder le *laran*, ce précieux don des dieux ? Elle avait grandi au milieu des *leroni*. Elle avait même eu la maladie du seuil, qui annonce l'éveil du pouvoir. Peut-être qu'elle n'aurait pas dû attendre si longtemps pour se faire tester, mais elle avait cru...

Un énorme soupir lui gonfla la poitrine, et elle faillit se remettre à pleurer en réalisant qu'il lui faudrait maintenant retourner dans la famille de son père. Chez des gens qu'elle ne connaissait pas, et pire, qui ne la connaissaient pas. La mort lui semblait préférable, si elle avait été assez brave pour se la donner. Elle n'avait pas souvenir de beaucoup d'aveugles mentaux vivant à la Tour et d'aucun dans la Tour. Elle n'y était jamais entrée elle-même, et maintenant, elle n'y entrerait jamais.

Laria s'aspergea d'eau le visage, pour effacer ses larmes. Il y avait des bandits qui rôdaient dans les basses terres. Peut-être que si elle restait dehors assez tard, ils... — la voix d'Avron résonna derrière elle. Il représentait sa stabilité à la Tour, et ils s'étaient plu dès l'abord. Elle l'avait presque oublié. Il travaillait déjà dans un cercle. On devait les fiancer, mais maintenant...

— Laria, qu'est-ce qui ne va pas ? Je me suis inquiété en ne te voyant pas revenir; surtout après une si longue conversation avec le *tenerezu.* On m'a dit que tu étais partie en courant.

Sa joie de l'avoir retrouvée s'évanouit brusquement devant ses paupières rougies, qui faisaient paraître ses yeux plus bleus qu'une matrice, plus bleus que l'eau.

— Est-ce que ça les regarde !

Elle n'avait pas pensé que toute la Tour serait avertie !

— Laria, je t'en prie, dis-moi quelque chose. Nous sommes presque fiancés.

— Plus maintenant, Avron. C'est impossible.

— Pour quelle raison ? *Pourvu que le test soit positif.*

— Trouves-en une autre, Avron. *Je t'aime.* Je n'ai pas de *laran.*

Et je ne veux pas nuire à ta carrière. Laria se sentait piégée. Elle ne pouvait pas rester à la Tour, même si on l'en priait, pas avec Avron qu'elle rencontrerait partout. Mais elle ne supportait pas l'idée de quitter son foyer.

Avron n'avait jamais envisagé ce problème. C'était trop dur, après tout ce qu'ils avaient vécu en commun. Elle devait bien en avoir un peu ! Avron voulut la prendre dans ses bras, mais ses yeux d'un bleu stupéfiant le retinrent. Pourquoi le *laran* avait-il tant d'importance ?

— Est-ce que cela devrait compter ?

— Non, mais ça compte. Tu le sais bien.

Il sut que c'était vrai au froid qui lui serra douloureusement le cœur, et le regard candide de Laria lui apprit qu'elle ressentait la même chose.

Laria baissa la tête.

— Ma place n'est plus ici. Je ne pourrai jamais te donner l'intimité que te donnera n'importe quelle télépathe de la Tour. J'espérais en avoir un peu quand même.

Il la prit dans ses bras et sentit son corps gracieux secoué de sanglots.

Avron était bouleversé au point qu'il regrettait de ne pas pouvoir démolir la Tour. Pourquoi le *laran* devait-il changer la vie ? Ne voyait-elle donc pas comme elle séduisait tout le monde ? Dans son cercle, on parlait souvent d'elle et de l'influence positive qu'elle avait sur tous les travailleurs des matrices. Personne ne l'obligeait à partir, et surtout pas lui.

— Moi aussi, je regrette que tu n'aies pas le *laran,* soupira-t-il. Mais je t'aime, et je ne désire que ton amour. Tu as le mien sans partage.

Il s'écarta un instant. Il pensait au suicide, mais il ne pouvait pas le dire à Laria. Elle était devenue le point central de sa vie. Avec précaution, il commença à se dissocier de sa matrice. Il devait y avoir un moyen de l'inclure. Quand il se retourna vers elle, il lui tendit sa pierre-étoile. Il n'avait pas peur. Le contact de Laria ne lui avait jamais nui, mais avait empli son être de vie et de chaleur.

— Prends-la.

Laria regarda sa main fixement. C'était sa matrice accordée, partie vivante de son esprit et de son corps. L'enlever sans entraînement était très dangereux, et Avron la lui donnait.

— Je ne peux pas.

Qu'ai-je à lui offrir ?

— Je t'aime, mais je ne veux pas te rendre infirme — en aucune façon.

Ni en lui imposant une femme dysfonctionnelle, ni en diminuant son *laran*.

Elle s'enfuit en courant, glissant sur la berge pentue. Elle voulait s'enfuir, cesser d'exister, mais elle s'arrêta. Quelque chose lui cria de s'arrêter. Plus tard, elle pensa qu'elle n'avait pas entendu le pas d'Avron qui s'éloignait. Se retournant dans le sous-bois, elle vit des bandits qui semblaient venir vers elle. Une dague vola vers le ruisseau, fracassant la matrice d'Avron dans sa main, et son cœur s'arrêta de battre. Elle sut alors que les bandits ne l'avaient pas vue, et, affolée, elle courut vers le jeune homme.

Laria ne réfléchit pas, sinon, elle aurait su qu'Avron

était mort. Elle ne fit que réagir. Se glissant dans le corps prostré de son fiancé, sa respiration se ralentit, son esprit s'éclaira. Son âme accorda ses résonances avec celles d'Avron, et les ramena ensemble à la vie.

Avron ne savait pas ce qui s'était passé. Il regardait Laria. Soudain, le tonnerre avait grondé dans ses oreilles, tandis qu'un éclair fulgurait dans sa main. Son esprit torturé avait hurlé : « Pourquoi ne suis-je pas mort ? » et ensuite « Je voudrais être mort ! » Ses os s'étaient disloqués, et son esprit avait parcouru le surmonde, affolé. Mais, lentement, il était revenu dans son propre esprit et dans la matrice familière accordée à son âme. Et Laria le tenait dans ses bras.

Tout à coup, le *laran* afflua en Laria, le *laran* d'Avron, et elle devint son amplificateur. Elle tourna ses yeux d'un bleu éblouissant sur les bandits, et elle sut qu'elle pouvait les tuer avec le *laran* d'Avon. Mais l'esprit Avron était toujours uni au sien, vivant et compatissant, et il calma sa fureur. C'est pourquoi les bandits stupéfaits furent soulevés et déposés sur la route, l'esprit hébété, mais le corps indemne.

Dans la Tour, Avron ne pouvait s'empêcher de regarder les yeux bleu matrice de Laria. Plus question maintenant d'annuler leurs fiançailles.

Le pire moment, c'est celui où l'on comprend qu'on n'aura pas de pouvoir. Un personnage de La Belle Fauconnière *affronte ce supplice.*

IX
ENVOL

de Diana GILL

Il faisait beau, presque chaud, fait rare en cette saison, même dans les Plaines d'Armida. Mais Orain de Castamir n'en avait cure.

Il regardait sans la voir la vallée déployée devant lui, voyait sans les reconnaître les vertes collines boisées et les vagues brumeuses du lac clapotant au pied d'une Tour étincelante de blancheur. Hali. Le sanctuaire sacré des dieux, le *rhu fead*, le symbole de tout ce qui lui était dénié.

Son esprit torturé revoyait sans cesse la scène du matin, tel un chanteur de rue qui ne sait qu'une chanson ou le refrain d'une très longue ballade. Comme si cette répétition pouvait l'anéantir ou le faire sortir de son cauchemar.

Semblable à un *kyorebni*, la vision revenait sans cesse le hanter, l'étreindre dans ses serres cruelles.

Il se revoyait dans le hall, ce matin même, avalant un morceau de pain à la hâte avant d'aller aux écuries. Il avait remarqué que tous les enfants du Palais, de sang royal ou de petite noblesse, y étaient déjà rassemblés. Repérant Ranald Ridenow parmi eux, il lui adressa un grand sourire. Puis il traversa la salle, essayant de comprendre ce qui se passait. Un peu plus loin, sa sœur Jandria, très excitée, parlait à voix basse avec Maura, la sœur de Ranald. Il repéra son père, un peu à l'écart, en grande conversation avec l'étranger arrivé la veille.

Grand, vêtu des robes écarlates d'un *tenerezu*, ou Gardien, il évoluait avec une grâce fluide, presque désincarnée. Des bagues étincelaient à ses doigts et le bijou suspendu à son cou émettait une merveilleuse lumière bleue. Orain remarqua ses cheveux d'argent, ses yeux pâle et pourtant sombres, ses mains fines et gracieuses, et se demanda s'il avait du sang *chieri*. Mais que faisait-il là ?

Soudain, Orain se rappela ce que Carolin lui avait murmuré la veille au dîner.

— Tu vois cet homme, là-bas ? C'est un *laranzu* de la Tour de Hali, qui vient tester notre *laran* ! lui avait dit Carolin, les yeux brillants d'excitation.

Orain chercha du regard les cheveux flamboyants de Carolin, puis se rappela que lui et les autres princes n'avaient pas terminé leurs leçons du jour, et qu'ils seraient testés plus tard, après les autres.

Non qu'il fût nécessaire de tester Carolin, car il était impossible qu'un Comyn aux cheveux aussi flamboyants que le soleil de Ténébreuse à son coucher, pût être aveugle mental.

Orain ramena son regard sur son père et l'étranger, regrettant l'absence de Carolin. Ils étaient amis et frères adoptifs, bien que Carolin fût apparenté au Roi Felix, et Orain d'une des plus pauvres familles des Comyn. Montrant l'étranger de la tête, son père fit signe à Lyondri qui les rejoignit avec un sourire suffisant. Nerveux, Orain posa la main sur la garde de son épée, et attendit près d'une fenêtre.

Une demi-chandelle plus tard, Lyondri revint dans le hall, et point n'était besoin de voir le petit bijou bleu qu'il serrait dans sa main pour comprendre qu'il était admis dans les rangs des télépathes. Son sourire le proclamait assez. Rakhal lui succéda, qui reparut bientôt avec un sourire satisfait.

On appela ensuite Maura, pâle et nerveuse. Orain remarqua qu'elle ne ressortit qu'une chandelle plus tard. Elle rejoignit immédiatement Jandria, les yeux brillants de bonheur. C'était son tour.

Orain fit un pas vers la petite pièce réservée pour les

tests, et constata qu'il était paralysé de peur. Il pensa soudain que cette entrevue allait décider de son avenir. Etre aveugle mental signifiait être orphelin au milieu de sa famille, exilé dans son propre esprit. Pensant à Carolin, il se dirigea lentement vers la porte.

L'étranger leva les yeux sur lui. Sentant peut-être les craintes d'Orain, il sourit, versant dans une coupe quelques gouttes d'un liquide ambré.

— C'est du *kirian* — et aide à abaisser les barrières mentales.

Il se tut, observant Orain qui buvait, tout en tripotant le bijou bleu suspendu à son cou — quel nom lui avait donné Carolin, déjà ?

— Comment te sens-tu ? Un peu nauséeux, peut-être ?

Orain était un peu barbouillé, mais sans plus. Inquiet, il le dit au *tenerezu*. Impassible, l'homme lui tendit un bijou semblable à celui qu'il portait au cou, mais plus petit. Orain le prit, se souvenant que ça s'appelait une matrice.

— Regarde dans la matrice. Vois-tu quelque chose ? Sens-tu quelque chose ? Concentre-toi sur la pierre pour la faire briller.

Orain était un peu désorienté, mais, malgré tous ses efforts, aucune image n'apparut, et le bijou resta terne. Rafael lui reprit doucement la matrice, et, considérant l'enfant — pas plus de douze ans — avec compassion, il lui dit à regret :

— Tu as le *laran*, mais il est très faible. Le potentiel existe, mais bloqué, inutilisable. Toutefois, tu pourras le transmettre à tes enfants.

Orain lui jeta un regard plein d'amertume, et Rafael réalisa alors que l'enfant, comme lui-même, était un *ombredin*.

— Je suis désolé, dit-il avec une sincère compassion.

Orain eut l'impression de tomber dans le neuvième enfer de Zandru. Il avait envie de s'anéantir, et de hurler aux dieux sa douleur et sa rage. Mais la discipline inculquée depuis l'enfance fut la plus forte, et il s'inclina cérémonieusement en disant :

— *Z'par servu, vai dom.*

Puis il sortit, et s'enfuit en courant se réfugier dans la campagne.

Orain serra les poings. Que pouvait-il faire ? Les aveugles mentaux étaient comme les cralmacs, à peine humains ! Et Carolin... sa gorge se serra. Carolin était le cœur et l'âme de son être ; il vivait pour le jour où il serait son écuyer. Mais maintenant...

Avant ce matin, avant cette nouvelle désastreuse, leur différence de rang — Carolin, prince du sang, Orain, cadet de petite noblesse — ne comptait pas, simple fossé aisément franchi. Mais la nouvelle apprise une heure plus tôt non seulement avait creusé entre eux un abîme, mais avait provoqué une myriade de fissures et lézardes, que l'Héritier d'Hastur lui-même ne parviendrait pas à combler !

Que faire ? Comment revenir au château ? Par Aldones, si seulement il était un oiseau pour s'envoler sur les courants ascendants ! Une sorte de reniflement attira son attention. Se retournant, il vit son cheval, Chasse-Tempête, qui paissait placidement l'herbe rare.

Il ne pouvait pas voler, peut-être, mais il pouvait galoper ! Il avait des vivres dans ses fontes, préparés à son lever pour aller chasser avec Carolin. Et au milieu de l'agitation régnante, personne ne s'apercevrait de son absence, personne ne s'en soucierait. Poussé par le désespoir, Orain enfourcha son hongre et s'éloigna de Hali en direction des montagnes.

Quelques heures plus tard, le temps se gâta. Des nuages menaçants filaient dans le ciel, l'air était humide et froid. De gros flocons duveteux tombaient paresseusement, lui effleurant les joues. Orain décida de faire une halte dès qu'il trouverait un endroit propice.

Par chance, il aperçut l'ouverture d'une grotte à quelques pas. Il en inspecta soigneusement les abords, passa une torche dans l'ouverture — malgré son désespoir, il n'avait nulle envie de se faire dévorer par un prédateur !

Rassuré sur sa sécurité, il entra. La grotte était assez grande pour lui et son cheval, et il resterait encore de la place. Il y conduisit Chasse-Tempête par la bride et se mit à l'étriller, oubliant ses malheurs dans ce travail épuisant. Après un frugal dîner de pain et de lapin cornu froid, il s'abîma dans la contemplation du feu, s'abandonnant à son désespoir.

Que faire ? Où aller ? Ses pensées se reportèrent sur Hali. A cette heure, le dîner était prêt et tout le monde à table, peut-être avec le Roi Felix si sa santé le lui permettait. Il vit mentalement tous ses parents et amis conversant joyeusement autour de la table. Un instant, il eut envie de revenir sur ses pas, de rentrer à Hali. Mais Lyondri lui apparut, dédaigneux, suffisant. Lyondri qui avait le *laran*, Lyondri qui était orgueilleusement et indéniablement Comyn. Bannissant de son esprit le visage ricanant, Orain se coucha sur le flanc près du feu, s'efforçant de dormir et espérant oublier.

Pourtant, loin d'oublier, il fit des cauchemars, sans doute envoyés par Zandru pour le tourmenter. Il rêva que sa famille le répudiait, qu'il errait à travers les Domaines, accepté par personne, méprisé de tous. Que Carolin se moquait de lui. Carolin, mi-reptile, mi-monstre, qui se dressait devant lui comme un géant. Il se réveilla en hurlant.

Le rêve était si vivant qu'il eut l'impression de voir Carolin, ses yeux gris pleins d'un désespoir insondable. Mais *c'était* Carolin ! Comment ? Pourquoi ?

Carolin tendit le bras, bougeant à peine. Orain regarda dans la direction indiquée, et frémit d'horreur. Un flot d'insectes noirs et chitineux sortait d'une fissure de la paroi, qu'il avait remarquée mais sans y prêter attention. Des fourmis-scorpions. L'un des animaux les plus mortels de Ténébreuse.

Il chercha des yeux sa dague, et la vit à quelques pieds de la masse grouillante. Aucun espoir de ce côté. Il regarda Carolin, qui regarda le feu, où deux braises s'accrochaient obstinément à la vie.

D'un seul mouvement, ils saisirent ces torches improvisées et les plongèrent dans le nid. Les fourmis-scorpions battirent en retraite, mais pas avant que la moitié ne soient brûlées. Carolin et Orain continuèrent à attaquer, car il fallait les détruire toutes pour qu'elles ne reviennent pas.

Alors seulement Orain s'interrogea sur la présence du prince. Et ce faisant, le désespoir le reprit. Carolin avait le *laran*, comment pouvait-il comprendre ? Furieux qu'il vienne le narguer jusque-là, haïssant le bijou bleu qui scintillait à son cou, Orain se déchaîna contre lui en reproches cinglants.

— Qu'est-ce que tu fais là ? Et pourquoi ? Tu viens faire parade de ton rang, de ton *laran* ? Railler le pauvre imbécile qui voulait se faire passer pour Comyn ?

— Non, dit Carolin avec simplicité. Pour être avec le pauvre imbécile qui a fui ses amis, laissant derrière lui tous ceux qui l'aiment. Pour être avec toi.

Regardant Orain dans les yeux, Carolin tapa du pied avec colère et reprit d'une voix brisée :

— Espèce d'idiot ! Peu importe tu aies le *laran*, ou que tu sois couvert de pustules vertes ! Tu es mon ami, j'ai besoin de toi ! Cesse tes enfantillages !

Désirant le croire sans y parvenir, Orain ricana.

— C'est facile à dire — ce n'est pas toi qui es aveugle mental !

Carolin soupira, puis, tirant sa dague, il la tendit à Orain, garde en avant.

— Ce n'est pas vrai. Tu es mon ami et tu es Comyn. Je t'en prie, écoute-moi, *bredu*.

Orain le regarda dans les yeux, tous ses doutes envolés. Il prit la dague de Carolin, et lui tendit la sienne d'une main tremblante.

— *Bredu ?*

Carolin accepta la dague, et ils s'embrassèrent. Puis Orain s'aperçut que ses bras étreignaient farouchement son ami, comme pour ne plus s'en séparer. Et il réalisa enfin ce que Carolin savait depuis longtemps, ce que

Lyondri savait aussi et qui avait provoqué sa haine. Il aimait Carolin, l'avait toujours aimée. Il s'écarta, effrayé de cette révélation.

Carolin leva les yeux sur lui avec un sourire timide.

— C'est bien, je le sais. Tiens, je vais te faire un cadeau.

Prenant Orain d'une main, il toucha sa matrice de l'autre.

L'horizon d'Orain se dilata dans un claquement de tonnerre. Soudain, il volait, très haut au-dessus du sol, dans une brume multicolore. Carolin était là, en une communion si profonde avec lui qu'il en aurait pleuré de joie. Il exprima nerveusement ses pensées, pour s'apercevoir que la parole était inutile et même indésirable dans cette rencontre de leurs esprits et de leurs êtres.

— C'est ça, d'avoir le *laran* ?

— Oui, répondit Carolin par la pensée.

Dans l'exultation du partage, dans leur liberté découverte, il était normal que leurs corps s'unissent. Leurs bras s'étreignirent, leurs lèvres se rencontrèrent, leurs jambes s'enlacèrent. Chacun découvrant le corps de l'autre, Carolin et Orain volaient main dans la main dans la brume...

Chasse-Tempête piaffa, ramenant Orain à la réalité. Il regarda Carolin qui chevauchait devant lui. Carolin regarda par dessus son épaule et sourit, d'un sourire intense comme une caresse.

Bien que ce moment d'intense rapport fût passé, Orain savait qu'il en conserverait toujours le souvenir dans son cœur. Et même si l'union physique passait comme le rapport mental était passé, Orain savait qu'il serait toujours avec Carolin, qu'il serait toujours son ami et son écuyer.

Souriant, il éperonna Chasse-Tempête, dépassant Carolin et galopant à travers la forêt vers son foyer. Vers Hali.

Le meilleur moment, c'est la révélation — toujours inattendue — d'un pouvoir auquel on avait cessé de croire.

X
KIHAR

de Vera NAZARIAN

Ce qui se passe sous les quatre lunes ne doit jamais laisser ni souvenir ni regret, dit-on. Quelle ironie ! Tout en chevauchant, je levais les yeux de temps en temps vers le collier céleste de ces quatre bijoux, Liriel d'un mauve délicat, Idriel, verte comme la mer, Kyrrdis d'un bleu paon scintillant, et Mormallor, blanche et nacrée comme une perle. Et je pensais, *je suis folle, ce ne peut pas être vrai*... Mais alors je touchais le cuivre froid de mon bracelet, et regardais l'homme chevauchant à mon côté, mon mari.

Oui, j'avais été folle d'accepter ce simulacre, ou alors, c'est lui qui était fou. Il ne m'aimait pas, ne l'avait jamais prétendu, même devant Dame Elviria qui m'avait mise au monde. Un certain soir à Scathfell, ils avaient parlé longtemps dans le Grand Hall, lui maigre, distant, et d'une beauté froide, avec ses yeux gris pâle et ses cheveux de flammes. J'observais beaucoup les flammes quand j'étais petite, fascinée par le feu. Mes cheveux noirs, disait Dame Vilma, avaient aussi ces curieux reflets cuivrés transmis dans ma famille de génération en génération, avec ce détestable pouvoir de l'esprit, le *laran.*

Mon père était Korwin-Garris Aldaran, seigneur de Scathfell. Toute ma vie, aussi loin que remontait mon souvenir, il avait été mort. Ma mère disait que c'était un homme grand et fier, aux cheveux de feu et au tempérament de feu. Elle ajoutait seulement qu'il avait été tué dans une guerre mineure, mais comment et pourquoi, je ne l'ai jamais su. C'était l'époque des rivalités sanglantes, où les clans luttaient les uns contre les autres.

Dame Elviria était fière, elle aussi. Sans être vraiment belle, elle était majestueuse, avec ses cheveux noirs, ses mains d'ivoire pâle et ses yeux hallucinés comme ceux de la bienheureuse Cassilda. Elle pouvait être froide ou tendre de façon imprévisible. Moi et ma sœur aînée, Irmelin, nous l'adorions et la craignions à la fois.

— Vous devez toujours être fières, nous disait-elle. Car à l'époque de Carolin Hastur, votre arrière-grand-tante était la fauconnière du roi, et il voyageait toujours en sa compagnie.

Par Aldones, ce n'est pas cela qui me donne du mérite, pensais-je avec amertume, sans jamais le dire tout haut.

Ma sœur Irmelin était très différente de moi. Sérieuse, mince et belle comme la fleur d'or du *kireseth*, elle avait été testée dans son enfance par une *leronis*, qui lui avait trouvé un talent dépassant toutes les espérances, car elle avait le Don des Aldaran, qui est la précognition, dans toute sa puissance. De trois ans mon aînée, elle était maintenant en formation dans une Tour, tandis que moi, maintenant que j'avais quinze ans révolus, j'avais docilement accepté d'être mariée et expédiée chez mon mari comme un meuble.

Vraiment, mon amertume n'avait aucune excuse. Mon père n'avait laissé aucun héritier mâle, pas même un *nedesto*, et il n'y avait dans notre parenté aucun mâle assez doué de *laran* pour lui succéder à Aldaran. Ce n'était pas la première fois dans l'histoire de notre famille que la succession passait à une femme, bien que ce ne fût pas usuel. C'est pourquoi Irmelin était Héritière d'Aldaran et de Scathfell à la fois.

Et moi, trop grande pour mon âge, grasse et potelée, et pourtant pas du tout féminine avec mon rire bruyant et mes mains habiles à tout sauf aux ouvrages de femmes, je n'avais aucun droit de me plaindre. Au contraire, j'aurais dû louer Evanda de ce que le mari que ma mère m'avait donné ne fût ni vieux et impuissant, ni brutal et cruel, mais jeune et beau et issu d'une Grande Maison. Avec mon physique et mes manières, je ne méritais pas *Dom* Cedric Lanart-Elhalyn. En fait, je ne méritais sans doute aucun homme de noble lignée, pas plus que je ne méritais de porter mon noble nom. En fait, je n'avais aucune valeur dans aucun domaine.

Car moi, Calvana Aldaran, seconde fille du Seigneur Aldaran, je n'avais absolument pas de *laran*.

La même *leronis* qui avait testé Irmelin l'avait confirmé. Néanmoins, comme à Irmelin, elle m'avait donné une pierre-étoile à porter suspendue à mon cou ; piètre consolation, destinée davantage à Dame Elviria qu'à moi-même.

Et au bout d'un certain temps, je n'en souffris plus. C'était presque un soulagement. La liberté s'ouvrit à moi, et je parcourais les montagnes, jouais avec les faucons de chasse et les chevaux, les dessinais sur les pierres grises avec les braises éteintes du foyer, ou sculptais de petites figurines dans le bois que me donnait le vieux Manwell, le palefrenier de mon père. Je me battais avec les garçon dans la cour du Donjon de Scathfell, leur boxant le nez et leur donnant des coups de pied dans les mollets.

— Grosse vache ! me taquinaient-ils.

Et quand je redonnais un coup de pied :

— Grosse vache de Zandru !

Quand j'eus treize hivers, un luthier arriva chez nous pour vendre ses instruments, et Dame Elviria lui acheta plusieurs harpes. La musique s'était tue dans notre famille depuis la mort du Seigneur Korwin, mon père, mais je me rappelais ce que ses hommes disaient de sa voix et de son jeu, *à l'époque*. Il avait un toucher magique, disaient-ils.

On me donna un petit *rryl*, et on m'instruisit dûment en l'art de chanter et de jouer. On aurait dit que ma mère voulait couper les ponts avec un triste passé, et le retour de la musique dans notre vie en fut le signe extérieur. Jusque-là, je m'étais souvent demandé pourquoi elle ne s'était jamais remariée. Mais tout fut oublié dès que mes mains eurent touché les cordes du *ryll* et que j'eus entendu mes premiers accords, clairs et purs comme le diamant. Et c'est ainsi que j'appris à chanter et à jouer.

Au bout d'un certain temps, ceux qui m'entendirent remarquèrent avec surprise que j'étais bien meilleure qu'ils ne s'y attendaient. Ma mère en fut informée, et depuis ce jour, prêta une attention spéciale, non pas à moi, mais au moins à cet aspect de ma personnalité.

Enfin, j'avais manifesté un talent.

Mais à quoi cela me servait-il maintenant ? Je n'étais d'aucune utilité pour personne, même avec ma belle voix, et pourtant ils m'avaient tous traitée avec bonté. Quand elle était petite, ma mère avait été mise en tutelle chez Mirhana Elhalyn, et elles avaient prêté le serment d'amitié. Maintenant, la sœur adoptive d'Elviria m'avait offert en mariage son fils Cedric.

Tout avait été arrangé sans que j'en sache rien. Ma mère ne doutait pas de mon consentement, et c'est pourquoi, un mois et demi plus tôt, *Dom* Cedric était arrivé à Scathfell. Une décade plus tard, sans fiançailles, on nous mariait *di catenas* et nous étions partis immédiatement, traversant les Heller en direction des terres des Lanart dans les Monts de Kilghard. Tout avait eu un air étrangement précipité, comme si ma mère avait peur d'attendre un jour de plus. Et je suis sûre qu'elle avait peur ; je m'étonnais moi-même qu'en me voyant, *Dom* Cedric ne se soit pas enfui en courant pour ne plus revenir.

Il ne me connaît pas encore assez bien... pensais-je. Je savais qu'il avait un *laran* bien développé, mère me l'avait dit, ce qui signifiait qu'il pouvait lire en moi comme dans un livre quand il voulait. *D'autant plus bête de m'avoir acceptée pour femme. Mais était-ce bien exact ? Quels étaient son but et ses motivations véritables ? Pourquoi avait-il accepté de m'épouser ?*

Ce n'était pas l'Héritier du Domaine, mais seulement un second fils ; malgré tout, il pouvait sans doute prétendre à un meilleur parti. En fait, n'importe qui, y compris un banshee, était un meilleur parti.

Malgré tous mes défauts, j'ai oublié d'être bête. Je savais qu'il y avait quelque chose que je ne comprenais pas. Pendant ces jours passés avec lui sur la route, je suis certaine d'avoir vu, au moins une fois, autre chose que de la froide politesse dans le regard insistant de ses yeux gris.

Comme je ne suis pas télépathe, j'ai appris à décoder ces signes corporels beaucoup plus finement que si j'avais le *laran*. C'est tout ce que j'avais pour me guider dans le silence de ce voyage, beaucoup plus long que nécessaire, à mon avis, avec d'interminables étapes qui, à mes yeux de montagnarde, paraissaient d'intolérables pertes de temps. Que faisaient donc ces gens quand ils étaient pressés ? me demandais-je.

Autre chose. Il était mon mari, mais il ne s'était encore jamais comporté en mari, pas une fois. Je n'étais pas ignorante, je connaissais tout ça, ayant vu les animaux s'accoupler au printemps. Ses seules effusions avaient été de m'effleurer la main de ses lèvres froides, et de me donner un baiser tout aussi froid sur la joue juste après la cérémonie du mariage — simulacre que j'ai toujours détesté depuis.

Et j'avais accepté tout ça, silencieusement, docilement. C'était ce qu'on attendait de moi, bien sûr, la seule chose à faire. Pourtant, ce n'était pas ce que j'attendais de moi-même, car je me connaissais mieux que quiconque, même doué de *laran*.

Calva, par les enfers de Zandru, grosse vache que je suis, pourquoi ai-je accepté ? Je suis vraiment folle ! pensais-je. Pourtant, n'étais-je pas encore plus folle de penser que j'aurais pu me comporter autrement ? Et d'ailleurs, qu'est-ce que je voulais ? Qu'est-ce que j'espérais ? Après tout, j'avais obtenu plus que je n'étais en droit d'escompter, étant donné ma situation. J'étais vraiment bénie par le Seigneur de la Lumière !

Pourtant, regardant les quatre lunes, je ne pouvais m'empêcher de penser : *Qu'ai-je fait ? Et à qui la faute ? Mais si ce n'était la faute de personne, et que je sois seulement plus folle qu'un* kyorebni ?

Notre arrivée, dans la lumière violette du crépuscule, sur les terres des Lanart, me tira de mes pensées à demi délirantes. Un vent froid soufflait dans les Monts de Kilghard, qui me rappela mes montagnes. J'en savourai la morsure. Mais il manquait la grandeur des Heller, que je n'oublierai jamais.

Plusieurs hommes de *Dom* Cedric — ou plutôt, devrais-je dire, de mon mari — nous accueillirent à la grille. La cour était déserte ; seuls y résonnaient les pas de nos chevaux et de nos poneys de bât, qui non seulement nous avaient transportés, nous et nos gardes, mais aussi tous mes biens matériels.

Mon mari, silencieux jusque-là, fut accueilli par des voix rudes et cordiales, dont les accents parurent grossiers à mes oreilles. Il démonta et leur répondit, et je le vis changer pour la première fois. La vie parut dans sa voix, dans ses yeux, et il donna ses ordres d'un ton de virile camaraderie. Des rires éclatèrent de toutes parts. Je réalisai qu'il était très aimé...

On m'aida à démonter puis on me conduisit dans la grande maison. *Demain, je ferai connaissance de ma nouvelle famille*, pensai-je, redoutant ce moment. Et pourtant, les Dieux me sont témoins que j'étais en même temps excitée à cette idée ! J'avais vu les yeux de *Dom* Cedric étinceler comme les lunes, chauds comme le Vent Fantôme estival, et je n'avais pas besoin de lire ses pensées pour savoir qu'il avait connu le bonheur dans cette maison et qu'il venait le retrouver.

Si seulement ce bonheur pouvait m'effleurer aussi.

Saint Porteur de Fardeaux, pourquoi un homme doit-il toujours faire son devoir ? Et pourquoi son devoir est-il toujours si contraire à ses désirs ?

Seul dans sa chambre, allongé sur son lit, Cedric

Lanart-Elhalyn ne trouvait pas le sommeil. La chambre était froide, sombre, sans feu pour le réchauffer ; mais sous sa mince couverture, il n'y prêtait pas attention. A Nevarsin, il s'était habitué au froid, il avait appris à activer la chaleur intérieure de son corps. Cela, il l'avait appris des moines, avec bien d'autres choses, car, depuis un certain temps, il avait répondu à un appel intérieur et s'était fait *cristoforo*. Il aurait été heureux de passer sa vie dans le célibat et la contemplation, n'était *cela*.

Maintenant, il avait une femme. La croix de sa vie, ce serait d'avoir fait ce que désiraient ceux qu'il aimait. *Domna* Mirhana, sa mère, était mourante. Une maladie exténuante la tuait lentement, et elle souffrait sans discontinuer. Elle supportait tout stoïquement, et continuait à assumer ses devoirs avec grâce. C'était le foyer rayonnant de la famille, et il l'aimait plus que tout au monde, davantage même que sa vocation religieuse. Le souhait le plus cher de Mirhana avait été qu'il se marie et reste dans la famille avec ses frères.

C'était aussi, pensa-t-il, la personne qui, parmi toutes ses connaissances, attachait le moins d'importance au *laran*.

— Ce pouvoir nous rend fous, nous autres de la lignée de Hastur, disait-elle de sa voix douce. Fous au point de concevoir des programmes de reproduction. Et pour quel résultat ? Nous attachons plus d'importance au *laran* qu'à nous-mêmes, qu'à nos enfants, qui sont victimes de ce choix. L'amour — il disparaît dans les mariages arrangés. A la fin, nous serons une race de surhommes aux cheveux roux, simples *outils* sans cervelle du pouvoir — comme des pierres-étoiles vivantes !

Son frère aîné, Dayvin, souriait et disait tendrement :

— Maman, c'est une exagération ridicule !

— De plus, nous n'en arriverons jamais au stade de n'être que de simples outils — des pierres-étoiles sur pattes ! disait sa sœur Lyanella en riant, levant son doux visage de son ouvrage toujours parfait.

Et le petit Rafael éclatait d'un rire cristallin, et courait à travers la chambre en criant, jusqu'à ce que *Domna* Mirhana le fasse taire :

— Regarde, regarde, je suis une matrice vivante !

La joie régnait alors, quand Jerald Lanart était encore vivant et que sa mère n'était pas encore malade. *Dom* Jerald n'était pas son vrai père, il le savait, malgré sa reconnaissance officielle. Cedric avait le Don des Alton. Cela suggérait des origines plus élevées que les siennes, et le droit de porter trois noms au lieu de deux. Pourtant, il n'avait nulle envie de pénétrer ce secret, malgré d'étranges pensées-souvenirs qu'il recevait parfois de sa mère ou de *Dom* Jerald. Il y avait si longtemps de cela...

C'était donc d'autant plus étrange que sa mère, si parfaitement juste à tous égards, ait soudain désiré qu'il abandonne la voie de réalisation qu'il s'était choisie, car cette voie n'avait rien à voir avec le *laran*, qu'elle n'approuvait pas. C'était seulement *lui-même* qu'il désirait mieux connaître. De plus, il le savait, elle ne pouvait pas totalement condamner le *laran*, car elle avait elle-même le Don des Elhalyn, la vision des différents futurs possibles, et, bien qu'elle en parlât rarement, il le voyait en elle. Était-ce ce Don qui lui avait fait soudainement et bizarrement insister pour qu'il renonce à sa vocation et se marie ?

Car c'était *Domna* Mirhana qui l'avait informé qu'elle lui avait trouvé une épouse, issue d'une Grande Maison. Elle lui avait annoncé que Calvana Aldaran, fille de sa sœur adoptive et *breda* Dame Elviria et du défunt Seigneur Korwin Aldaran, avait eu quinze ans au printemps dernier et acceptait de s'épouser.

Ferme en toutes les matières, sauf pour dire « non » à sa mère, Cedric avait d'abord protesté de surprise. Mirhana le connaissait ! Pourquoi insistait-elle pour conclure cette alliance ? Elle semblait faire elle-même la promotion de ce programme de reproduction .qu'elle haïssait tant, l'avait-il accusée.

Puis, horrifié, il avait découvert autre chose. Non tant

que sa future épouse était trop potelée pour être belle, ni qu'elle ne fût guère versée dans les tâches ménagères, mais qu'elle n'avait pas le *laran* ! Mirhana n'avait pas pu lui dissimuler ce fait, car il lisait dans ses pensées. Lugubre, il avait pensé à l'insupportable chagrin de passer toute sa vie avec une aveugle mentale — car il en était sûr, d'après le peu qu'il avait vu dans son esprit, malgré ses efforts pour se garder. Puis, pire encore, il pensa qu'il devrait aimer cette femme, lui donner des enfants, endurer une union physique qui n'aurait pas la moitié de l'intimité possible entre deux télépathes... car il avait connu une femme douée de *laran*, et il savait ce que pouvait être une telle union.

Alors, il jura, par tous les Enfers de Zandru, qu'il ne comprenait plus sa mère. Et il refusa le mariage avec cette maudite fille Aldaran, plus bête qu'aucun de ses chevaux. Mais ce refus ne dura que le temps de voir comment réagissait sa mère, qui se mit à décliner de plus en plus. Alors, il ne put plus reculer.

Maintenant, Dayvin était Seigneur de Lanart. Il s'était marié au printemps dernier, et avait ramené au château Orina Ridenow, qui attendait déjà son premier enfant. Lyanella devait se fiancer vers la fin de l'année. Et maintenant, Cedric lui-même était revenu des Heller avec une femme qu'il ne pouvait souffrir, et tout ça parce qu'il ne voulait pas porter toute sa vie le remords d'avoir hâté la mort de sa mère.

Suis-je un vrai cristoforo, *ou simplement un couard, esclave de quelque chose, d'une peur profondément enfouie en moi-même ?*

Et Calvana Aldaran, avait-il bientôt découvert, était elle-même fière et glaciale comme ses fichues Heller ! Depuis le départ, elle ne lui avait pas souri une seule fois ni prononcé un mot gentil. Brune potelée au teint de lait, elle n'était pas désagréable à regarder, avec ses yeux bleus incisifs qui pétillaient d'énergie quand il faisait semblant de ne pas la regarder. Toutefois, il ne rencontrait qu'hostilité chaque fois qu'il tentait de la contacter mentalement, hostilité mêlée d'amertume et de colère rentrée. Elle le haïssait violemment, semblait-il, ou, sinon lui, tout ce qui l'entourait, et projetait sa haine avec une force et une insouciance que n'aurait jamais eues une télépathe soucieuse du bien-être de son entourage. *Mais elle n'est pas télépathe!* se répétait-il sans cesse, et un douloureux découragement revenait s'abattre sur lui.

Et ainsi, la nuit suivant leur arrivée sur les terres de Lanart, Cedric s'endormit sur de sombres pensées, et fit des cauchemars, seul, désolé, et dans un lit glacé.

A dessein, il arriva le dernier au petit déjeuner. Mais il fut déçu — toute la famille assemblée l'attendait. Ils étaient tous là, réalisa-t-il, parce qu'il fallait officiellement souhaiter la bienvenue à un nouveau membre de la famille. Il n'aurait pas dû s'illusionner et croire qu'il pouvait éviter *quoi que ce soit*.

La journée était chaude, et on ne les servit pas dans le Grand Hall, mais dans une petite salle à manger dont on pouvait ouvrir les fenêtres pour laisser entrer le soleil et le grand air. La frêle silhouette de *Domna* Mirhana disparaissait dans un grand fauteuil près de la croisée, le soleil colorant ses cheveux argentés en roux vif, leur couleur d'autrefois. Elle fixait un regard absent sur les montagnes et le ciel violet.

Le Seigneur Dayvin, blond et trapu, siégeait au haut bout de la table, avec, à son côté, *Domna* Orina en robe ample pour dissimuler sa grossesse. Entre Orina et sa sœur Lyanella, ravissante en blanc, sa femme. Elle portait une très simple robe brune, dont la couleur n'allait pas à ses cheveux, et elle baissait les yeux.

A son entrée, Dayvin s'éclaira d'un sourire, qui s'estompa devant son visage renfrogné.

— D'où sors-tu ? Le thé va être froid.

— Bonjour, répondit-il. Désolé.

Son regard effleura chacun des assistants, sauf *elle*.

Le douce voix de Mirhana sortit de son fauteuil.

— Bienvenue, mon fils. Tu es enfin rentré.

Il alla l'embrasser, salua tous les autres, puis prit sa place à la table, remarquant le placement singulier — on n'avait pas mis sa femme à côté de lui.

Puis il vit Rafe, son plus jeune frère, qui se gavait de tartines de beurre et de miel, tout en observant timidement sa nouvelle sœur. Une fois, ses yeux rencontrèrent ceux de Cedric, et il sourit. Tout le monde se taisait.

— Eh bien, parle-nous de votre voyage, Cedric, reprit Mirhana. Calvana nous l'a déjà raconté en partie, et d'après ce que j'ai compris, elle trouve que vous avez perdu beaucoup de temps.

Au moins, elle est franche, pensa-t-il. Puis, après un regard sur Calvana, il répondit :

— Dame Calvana aurait dû me le dire. C'est pour la ménager que nous avons voyagé par petites étapes.

Pour la première fois, Calvana prit la parole.

— *Vai dom*, je ne savais pas comment bien m'exprimer.

Elle leva les yeux, et il y vit de la franchise, mais aussi de la timidité. Et il y avait moins de colère dans les pensées qu'elle diffusait.

Sois gentil avec elle, lui parvint la pensée de sa mère.

— Eh bien, il fallait t'exprimer mal, mon enfant, reprit Mirhana. Je vois que vous ne vous êtes guère parlé pendant ce voyage. N'importe quoi, même une disputer, aurait été préférable à ce silence.

— Veux-tu dire que j'aurais dû me quereller avec ton fils ? demanda Calvana, étonnée.

— Vous quereller, *chiya* ? gloussa-t-elle. Mais vous n'avez pas cessé de vous quereller en silence depuis le début. Vous ne vous êtes pas dit un mot. On ne vous a même pas correctement présentés !

Elle se leva lentement de son fauteuil.

— Elviria ne s'est pas souciée de faire naître entre vous affection et amitié.

— Ne bouge pas, maman, ça pourrait te faire mal ! s'exclama Lyanella, soudain inquiète faisant mine de se lever.

— Silence, ma fille. Que dois-je faire pour te contenter ? Mourir pétrifiée ? Je reste assise, et tu t'inquiètes ; je me lève, et tu t'inquiètes encore plus. Alors, que faire ?

— Ne parle pas comme ça, Maman, dit Rafe, les yeux dilatés. Et toi, 'Nella, laisse Maman tranquille ! Tu t'agites jour et nuit comme un *verrin* sauvage, et tu nous effrayes tous. Pendant que tu n'étais pas là, Cedric, tu ne croirais jamais ce qu'elle...

— De quoi souffres-tu, *Domna* Mirhana ? dit soudain une voix hésitante.

Tous les yeux se tournèrent vers Calvana.

— Seule Mère Avarra le sait. L'âge, je suppose, ma fille. J'ai dépassé mon temps dans ce monde, dit-elle avec un sourire plein de douceur et de bonté.

Soudain, elle lui fit penser à Elviria dans ses moments de tendresse, et elle ressentit un grand élan d'affection pour cette femme, voyant en elle l'amour qui lui manquait.

— Ma mère est malade depuis quelque temps, dit Cedric avec froideur. Les poumons.

— Mais la douceur du temps lui fait du bien, dit Orina Ridenow, prenant la parole pour la première fois, d'un ton alerte mais bienveillant, accompagné d'un tendre regard à la vieille dame, que Cedric ressentit comme une caresse.

Orina parle en connaissance de cause, pensa-t-il, soudain soulagé. *Elle est empathe et a séjourné dans une Tour. Loué soit Valentin que tous aiment Mirhana !*

— Bon, dit Dayvin, changent soudain de conversation, allons-nous passer là le reste de la matinée ? Le temps est parfait pour une promenade à cheval, et ma sœur Calvana voudra peut-être essayer l'une de nos bêtes, ce qui nous permettra aussi de faire plus ample connaissance. Qu'en dis-tu, *mestra ?*

Il avait pris, remarqua Cedric, le ton du chef de famille.

La vie revint soudain dans les yeux de Calvana. Elle sourit.

— J'en serais ravie, *Dom* Dayvin ! La réputation de vos chevaux est bien connue, et j'aimerais beaucoup connaître mieux toute la famille. Seulement... je vous demanderai de cesser de m'appeler Calvana. Moi, je suis Calva. Calvana était le nom de ma grand-mère, et chaque fois que je l'entends, j'ai l'impression qu'elle est encore là !

— D'accord, ma sœur, mais seulement si tu cesses de m'appeler *Dom* Dayvin, comme mon majordome. Appelle-moi Dayvin tout court.

Orina éclata de rire et plaisanta :

— Sais-tu que je vais te détester, Calva ? Tu as déjà séduit mon mari !

Calva s'immobilisa, pétrifiée d'embarras.

Sapristi, je n'avais pas l'intention de l'embarrasser, pensa-t-elle.

Sans doute, mais elle est encore timide, et il faut surveiller tes paroles, répondit Mirhana.

Et pense comme ce doit être épouvantable pour elle de savoir que nous pouvons tous communiquer par la pensée, parler d'elle sans qu'elle le sache. Même le petit Rafe entend ce que nous disons... ajouta Lyanella.

Oui, nous sommes toujours en rapport, même marginalement... pensa Cedric. Pourtant, étrangement inflexible, comme incapable de se démettre de sa raideur, il refusa de se laisser fléchir. Pas maintenant.

— Très bien, allez donc en promenade, dit alors Mirhana tout haut. Vous me donnez la migraine. Allez chevaucher dans les collines, mais revenez à l'heure pour le repas.

Ainsi se termina le petit déjeuner. Ils se levèrent, Dayvin donnant l'ordre de seller les chevaux, tandis qu'Orina déclina l'invitation avec grâce, étant donné son état.

Ils chevauchèrent ventre à terre au pied des collines, et Cedric remarqua avec étonnement que, malgré ses rondeurs, sa femme avait une excellente assiette. Meilleure, en fait, qu'eux tous. Calva se retrouva rapidement sur un pied d'amitié avec Dayvin et Lyanella, mais il y avait aussi en elle un reste d'enfance qui en faisait curieusement une compagne rêvée pour Rafe — et effectivement, l'enfant était ensorcelé par son rire et tout ce qu'elle disait.

Elle parla beaucoup et avec animation. Elle se révéla brillante. Qu'elle discutât de l'élevage des chevaux avec Dayvin, de la broderie — qu'elle avoua sans ambages détester cordialement — avec Lyanella, ou expliquât au jeune Rafe comment sculpter une figurine dans un morceau de bois, elle semblait tout connaître sur le sujet. De plus, elle fit rire tout le monde par le tour spirituel ou cocasse de ses propos.

La seule personne qu'elle ignora, ce fut Cedric. Un peu comme si elle avait entrepris de les charmer tous, pour leur montrer qu'elle ne se souciait pas de ce qu'il pensait d'elle, car elle n'avait pas besoin de lui. Les quelques mots qu'elle lui adressa ne furent pas agressifs, mais si neutres qu'ils en furent presque insultants par leur indifférence.

Et Cedric sut qu'elle avait réussi sur toute la ligne. Non seulement il était furieux, mais il lisait un début d'affection dans les pensées de tous les autres, si bien que Lyanella, percevant télépathiquement son mécontentement, lui demanda, surprise : *Quelque chose ne va pas ? Pourquoi n'es-tu pas content d'elle ?*

Il ne trouva rien à répondre, et résolut de raffermir ses barrières mentales pour ne plus diffuser ainsi ses pensées intimes.

Qu'est-ce qui m'arrive, Saint Porteur de Fardeaux ? Je sais que je dois l'aimer, mais je ne le peux pas. Je ne peux pas ressentir de l'amour. Et comment le pourrais-je alors qu'elle...

Mis il ne savait pas ce qu'il voulait dire, comment il voulait terminer cette pensée. Au repas, il resta maussade et silencieux, de sorte que même *Domna* Mirhana en fut affectée et remarqua que son air d'enterrement lui faisait perdre l'appétit.

Et pour une fois, il resta indifférent à ce doux reproche de sa mère.

— Dis-moi, *chiya*, comment te plais-tu ici ? me demanda *Domna* Mirhana au bout d'une décade.

Je ne savais trop comment lui avouer la vérité. Le fait est que j'adorais et détestais à la fois cette maison, qui était mon nouveau foyer. Cela, je le savais, elle pouvait le découvrir facilement par son *laran*, et c'était ce qui m'effrayait. Comment expliquer que je m'étais déjà mise à les aimer tous, que j'aimais leur esprit ouvert et chaleureux, leur accueil bienveillant, n'ayant jamais rien connu de semblable dans ma famille, mais qu'en même temps je détestais la pitié que je leur inspirais ? Je n'avais pas besoin de *laran* pour le savoir, car je le voyais aux précautions excessives qu'ils prenaient pour toujours me traiter avec gentillesse. J'aurais presque préféré des mots durs, qui m'auraient prouvé qu'ils me savaient humaine, et m'acceptaient simplement telle que j'étais. Mais cela m'était refusé.

Et mon mari ? La situation fut d'abord étrange, puis nous avions rapidement adopté une routine que personne ne remettait en question — nous nous ignorions froidement et poliment. Les choses en arrivèrent à un point presque risible, car nous avions presque oublié les bracelets de mariage à nos poignets. Dans la maison, nous étions les seuls et les plus étrangers des étrangers.

Une chose m'étonnait : pourquoi aucun d'eux n'avait-il tenté de nous rapprocher ? Leur était-il indifférent que nous n'ayons pas partagé le lit nuptial — ainsi qu'ils le savaient tous ? Quel avait donc été le but de cette union ? J'étais sûre que les biens matériels n'avaient rien à y voir, car nos deux familles étaient fières de leur standing et de leur richesse. Et le *laran* était encore moins entré en ligne de compte. Quoi, alors ?

Je ne supportais pas la vue de *Dom* Cedric. J'appris bientôt qu'il était *cristoforo*, et que, sans ce mariage, il aurait été moine à Nevarsin — c'était la meilleure explication que je pus trouver à l'aversion presque dégoûtée que je lui inspirais, et que je sentais très bien. Je connais un peu leur credo ; l'un de leurs préceptes, c'est de *ne jamais regarder une femme avec concupiscence*, ou quelque chose de ce genre. Je respectais leur religion d'amour spirituel, mais je ne la comprenais pas bien et ne désirais pas la comprendre. Je n'étais pas de la graine dont on fait les *cristoforos*.

Et cela me révoltait encore plus ayant à supporter la vue du visage de Cedric, beau mais toujours lugubre, et le dégoût que je lisais dans ses yeux. Je pouvais presque sympathiser avec son aversion, car je voyais qu'il avait dû se forcer pour aller contre sa nature. Mais il fallait dire que mon physique pouvait donner la nausée à n'importe qui, y compris à moi-même. C'était moi qui lui inspirais de la haine au lieu de l'amour, et aussi sa famille.

C'était la seule chose que je pouvais leur reprocher, car ils étaient la cause de ce simulacre de mariage.

Pourtant les autres m'avaient tous acceptée, d'une façon ou d'une autre. Le jeune Rafe — si je l'osais, je dirais qu'il m'adorait. Je crois que je le distrayais comme une grande sœur. Un jour, je m'assis pour lui montrer comment dessiner un animal ou un humain sur le papier — il en resta bouche bée, et je finis par dessiner tous les membres de la famille. Quand les autres virent leurs portraits, ils se répandirent en compliments et me posèrent beaucoup de questions, surtout *Domna* Orina. Il semblait que j'avais parfaitement attrapé leur ressemblance. Je les assurai que personne ne m'avait jamais rien appris, et Orina me posa d'autres questions.

Je finis par tourner la chose en plaisanterie. Plus tard, j'en reparlai avec *Domna* Mirhana.

Ces conversations devenaient assez régulières, elle, dans son grand fauteuil, moi assise à ses pieds sur un tabouret, comme une enfant.

— Comme tu as une vue pénétrante, mon enfant ! dit-elle. Tu vois les choses exactement telles qu'elles sont. C'est un talent rare. Presque aussi précieux que le *laran*.

A ce mot, je grimaçai, je suppose. Elle me regarda avec attention en disant :

— Cela te peine-t-il beaucoup, mon enfant, de ne pas avoir le *laran* ?

Je hochai la tête en silence. Puis j'ajoutai :

— Plus que tout, *Domna*. J'ai l'impression que... je *sais* que je suis handicapée.

— Et alors, tu compenses en excellant en tout le reste.

— Moi, j'excelle ? dis-je en riant. Je ne fais rien comme il faut ! Mes points de broderie zigzaguent comme une catin ivre ! Mon tricot...

— Oh, mais c'est seulement parce que tu n'as ni le désir ni la volonté de t'attacher à ces tâches. En fait, ton *kihar* se nourrit de ta rébellion, de sorte que tu t'efforces d'imiter les hommes.

— Moi, jamais ! Je...

— Oui, tu te crois sans attrait, alors tu charmes par ta langue. Tu te hais parce que tu n'as pas le *laran*, alors tu manges et tu manges, et ensuite, regarde-toi !

— Oui, je suis une grosse vache ! Je le sais !

— Alors, cesse de t'apitoyer sur toi-même, mon petit ! Zandru m'est témoin que tu n'as pas besoin de ce fardeau supplémentaire — en tous les sens du mot !

Elle se pencha, fixant sur moi un regard incisif, et j'avais un boule dans la gorge qui commençait à m'étrangler.

— Aldones me vienne en aide... murmurai-je.

Puis je fondis en larmes, comme sombrant dans un torrent de solitude et de peine.

— Je... je vous hais tous ! hoquetai-je, puis je criai : je te hais, je hais ton fils, et je hais vos sales collines ! Je veux rentrer chez moi... ou mourir !

Puis je levai la tête, et je vis des larmes dans les yeux de *Domna* Mirhana. *Dieux ! Elle sait ! Elle sait exactement ce que je ressens, tout ce que je ressens,* me rappelai-je. *Et... et elle souffre, elle souffre avec moi, de ma peine ajoutée à la sienne.*

Je n'étais qu'une garce égoïste dans mon aveuglement! Domna *Mirhana sait exactement ce qu'est la souffrance, et elle est mourante. Dieux! Qu'ai-je fait?* pensai-je soudain.

Puis l'idée me vint que je devais soulager sa souffrance. Je devais la rendre heureuse! Elle ne passera pas ses derniers jours dans le silence, non — car je sus alors, aussi sûrement que si j'avais eu le *laran*, qu'elle nous quitterait bientôt — non, me promis-je, je ferai quelque chose, je lui donnerai de la joie de la façon que je pourrai.

Je l'étreignis en sanglotant, et nous pleurâmes ensemble un moment.

— Pardonne-moi, oh, pardonne-moi, m'écriai-je entre deux sanglots. Je regrette mes paroles, je ne les pensais pas...

— Je sais, je sais, *chiya*. Et je t'ai peut-être parlé trop durement mais cela me peine tant de te voir te renfermer dans cette souffrance que tu t'infliges à toi-même...

— Mais toi aussi, tu souffres! m'exclamai-je. Et pourquoi personne ne fait-il rien? Pourquoi font-ils tous comme si tu n'avais rien, comme si tu allais guérir de toi-même?

— Je suis au-delà de tout espoir de guérison, *chiya*. Ils ont tout essayé.

Et, comme pour justifier ses paroles, elle fut prise d'une violente quinte de toux.

— Je n'arrive pas à le croire!

Ses yeux généreux me considéraient avec bonté.

— *Domna*, aimerais-tu que je te joue un peu de musique? proposai-je soudain. Ici, ce soir?

Elle haussa les sourcils à ce changement de sujet, puis ses yeux sourirent.

— Je n'ai pas entendu de musique depuis très longtemps, dit-elle d'un ton rêveur.

— Je joue du *rryl*, dis-je. Et je chante. Un peu.

Puis elle perçut sans doute quelque chose dans mon esprit, et elle secoua la tête.

— Voilà que tu recommences à rabaisser tes talents, hein ? Il n'en est pas question ! Oui, tu joueras ce soir, mais pour nous tous.

Cedric apprit que Calvana devait leur donner un concert le soir même, et il en fut non seulement mécontent mais furieux.

— C'est exactement ce dont notre mère a besoin, dit-il d'un ton railleur à Lyanella. Du bruit pour la troubler dans son état. Quand mon épouse fait quelque chose, elle le fait à fond. De plus, je crois que je serai malheureusement indisponible pour ce régal. J'ai quelques affaires à terminer...

— Oh, Cedric, l'interrompit Lyanella, ne peux-tu pas, pour une fois *essayer* de faire quelque chose pour *elle* ? Pourquoi n'essayes-tu pas de devenir son ami, de...

— Je suis certain que *Domna* Calvana n'a nul besoin de mon amitié. Désolé, *breda.*

Ses pensées étaient gardées. Lyanella sentit qu'il était inutile de tenter d'en savoir plus, car il était le télépathe le plus puissant de la famille, et sa colère pouvait mutiler, ou même, tuer au besoin.

Mais Dayvin vint à sa rescousse.

— Mon frère, dit-il de son ton le plus convaincant — et il savait l'être — j'insiste, cette fois, pour que tu n'ajoutes pas cette insulte à toutes les autres. Vous ne vous êtes déjà que trop insultés tous les deux. Fais cela, disons, pour notre mère. Tu es *cristoforo,* alors ramène l'union parmi nous. Il y a assez de dissensions dans la famille. De plus, ajouta-t-il, en tant que Seigneur de Lanart, je te l'ordonne.

Mon frère, tu ne me laisses pas le choix, répondit mentalement Cedric d'un ton sarcastique et amer.

Après le dîner, Calva fut moins causante que d'habitude, puis elle monta timidement chercher son *rryl.*

Avec mille précautions, Lyanella installa Mirhana dans son fauteuil, tandis que Rafael, très excité, ne cessait de répéter à Dayvin : « Calva va chanter pour nous. »

Tout ce que fait Calva est extraordinaire à ses yeux, pensa Cedric, ajoutant avec une ironie amère : *Elle a vraiment usurpé ma place ici...*

Il observa avec dégoût le retour de sa femme, et s'assit loin du feu, le visage dans la pénombre. Le visage et les cheveux blond-roux de Lyanella rayonnaient de la grâce des *chieris*, et Orina aussi était ravissante malgré sa grossesse. Mais sa mère, pensa-t-il, était la plus belle de toutes, avec ses grands yeux expressifs dans son noble visage auquel la maladie donnait quelque chose de céleste.

Calva, remarqua-t-il avec étonnement, était vêtue de façon différente, plus seyante, et ses cheveux noirs retenus par une barrette en forme de papillon, luisaient comme des braises. Une fois, elle se tourna vers le feu, de profil, et il la trouva vraiment belle — avec quelque chose de hanté dans le regard, et une nouvelle gravité qui remplaçait sa vivacité coutumière.

C'est qu'elle n'est pas laide du tout... réalisa-t-il soudain, la regardant évoluer, car il y avait de la grâce dans ses formes pleines, sa taille compensant ses rondeurs. A un certain moment, elle regarda vers lui, et, pour une fois, leurs yeux se rencontrèrent. Il détourna la tête, mal à l'aise pour la première fois, car ne s'abritant plus derrière son hostilité habituelle.

Son *rryl* était en beau bois bien poli, et elle le sortit de son étui avec précautions, puis l'accorda. Brusquement, elle se sentit embarrassée devant eux, comme le premier jour.

— Comme il est joli... s'exclama Orina devant le *rryl.*

— Qu'est-ce que tu vas chanter, Calva ? demanda Rafe, les yeux brillants.

— Que dois-je chanter, Dame Mirhana ? demanda-t-elle en se tournant vers la malade. Que désires-tu entendre ?

— Ce que tu voudras, *chiya*. Quelque chose d'ancien... et de triste.

Elle hocha gravement la tête.

— Alors, je chanterai les Heller — ma patrie.

Ses doigts effleurant les cordes, elle chanta :

Le vent glacé rugit. Le soleil ensanglante
Les falaises de glace dans le jour qui finit.
Mais montant vers le col qu'il faut encor braver
Le sentier rocailleux s'étire à l'infini.

Ce ne furent pas les paroles très simples de la ballade, ni sa mélodie poignante qui les pétrifièrent soudain — ce fut la voix. Elle les fouaillait comme une lame acérée, physiquement douloureuse. Puis elle les brûlait comme le feu. Au début, Cedric ne sut pas si elle était alto ou soprano, belle ou affreuse. Elle *était*, c'est tout. Puis il commença à *ressentir*.

D'une douceur indicible était le vent des Heller, froid, inévitable. Et il était le vent. Il s'envola d'un élan insensé, se ruant sur la glace étincelante de la montagne, qui, curieusement, était aussi lui-même. Il était une montagne majestueuse de roc et de glace, déserte, et en lui, sombraient de minuscules parcelles de vie, les humains, qui se débattaient pour survivre...

Debout au pied de la falaise
Je la vis tomber dans l'abîme
Son cri retentit puis mourut
Et le soleil sanglant, silencieux, disparut.

Et, à l'unisson du soleil sanglant, il disparut, brûlant et majestueux, tombant vers sa mort au pied de la falaise, d'où il regarda sa bien-aimée précipitée dans l'abîme, le cœur déchiré, tandis que les larmes inondant son visage gelaient sur ses joues dans le vent glacé, comme des diamants...

Cedric revint soudain à lui en sursautant, le visage humide de larmes, tandis que la voix surnaturelle continuait à chanter, et il l'entendait d'une façon curieusement stéréophonique, à la fois physique et télépathique, voix de sirène qui, une fois de plus l'arracha à lui-même...

La ballade se termina. Dayvin et Lyanella sanglotaient. Rafe avait le visage convulsé de frayeur, et Orina avait enfoui sa tête dans ses mains, les épaules soulevées de sanglots. Seule Mirhana semblait impassible, mais quand Cedric la regarda, il vit des traces de larmes sur ses joues.

Mère Avarra, qu'est-ce que c'était? Qu'est-ce qu'elle nous a fait? demanda Dayvin.

C'est le laran. *Ce ne peut pas être autre chose!*

La même pensée s'imposa à tous, tandis que Calva les regardait, surprise et effrayée.

— Quoi? Qu'est-ce que j'ai fait? balbutia-t-elle. Pourquoi...

— Chante encore, mon enfant, murmura soudain Mirhana. Une chanson joyeuse cette fois.

Et Calva, ne sachant plus ce qui lui arrivait, ne put qu'obéir. Elle plaqua vivement quelques accord, sur un rythme de danse, et, de nouveau, la voix résonna.

Sauf que cette fois, Cedric eut envie de rire. La chanson parlait d'un malentendu entre deux amants, et il vivait chaque nuance du chant, chaque instant ridicule, farfelu ou joyeux, et il avait envie de hurler de rire devant leurs singeries. Et il rit — ouvertement, simplement, bruyamment — de lui-même.

Quand la chanson se termina, plus vite que la précédente, ils étaient tous hors d'haleine, se tenant les côtes de rire, pleins d'une joie inusitée. Et soudain, tous s'immobilisèrent, réalisant que Mirhana était à demi sortie de son fauteuil, pliée en deux par un accès d'hilarité. *Oh, mes enfants, c'est la joie! Oui, la joie est revenue parmi nous!*

— Ne t'inquiète pas, je vais très bien, ma fille, rassura-t-elle vivement Lyanella.

Et ils virent tous qu'effectivement, elle ne s'était jamais si bien portée depuis longtemps.

— Viens ici, mon enfant, ma joie, que je t'embrasse, dit-elle se tournant vers Calva qui la regardait, interdite.

— Mais il ne s'est jamais rien passé de semblable quand je chantais...

Puis elle vit Cedric, qui la regardait, les yeux brillants, rougissant et pâlissant tour à tour.

— Merci... *Domna*, dit-il soudain. Et pardonne-moi.

Puis il se détourna vivement et sortit.

Domna Mirhana serra Calva dans ses bras en murmurant :

— Moi aussi, je te remercie. Non seulement pour moi, mais aussi pour mon fils.

Et soudain, à travers un grand élan d'amour chaleureux que tous projetaient vers elle, elle comprit pourquoi.

— Tu as le *laran, chiya*, me dit Mirhana. Tu n'es pas télépathe, mais ton *laran* se manifeste par ta voix. Tu as bien du sang Ridenow, non ?

— Je... je crois, répondis-je.

— Alors, c'est le Don des Ridenow que tu possèdes, curieusement modifié, hybride en quelque sorte. Par ta voix, tu obliges les autres à ressentir exactement ce que tu veux qu'ils ressentent, par une sorte d'empathie. Jusqu'à présent, tu t'es servie d'un aspect de ce Don pour te faire adorer de certains — comme Rafe —, et détester ou mépriser par d'autres — comme mon fils Cedric. Car tu voulais qu'il te voie ainsi, pour continuer à t'apitoyer sur toi-même, et c'est ce qu'il a fait, aiguillonné par son propre *kihar*.

Puis elle se tut.

— Et c'est cela, la raison pour laquelle je vous ai mariés tous les deux, *chiya*. Le *kihar*. Le sien, et, sans que je le sache, le tien. J'ai le *laran* des Elhalyn — qui donne la vision des différents futurs possibles. Il se manifeste rarement pour mes proches, mais un jour —

un jour j'ai *vu* Cedric. Et j'ai vu qu'il n'y avait pour lui que deux futurs possibles — ou il épousait une jeune fille potelée aux cheveux noirs éclairés de reflets roux, ou il devenait un *monstre* à figure humaine. Car je l'ai d'abord vu chez les *cristoforos*, puis il les quittait et tombait dans la perversion, la froideur, la cruauté et l'orgueil... et il causait bien des malheurs, des *horreurs*...

Elle s'interrompit.

— Laissons cela. L'important, c'est que j'aie toujours su que Cedric ne ferait pas un bon moine *cristoforo*. Ce n'est pas dans sa nature — il a trop d'orgueil. Et je répète le mot *kihar*. Curieusement, le *kihar* est à la fois bon et mauvais, et chacun le possède, car il participe du sens de notre dignité, et le *kihar est indispensable*. Pourtant, il peut devenir une malédiction quand il n'est pas équilibré par l'humilité et la compassion pour les autres. Il devient alors autodestructeur. L'homme en est dévoré vivant...

« Je savais seulement que, d'une façon ou d'un autre, je l'empêcherais d'être dévoré vivant, de devenir un monstre. »...

— Et est-ce que je... commençai-je, hésitante.

— L'avenir nous le dira, répondit Mirhana.

— Je me suis excusée auprès de lui, dis-je, mais il continue à me haïr.

— Oh non, ma fille. Comme toi, il se hait seulement lui-même.

Et je la crus. Toutefois, ce n'est que beaucoup plus tard que Cedric me l'avoua lui-même.

— Ta voix... dit-il, me regardant de ses yeux gris pleins de promesses. Elle a éveillé quelque chose en moi. Elle m'a fait *voir* les autres, et moi-même, et tout ce qui m'entourait. Et, aussi, toi.

— Et tu n'es pas dégoûté, mon mari ? demandai-je, avec un sérieux qui le fit éclater de rire..

— Oh non, Calva. *Vai Domna.* Comment le *pourrais-je* après t'avoir *vue* ?

— Je ne sais pas, mais moi, je peux toujours me dégoûter ! poursuivis-je en plaisantant.

— Non, ne parle pas comme ça ! s'écria-t-il avec véhémence, et je vis à ses yeux qu'il était peiné. Ne parle plus comme ça de toi, *Domna, jamais !* Pas même en plaisantant...

— Est-ce que tu t'en soucies ? m'emportai-je.

— Oui, s'écria-t-il. Oui, je m'en soucie !

Et, regardant dans ses yeux peinés pour moi, pour la première fois, je l'avais cru, et cru aussi les autres, d'ailleurs.

Ce fut alors, je crois, que mon propre *kihar* vola en éclats et se recomposa autrement.

— Je ne suis pas ivre, moi. Je peux toujours me dessoûler ! pourrais-je en plaisantant.

— Non, ne parle pas comme ça ! s'écria-t-il avec véhémence, et je vis à ses yeux qu'il était peiné. Ne parle plus comme ça de ton Dieu, jamais ! Pas même en plaisantant.

— Est-ce que tu t'en soucies ? m'emportai-je.

— Oui, s'écria-t-il. Oui, je m'en soucie !

Et, regardant dans ses yeux peinés pour moi, pour la première fois, je l'avais cru et cru aussi les autres, d'ailleurs.

Ce fut alors, je crois, que mon propre cœur vola en éclats et se recomposa autrement.

Cette histoire, qui se place après La Belle Fauconnière, *pourrait être, si nous suivions l'ordre chronologique, la dernière du recueil. Là où nous la mettons, elle a un autre avantage : elle nous montre que ceux qui n'ont pas (ou pas encore) le* laran *sont parfois appelés à réparer les dégâts causés par ceux qui l'ont. Car le Don n'est pas toujours bénéfique...*

XI
L'HERITAGE MacARAN

de Toni BERRY

Stéphan MacAran s'efforça d'oublier ses soucis en entrant dans la chambre de sa fille unique à la fin d'une journée bien remplie.

— Salut, Lira, dit-il en souriant, s'asseyant dans le fauteuil près de son lit.

Appuyée contre ses oreillers, elle l'attendait, les yeux pleins de larmes.

— Papa, sanglota-t-elle, est-ce que Kedric va mourir comme Bryl ? Je... je l'ai vu aujourd'hui, quand on l'a ramené ici, couvert de sang ! Et que deviendront nos faucons *verrins* ?

Stéphan la serra dans ses bras, l'enveloppant de sa tendresse.

— Ne pleure pas, Lira, murmura-t-il en caressant ses boucles couleur de cuivre bruni. Kedric guérira. Ce n'était pas si grave que ça en avait l'air. Et ne t'inquiète pas pour les faucons, mon enfant. Ils continueront à prospérer comme ils l'ont toujours fait.

Il passa encore quelques instants à la consoler, puis, tapotant ses oreillers, l'obligea à se rallonger.

— Et maintenant, veux-tu que je te raconte une histoire ?

Elle hocha la tête, avec un sourire pâlot.

On pouvait le trouver là presque tous les soirs, bordant sa fille dans son lit et lui racontant une histoire avant qu'elle ne s'endorme. Bien qu'elle eût maintenant dix ans, c'était un rituel qu'ils aimaient et qu'ils refusaient d'abandonner.

Comme d'habitude, elle lui demanda une histoire sur sa grand-tante et presque homonyme. Romilly MacAran, la légendaire Fauconnière du Roi Carolin, était l'héroïne préférée de Romillira.

Il termina l'histoire de la rencontre de Romilly avec les banshees, et s'aperçut qu'elle s'était endormie.

Il la borda tendrement, puis l'embrassa sur la joue, et sortit sur la pointe des pieds.

Refermant la porte derrière lui, le gigantesque Maître de Château-Faucon alla retrouver son épouse dans leur chambre. Un pli soucieux barrait son front, qui le faisait paraître plus vieux que ses trente et un ans. Il pensait à Bryl, l'apprenti mort. *Parfois, être le MacAran et un fardeau bien lourd à porter,* pensa-t-il en traversant le hall.

Mallira, blonde ravissante, sourit à son entrée.

— Viens près de moi, mon mari, dit-elle, tapotant le lit à côté d'elle. Il fait très solitaire sans toi.

Il soupira, passant ses doigts calleux dans son épaisse chevelure auburn. *Malli, mon amour, grand est mon chagrin. C'est moi qui l'ai envoyé sur ce versant montagneux, trop tôt dans la saison. J'étais aveugle au danger, et en conséquence, Bryl est mort. C'est ma faute!* lui transmit-il par le *laran.*

Mallira lui répondit de même. *Calme-toi, mon amour, ne te fais pas tant de reproches. Tu ne pouvais pas savoir qu'il y aurait une avalanche. Le sachant, tu n'aurais jamais envoyé personne affronter inutilement le danger. Ni par caprice, ni autrement.*

Leur rapport s'approfondit, et, rejoignant son lit et ses bras, il se laissa apaiser par sa tendresse.

Plus tard, Mallira endormie, Stéphan revécut les horreurs du jour. Plein d'une tristesse infinie, il revit le corps disloqué de Bryl. L'apprenti prometteur du Maître

Fauconnier avait été coincé dans une crevasse où le poids de la neige l'avait enfoncé en force.

Kedric avait eu plus de chance. Seules ses jambes, immobilisées sous un arbre abattu, avaient été blessées.

C'est le faucon, planant au-dessus du Maître Fauconnier, qui leur avait permis de les localiser si vite le lendemain de l'avalanche.

La *leronis* envoyée par la Tour, examina et monitora le blessé par télépathie.

Elle assura Stéphan que Kedric guérirait, sans autre séquelle qu'un léger boitillement. Le froid aurait pu le tuer, mais les secours étaient arrivés rapidement, et la neige même qui l'avait enseveli lui avait conservé sa chaleur.

Stéphan en remercierait toujours le ciel. Mais la convalescence de Kedric durerait des semaines, et les faucons exigeaient des soins quotidiens.

Tout de suite après les obsèques de Bryl, il avait envoyé un messager à Scathfell. Maintenant, en proie à l'insomnie, il priait que son cousin, le Seigneur de Scathfell, lui envoie de l'aide.

Le Maître Fauconnier de Scathfell était un homme de bien et un très bon pédagogue, et c'est lui qu'on créditait de la réputation croissante de son apprenti Vardome.

Vardome était le sujet de nombreuses conversations dans les Kilghard. On disait qu'il dressait à merveille les précieux faucons *verrins* utilisés pour la chasse sur toute l'étendue de Ténébreuse.

C'était ce même Vardome que Stéphan espérait emprunter jusqu'à ce que son propre Maître Fauconnier puisse reprendre sa charge.

Château-Faucon possédait des faucons *verrins* parmi les plus beaux de la planète, et leurs soins devaient être assurés.

Romillira avançait furtivement vers la fauconnerie, curieuse de voir le nouveau Maître Fauconnier arrivé quelques heures plus tôt. Approchant de l'entrée, elle fronça son nez semé de taches de rousseur à l'odeur déplaisante qui s'en échappait toujours.

Jetant un coup d'œil par la porte entrouverte, elle eut un mouvement de recul devant l'aura maléfique qui semblait émaner du grand fauconnier émacié qu'elle vit à l'intérieur.

Enfin! Voilà ma chance! Le destin me donne ici l'occasion d'exercer ma vengeance. Sans Maître Fauconnier pour m'entraver, je pourrai dresser ces faucons à exécuter mes plans.

Soudain, le fauconnier se retourna et vit Romillira qui le regardait. Il la foudroya de ses yeux verts.

A son air interdit, il réalisa qu'il avait imprudemment diffusé ses pensées.

— Imbécile ! grommela-t-il entre ses dents, barricadant son esprit.

Tremblante, Romillira s'éloigna à reculons, hypnotisée par la haine qu'elle voyait dans son regard.

En trois enjambées, il fut sur elle, ses sourcils noirs froncés avec colère, ses cheveux roux clairsemés dressés sur son front comme une multitude de cornes.

— Ne viens jamais ici, *damisella !* gronda-t-il d'une voix rauque. Plus jamais !

Détournant les yeux avec effort, elle gémit et s'enfuit en courant, plongeant sans le vouloir dans les bras de son père.

— Lira ! Qu'y a-t-il ?

Il essaya de l'écarter de lui pour la regarder.

— Tu t'es blessée, mon petit ? demanda-t-il avec effroi.

Elle secoua la tête en sanglotant, et continua à se cramponner à lui, cachant son visage dans ses vêtements, tandis que Stéphan s'efforçait de se dégager.

Vardome sortit alors de la fauconnerie, un sourire penaud sur son long visage émacié.

— C'est ma faute, probable. J'ai dû lui faire peur, Seigneur, en lui disant de ne pas venir à la fauconnerie. Toutes me excuses. Je ne voulais pas l'effrayer.

Stéphan hocha la tête.

— C'est vrai, Lira ? glousse-t-il. Tu as eu peur du nouveau Maître Fauconnier ?

Romillira fit « oui » de la tête.

— Il... il est méchant, Papa, murmura-t-elle d'une voix tremblante.

— Allons, allons, Lira, ce n'est pas une chose à dire d'un parfait étranger, l'admonesta Stéphan, s'éloignant avec elle.

— Mais il est méchant, Papa ! Il veut nous faire du mal, je l'ai senti ! Crois-moi, je t'en prie !

— Sottises. Je t'accorde que Vardome a un physique un peu étrange, mais je ne tolérerai pas que tu en parles ainsi, Romillira. C'est injuste et malséant.

Romillira ravala ses larmes.

— Mais Papa, ça n'a rien à voir avec...

— Chut, Lira, nous en reparlerons avec ta mère, l'interrompit Stéphan, pensant déjà à d'autres problèmes.

Romillira le suivit, traînant les pieds, les larmes qu'elle ne parvenait pas à retenir obscurcissant sa vision comme l'incrédulité de son père obscurcissait son univers.

Le soir, au dîner, elle se vit de nouveau rabrouée. Elle essaya de justifier sa méfiance du Maître Fauconnier, mais ses parents refusèrent d'écouter. Son père et sa mère restèrent perplexes devant ce comportement inusité, et se convainquirent que c'était le résultat de la tragédie ayant frappé Bryl et Kedric.

S'efforçant d'alléger l'atmosphère, Stéphan lui tendit sa main ouverte, dans laquelle reposait une pierre ronde et bleue.

— Je crois que le moment est bien choisi pour un nouveau jouet, dit-il avec entrain. Ça s'appelle une Pierre Drynn. Je suis sûr que ça t'amusera.

Une fois dans sa chambre, elle regarda la pierre avec rancune. *Comment Papa ose-t-il m'amadouer avec ce jouet ? Comme si je n'avais pas assez d'intelligence pour comprendre qu'il me prend pour une imbécile, incapable de reconnaître le mal quand elle le voit !*

Elle foudroya encore quelques instants l'étrange

pierre bleue, tiède au creux de sa main. Puis la curiosité l'emporta, et elle la jeta doucement vers la porte.

Décrivant un arc harmonieux, la pierre revint à elle. Tiédie et accordée à l'énergie de son corps, la pierre lui revenait chaque fois qu'elle la lançait.

Le lendemain matin, elle résolut d'apprendre tout ce qu'elle pourrait sur les plans du nouveau Maître Fauconnier pour le dressage de leurs faucons *verrins. Si je peux aller trouver Papa et Maman et leur révéler ce que je sais, peut-être qu'ils me croiront, et ne me prendront plus pour une enfant capricieuse,* raisonnait-elle.

Dès le lendemain, elle emporta sa Pierre Drynn et se mit à jouer. Elle la jeta de plus en plus loin, et la pierre lui revenait infailliblement, même si elle tentait de s'en écarter. A dessein, elle resta à l'écart de la fauconnerie, voulant faire croire à ses parents qu'elle avait oublié ses inquiétudes.

Le jour suivant, elle poursuivit son jeu innocent. Sauf qu'elle se rapprocha de la fauconnerie, pour épier sans être vue.

A une dizaine de pas de l'entrée, elle s'arrêta, apparemment absorbée pas son jouet. Comme elle projetait son *laran*, elle fut prise de vertige et elle paniqua. *La maladie du seuil!* Elle abusait de son don avant le temps, et elle en comprenait pleinement les conséquences. Elles étaient doubles. Son *laran* qui s'éveillait pouvait s'emballer n'importe quand, causant de sérieux dégâts et peut-être des morts. Et si Vardome percevait l'interférence, le danger était tout aussi grand.

Usant d'infinies précautions, elle décida de laisser le Maître Fauconnier à l'écart, et de sonder les oiseaux à la place.

Elle ressentit un instant d'exaltation en établissant le premier contact. Plusieurs faucons somnolaient, et elle les laissa tranquilles. Puis son esprit se trouva piégé dans les terreurs d'un fauconneau ne cherchant que la liberté. Elle rompit le lien avec un geste de frustration, et passa au suivant.

Enfin, elle localisa le faucon que Vardome tenait en transe. L'oiseau tremblait et battait des ailes, terrifié, tandis que Vardome bombardait son esprit d'émotions qui étaient l'essence même du mal : haine, rage, vengeance.

La force des images du Maître Fauconnier s'imprimait avec une horrible clarté dans l'esprit du faucon, et de là, dans celui de Romillira. Les caractéristiques conceptuelles de ces émotions étaient détaillées pas à pas, comme une leçon au tableau noir.

Le faucon affolé commença à se voir en train d'attaquer la famille MacAran, et dans sa confusion, cria de protestation... ou était-ce Romillira qui cria pour se libérer ? Elle arracha son esprit à ces visions, et tomba à genoux, rompant totalement le rapport.

C'est là que sa mère la trouva, quelques instants plus tard. A genoux, toujours dans la position où elle était tombée, elle tremblait encore, pâle, les yeux fixes et vitreux.

Mallira courut à elle en criant son nom, s'assit par terre, et lui prit la tête dans son giron.

— Lira, reviens à toi, Lira ! sanglota-t-elle en la berçant.

Romillira regarda sa mère, les yeux fixes, l'esprit en ébullition, luttant contre les horreurs qui menaçaient de revenir la submerger.

— Pauvre petite, roucoula Mallira. Pourquoi n'avons-nous pas pensé à la maladie du seuil ? Oh, mon pauvre bébé. Pas étonnant que tu aies été si tourmentée. Nous devons t'envoyer à la Tour de Hali immédiatement.

— Mais Maman, sanglota Romillira en fermant les yeux, et ce pauvre faucon torturé ? Comment pourra-t-il supporter cet esprit malade ?

— Chut, mon enfant. C'est toi qui es malade, pas lui. Tu ne le comprends donc pas ?

— Non, Maman, c'est le Maître Fauconnier qui a l'esprit très dérangé. Pourquoi suis-je seule à le voir ?

Comment puis-je sauver tous ces faucons à moi toute seule ?

— Pas un mot de plus, Romillira, dit Mallira, l'aidant à se relever. La calomnie n'est jamais excusable, maladie du seuil ou pas. Mais ton père sera soulagé quand il comprendra pourquoi tu avais cet étrange comportement.

Romillira lança à sa mère un regard exaspéré, mais ne répondit rien.

Dans sa chambre, après le dîner, elle essaya d'imaginer pour quelle raison le Maître Fauconnier haïssait sa famille. Quel était son plan ? Et dans quel but conditionnait-il ainsi l'esprit d'innocents faucons ?

Le *laran,* elle le savait, était un don imposant de grandes responsabilités, qu'on lui avait inculquées dès l'enfance. Ne jamais envahir l'intimité d'un autre esprit. Ne jamais utiliser son *laran* pour faire du mal à quelqu'un. Témoigner des égards spéciaux aux aveugles mentaux. Respecter particulièrement toutes les créatures sauvages, car elles sont totalement innocentes.

Vardome viole tous ces préceptes ! Comment ose-t-il abuser de la confiance de ces oiseaux ? Et dans quel but ?

En attendant l'arrivée de la *leronis*, on la tint à l'écart de la fauconnerie. On ne la laissait jamais seule une minute, et, bien qu'elle l'ignorât, ses parents venaient souvent vérifier, la nuit, qu'elle dormait bien dans son lit.

La *leronis* arriva. Oui, le *laran* de Romillira semblait s'éveiller prématurément. Ses parents devraient l'envoyer à la Tour le plus tôt possible, pour être correctement formée.

Tapotant la main de Lira, elle lui dit qu'elle avait toute confiance en ses parents pour l'aider à passer cette crise.

La *leronis* partit le lendemain matin. Assurée que Romillira la rejoindrait dans un proche avenir, elle lui fit amicalement au revoir.

Avant de retourner vaquer à leurs affaires, ses parents lui recommandèrent de n'utiliser son *laran* qu'avec précaution, et de les appeler s'il semblait s'activer de lui-même.

Ils lui offrirent un chiot. Bien qu'on le lui eût promis depuis longtemps, Romillira fut certaine que le moment choisi constituait une nouvelle tentative pour aiguiller ses pensées dans une autre direction.

Elle l'aima néanmoins, et le baptisa Sher. Son rapport avec lui fut complet et instantané, et elle s'enchantait de l'amour qu'il lui portait.

Elle et Sher allèrent plusieurs fois s'ébattre près de la fauconnerie. Elle savait que Vardome continuait à instruire les faucons dans la haine, et que son amertume avait quelque chose à voir avec son grand-père. Chaque fois qu'elle projetait son esprit vers un faucon, elle le trouvait soumis à l'endoctrinement de Vardome.

Romillira était dans les parages le jour où un fauconneau cria dans ses tourments, et mourut de peur, le cœur éclaté. Romillira sentit son propre cœur se contracter, et tomba à terre, hurlant de peur et de colère. Sher gémit de sympathie et le contact de sa langue tiède sur sa joue la fit revenir à elle. Elle le serra dans ses bras, apaisée par l'amour de son chien.

Imbéciles! s'emportait le Maître Fauconnier. *J'essaye de vous donner du pouvoir, et vous ne savez que gigoter, battre des ailes et criailler. Qui a inventé que les faucons* verrins *étaient intelligents?* Pourtant, il n'arrêta pas sa leçon. Avec une sombre détermination, il recommença.

Quelques instants plus tard, Romillira frissonna en entendant son rire de dément. *C'est ça! Ils paieront tous!* hurla-t-il. *Les héritiers de Mikhail regretteront le jour où il renvoya son propre fils* nedesto *comme s'il ne lui était rien. Grand-père Loran fut privé des soins de sa mère, Nelda, et de son héritage, quand on l'envoya clandestinement à Scathfell. Il serait si fier de moi! Ma vengeance est juste!*

Romillira en resta frappée de stupeur. La mort du fauconneau l'avait laissée sans force, mais cette révélation lui donna la nausée. Sa famille était fière, honorable et *cristoforo*. De telles choses n'auraient pas dû être! Elle pensa à son père, sachant qu'il ne déshonorerait jamais ainsi sa famille. *Et mon arrière-grand-père Mikhail non plus, d'ailleurs!*

— Oh, Sher, gémit-elle, qu'est-ce que je dois faire? Je sais qu'il y a des enfants conçus à la Fête du Solstice d'Eté, mais en répudier un? Alors qu'il n'aurait jamais dû être conçu pour commencer?

Pendant des jours, elle garda cette révélation pour elle. Que pouvait-elle dire pour que ses parents l'écoutent? Un soir que son père était assis près de son lit, elle lui parla de Mikhail.

— Je ne l'ai pas connu personnellement, Lira, répondit-il. Il était déjà mort à ma naissance.

Il se renversa confortablement dans son fauteuil et poursuivit.

— Mon père dit que c'était un homme différent dans sa jeunesse. Il était sévère et inflexible jusqu'au moment où il crut avoir perdu Romilly à jamais.

— Et quand Romilly revint à la maison pour faire la paix avec lui, il lui pardonna. Plus tard, il pardonna aussi à ses fils. Et ensuite, ils vécurent toujours heureux ensemble, termina Romilly, les yeux brillants.

— Oui, sourit Stéphan, c'est ça. Puis mon père Rael devint le MacAran, et maintenant, c'est mon tour.

— Papa, est-ce que... est-ce que mon arrière-grand-père aurait pu déshonorer Luciella? Je veux dire, pourrait-il avoir engendré...

— Romillira! Tu n'as pas honte?

Stéphan se leva d'un bond, le visage de la couleur du Soleil Sanglant, les yeux dilatés d'indignation.

Romillira détourna la tête, mal à l'aise.

— Je suis désolée, Papa. Je ne voulais pas...

Stéphan leva la main, comme pour repousser le démon.

— Pas un mot de plus, Romillira. Pas un !

Il se retourna et sortit à grandes enjambées coléreuses.

— Oh Papa, sanglota-t-elle, rien ne va plus comme avant. Toi et Maman, vous me haïssez ! Et tout ça à cause de cet horrible fauconnier.

Elle s'endormit en pleurant, serrant dans ses bras son seul ami. Tendre et compatissant, Sher se nicha tout contre son corps, fixant sur elle des yeux pleins d'adoration et de tristesse. Dès le petit déjeuner terminé, Mallira vint la trouver avec une longue liste d'extraits du Livre des Fardeaux. Qu'elle devrait non seulement lire, mais encore copier fidèlement.

— Quand tu auras fini, nous aurons une longue conversation, lui dit sa mère. Va maintenant.

Romillira termina sa tâche, puis alla chez sa mère, bien résolue à dire ce qu'elle avait sur le cœur. A la main, les Passages copiés, traitant du comportement, de la politesse et du respect des enfants. Et qui, trouvait-elle n'avaient rien à voir avec elle.

— Viens t'asseoir près de moi, mon enfant, lui dit sa mère. Nous allons voir ce que le Saint Porteur de Fardeaux a à dire sur ces sujets.

— D'abord, déclara Romillira avec défi, nous allons voir de quoi nous parlons ! Maman, j'ai certaines choses à te dire, il le faut ! Quand j'aurai fini, si tu veux toujours me donner cette leçon, je m'y soumettrai docilement.

La voix de Romillira, bien qu'un peu tremblante, vibrait d'une conviction qui donna à réfléchir à sa mère.

Comme Mallira semblait prise au dépourvu, Romillira poussa son avantage.

— Le Maître Fauconnier pense que son grand-père était le fils de mon arrière-grand-père. Un fils *nedesto* qu'il aurait caché pour ne pas attirer la honte sur sa famille. C'est lui qui pense cela, Maman. Je ne l'ai pas inventé. Comment l'aurais-je pu ? Et pourquoi ? Mais c'est ce qu'il croit, et c'est pour ça qu'il nous hait !

Elle s'assit, croisant les bras comme pour dire, voilà, c'est dit, à toi de faire le reste.

Incertaine, Mallira garda le silence, réfléchissant à la possibilité que sa fille ait dit la vérité.

Le silence devint pesant, et Romillira se mit à arpenter la pièce, tripotant nerveusement les rubans de sa robe.

Puis, ayant pris sa décision, Mallira lui saisit la main en disant :

— Viens. Si ton père a terminé ses comptes, nous allons tirer cette affaire au clair.

Devant ses parents attentifs, Romillira raconta tous ses contacts mentaux avec le Maître Fauconnier et avec les faucons.

Stéphan se leva alors, arpentant la pièce aussi nerveusement que l'avait fait sa fille un peu plus tôt. Il ne fit aucun commentaire, mais Romillira vit bien dans ses yeux qu'il commençait à la croire.

Enfin, il rompit le silence.

— Je ne suis pas prêt à ajouter totalement foi à ton récit, Romillira. C'est une histoire invraisemblable. Mais je suis assez ébranlé pour faire une enquête. Comment s'appelait son grand-père, as-tu dit ?

— Je... je crois qu'il a dit Loran, ou peut-être Doran. J'avais peur, Papa, et j'ai peut-être mal entendu. Et je crois que sa mère s'appelait Velda.

— La première chose à faire, c'est de consulter les archives. Mais cela prendra un certain temps de remonter si loin en arrière.

Stéphan repoussa ses cheveux et dirigea un regard soucieux sur Romillira.

— Mais tu vas me promettre de ne plus te mêler de ça, Lira. Si ce que tu dis est vrai, cet homme est dangereux. Tiens-t'en à l'écart, c'est compris ?

Elle acquiesça de la tête, soulagée.

— Maintenant, viens mon enfant, dit Mallira. Ne dérangeons pas ton père plus longtemps.

— Il se peut que nous te devions des excuses, Lira, dit Stéphan en lui tapotant l'épaule.

Pleurant de soulagement, elle sortit avec sa mère. Elle attendit patiemment pendant deux jours, heureuse d'être revenue dans les bonnes grâces de ses parents.

— Maman, est-ce que Papa a enfin terminé ses audiences ? A-t-il retrouvé le grand-père du Maître Fauconnier dans les archives ? demanda-t-elle enfin, tripotant ses rubans tandis que sa mère la coiffait.

— Non, Lira. Il vient de me faire dire qu'il a encore plusieurs différends à régler, et un braconnier à juger. Il m'a aussi demandé de te rappeler ta promesse.

— Je sais, dit Romillira. Il me tarde seulement que cet homme s'en aille.

— Patience, mon enfant. Ton père pense qu'il ne pourra pas nous nuire de toute façon. Aie donc confiance en ce qu'il dit. Maintenant, cesse de gigoter que je termine ta coiffure.

— J'ai confiance en Papa ; il peut faire tout ce qu'il veut. Mais je sais que le Maître Fauconnier voudrait nous tuer tous. Et aussi que les faucons sont injustement tourmentés.

— Là, dit Mallira, l'embrassant avant de la libérer. Ta coiffure est terminée. Va donc jouer dehors avec Sher. Mais n'oublie pas ta promesse.

Elle les regarda un moment gambader dans l'herbe, puis retourna à ses tâches quotidiennes.

Dynamique, curieux, et très soucieux de plaire à sa maîtresse, Sher était un constant sujet d'enchantement pour Romillira. Elle lançait la Pierre Drynn, et Sher courait après. Quand la pierre changeait de direction, il tournait en rond jusqu'à ce qu'il la voie revenir à Lira. Puis il s'élançait vers elle en jappant de frustration.

Presque indépendamment de sa volonté, son *laran* se projeta vers la fauconnerie, s'efforçant de capter les émotions des oiseaux, mais à cette distance, elle ne perçut rien. Le visage plissé sous l'effort, elle se concentra davantage.

— Quel dommage de voir ce jeune visage si renfrogné, la taquina Stéphan, arrivant derrière elle.

Il s'assit sur une souche et soupira.

— J'ai eu une journée fatigante, Lira. Des problèmes simples en apparence ont fini par entraîner des tas de contestations procédurières.

— Mais tu as fini maintenant ? demanda-t-elle vivement. Tu vas aller renvoyer le Fauconnier ?

— Pas tout de suite. Je n'ai pas eu le temps de consulter les archives. Et je doute de pouvoir régler ce problème aujourd'hui.

— Je t'en prie, Papa, supplia Romilly. Il va se passer quelque chose de terrible. Je le sens !

— Lira, sois raisonnable. Je dois trouver des preuves avant de l'accuser. Après tout, il n'appartient pas à Château-Faucon, mais à Scathfell, qui ne manquerait pas de me reprocher des accusations sans fondement. Considère cela comme une leçon de patience.

Il se leva en souriant.

— Je crois qu'une petite promenade nous ferait du bien à tous. Allons chercher Maman. Nous avons juste le temps avant le dîner.

Les trois MacAran de Château-Faucon se promenèrent donc sur leurs terres, comme ils l'avaient fait bien souvent avant que l'avalanche ne vienne assombrir leur vie.

Sher trottinait derrière eux, fouinant partout, emplissant l'esprit de Romillira de mille bruits et odeurs de jeune chiot.

Le Soleil Rouge ensanglantait la campagne quand un fauconneau fondit sur eux, dans un tourbillon destructeur d'ailes battantes incendiées par les rayons du couchant.

Romillira et sa mère hurlèrent de terreur, levant les bras pour protéger leur tête des serres acérées labourant l'air au-dessus d'elles. Sher courut vers Romilly, jappant de peur, et s'abrita entre ses pieds, cachant sa tête dans ses pattes.

Affolé, Stéphan chercha un abri du regard, tout en projetant son *laran* vers l'oiseau. Il le retira précipitamment, sentant chez lui une fureur aveugle. La soif de sang familière avait fait place à une haine virulente contre lui et sa famille.

— Essayez d'atteindre ces rochers ! Ils vous protégeront un peu, cria-t-il, les poussant vers un affleurement rocheux dont les blocs empilés formaient comme une caverne.

Romillira prit vivement Sher sous le bras et se coula dans l'ouverture comme l'oiseau revenait à la charge, enfonçant ses serres dans le dos de Stéphan ; elle sentit le *laran* de son père frapper le faucon avec horreur et colère.

Mallira, elle aussi, attaqua mentalement l'oiseau avec fureur. *Va-t'en!* hurlait son *laran. Tu es horrible, grotesque!* Les grandes ailes battaient, menaçantes, et Mallira brandit le poing en criant :

— Va-t'en ! Laisse-nous tranquilles !

Sher aussi commençait à s'agiter, et Romillira reconnut en lui la fureur du faucon quand il se mit à aboyer comme un fou.

Et voilà! Le faucon et Sher reproduisent la fureur qu'ils reçoivent de Papa et Maman comme le faucon l'a reçue du Maître Fauconnier; elle se nourrit d'elle-même, comme un incendie incontrôlable. Pauvre bête! Ces pensées lui traversèrent l'esprit comme l'éclair, et elle se mit à projeter vers l'oiseau des ondes de paix et de réconfort.

Bienvenue, mon ami, diffusa-t-elle vers le faucon déchaîné. *Viens en paix. Nos deux races ont toujours travaillé en bonne intelligence.*

— Papa, cria-t-elle, continuant à diffuser son message vers le faucon, tends-lui le bras. Accueille-le avec amitié.

Comprenant instantanément son raisonnement, ses parents se mirent à projeter des ondes d'amitié et de bienvenue vers l'oiseau.

De nouveau, il piqua sur eux, et leur *laran* perçut son premier instant d'indécision quand il remonta au dernier moment, sans les toucher.

Mais alors que sa fureur semblait se calmer, deux autres faucons enragés parurent dans le ciel, et le premier se remit à bouillonner de la fureur vengeresse de Vardome.

Stéphan fit de son mieux pour protéger sa famille, encaissant le plus fort de l'attaque, s'abritant le visage et les yeux de son bras tout en maintenant son aura de calme.

— Stéphan ! hurla soudain Mallira. Le Maître Fauconnier ! Il les excite ! Il vient les rejoindre !

Je sais. Ne fais pas attention à lui. Continuons à apaiser les oiseaux. C'est sans doute notre seule chance pour le moment.

— Oui, oui, répondit Mallira, projetant déjà son *laran* vers les deux autres *verrins.*

Vardome parut alors, hurlant de rage.

— Tu vois maintenant ce que c'est que de souffrir, MacAran ! C'est la vengeance de mon grand-père ! Penses-y en mourant !

Il ramassa des pierres et se mit à les leur lancer. A demi aveuglé par la haine, le front barré d'un pli coléreux, il s'avança, entouré de ses faucons affolés. Toutefois, handicapé par la violence de ses émotions, il visait mal, et la plupart de ses projectiles n'atteignirent pas leur cible.

Pourtant, quelques-uns firent mouche. Romillira en reçut un sur le mollet, et poussa un cri de douleur.

— Miséricordieuse Avarra, il va nous tuer tous ! hurla Mallira à l'instant où une pierre grosse comme le poing frappa Stéphan à la tempe.

Il s'écroula.

— Aha ! croassa Vardome comme un *verrin* le frôlait dangereusement.

Pétrifiée d'horreur, Mallira regardait le sang qui coulait lentement sur le visage de Stéphan.

— Continue, Maman, haleta Romillira. Les faucons ne tuent pas par vengeance. Continue à les rassurer, je t'en supplie !

Elle glapit de terreur en voyant un *verrin* enfoncer ses serres dans le bras tendu de Stéphan.

Hébétée, Mallira se baissa pour ramasser ne plume, et, roucoulant doucement, se mit à caresser l'oiseau qui fixa sur elle des yeux jaunes pleins de haine.

Romillira, atteinte par une autre pierre, tomba à genoux près de son père. Elle se concentra sur le faucon qui tenait toujours le bras de Stéphan dans ses serres. *Non, mon ami, non. Cet homme te fait agir contre ta nature. Tu es un faucon, l'ami de l'homme et non son ennemi. Nos rapports ont toujours été de confiance et de respect mutuels. Allez-en paix, tous ! Et pardonnez-nous, nous ne sommes pas tous mauvais.*

Soudain, tout fut terminé, la colère s'évanouit. Avec un cri de joie, les trois faucons remontèrent dans le ciel. Romillira s'éleva avec eux, voyant la campagne défiler sous elle, et les petits animaux sauter dans les buissons. Une faim dévorante lui mit l'eau à la bouche et lui noua l'estomac d'un désir frénétique de nourriture.

Le hurlement rageur la ramena à la réalité ; Vardome s'était rué sur le corps prostré de Stéphan.

— Vous mourrez tous ! vociférait-il.

Il saisit Stéphan à la gorge, le secouant comme une poupée de chiffons.

Romillira et sa mère se jetèrent sur lui, le martelant de leurs poings. Mallira le tira en arrière par les cheveux, Sher plongea ses crocs dans sa cheville, tandis que Lira continuait à le bourrer de coups.

Stéphan revint à lui et entra dans la mêlée. Se dégageant la gorge, et profitant de ce que Mallira lui tenait la tête, il écrasa ses deux poings sur le menton de son adversaire.

Vardome tomba à la renverse, et les MacAran le clouèrent au sol, dans un concert d'aboiements et de grognements.

Il fut enfin réduit à l'impuissance, les mains liées derrière le dos à l'aide des rubans de Romillira et d'un lacet de Stéphan.

— Nous te ramènerons à Scathfell demain matin, Vardome.

Stéphan soupira en le remettant debout.

— Ton maître te jugera pour tes crimes contre nous, contre ces oiseaux innocents, et contre la nature elle-même.

— Non, dit Vardome, fixant des yeux vitreux sur son ennemi. Aucun MacAran ne me jugera.

Il mourut quelques instants plus tard, victime de son propre *laran*. Il avait arrêté son cœur.

— C'est aussi bien, murmura Stéphan avec tristesse, considérant le corps inanimé. Je le plains. S'il m'avait raconté son histoire, j'aurais fait mon possible pour lui rendre justice. A sa façon, il était brillant, vous savez.

Une larme coula sur la joue de Mallira.

— Quelle vie gâchée. Mais il n'y a pas de place sur Ténébreuse pour des individus si pervers.

— Venez, dit Stéphan, prenant sa femme et sa fille par les épaules. J'enverrai quelqu'un le chercher. Rentrons maintenant.

— Qu'est-ce que tu vas faire maintenant pour les faucons ? demanda Romillira tandis qu'ils marchaient tristement vers le château.

Les yeux de Stéphan pétillèrent, et il eut un sourire plein d'amour et de fierté.

— Kedric sera bientôt guéri, et tu pourras sans mal passer quelques jours de plus loin de la Tour, je crois. Je pensais que tu consentirais peut-être à m'aider à les soigner pendant un certain temps. Nous pourrions faire ça ensemble, non ?

— Fauconnière, murmura Romillira avec révérence.

Les Ages du Chaos ont laissé à Ténébreuse le souvenir d'une ère gothique, une sorte de Moyen-Age ténébreux où les forces du mal rôdent. Une bonne nouvelle pour ceux qui aimeront cette histoire : ils pourront lire la suite dans Le Temps des Comyn. *Alleluia!*

XII
CONSCIENCE

d'Alexandra SARRIS

— Mais il doit bien en avoir un peu ! protesta Dame Armina, d'un ton manifestant clairement son désarroi devant le cas de son jeune fils, Vardin.

Dorian Aillard la considéra, son fin visage plissé de perplexité. Sa réaction était tout à fait inattendue. Après tout, il était un *lazanzu* expérimenté, et savait quoi chercher quand il avait testé Vardin pour le *laran*. L'enfant avait un don minimal, mais rien qui pût être utile dans les Tours.

— Désolé, Dame Armina, dit Dorian avec douceur. Nous espérons tous que nos enfants auront hérité de nos dons, je le sais (surtout depuis que nous appliquons si diligemment notre programme de reproduction, pensa-t-il à part lui.)

— Non, non, objecta Armina d'un ton tranchant. Je n'arrive pas à croire que tu l'aies testé correctement.

Dorian réprima un soupir. Encore une mère hystérique, se dit-il ; mais elle dut percevoir son idée, car elle pinça les lèvres et le foudroya.

— Alors, explique-moi ce qui se passe quand il entre en transe. Et je sais ce qu'est une transe, merci, ajouta-t-elle sèchement sans lui donner le temps de répondre. Quand il est seul dans son lit, il lui arrive souvent de s'en aller. Et il est difficile de le faire revenir.

— Peut-être qu'il dort profondément, hasarda-t-il, s'avouant qu'il cherchait surtout à calmer cette mère.

— Je connais la différence entre un sommeil profond et une transe, rétorqua-t-elle. C'est pourquoi j'ai voulu qu'il soit testé. Il a été monitoré pour toutes les maladies mentales imaginables, et il n'a rien. C'est comme s'il était hors de son corps.

Une prémonition de danger noua les entrailles de Dorian. Se pouvait-il que l'enfant allât dans le surmonde, sans aucune formation ?

— Mais je l'ai testé, argua-t-il, en partie pour lui-même, en partie pour la mère de l'enfant.

Il n'avait quand même pas pu se tromper, non, bien qu'il connût des cas où des *laranzu'in* n'avaient pas détecté un *laran* profondément enseveli dans les profondeurs de l'être.

— Vardin a-t-il eu la maladie du seuil ?

Elle secoua la tête.

— En tout cas, pas d'accès détectables, contrairement à Armand.

Armand était son fils aîné, actuellement en formation à Neskaya. C'était un de leurs meilleurs *laranzu'in*, puissant et meurtrier. Dorian éprouvait beaucoup de méfiance et de respect pour Armand Leynier. Son talent avait de multiples facettes — comme son tempérament. Mais Vardin était tout différent.

— Parfois, le *laran* saute un enfant, hasarda-t-il, mais elle secoua la tête.

— Je sais que quelque chose se passe en lui, dit-elle avec assurance, bien qu'il s'efforce de me le cacher.

Elle fit une pause et se pencha vers lui.

— Quatre de mes cinq enfants vivants ont le *laran*, de sorte qu'il m'importe peu que le dernier ne l'ait pas, ajouta-t-elle, acide. Mais il y a quelque chose de bizarre chez Vardin. Je t'en prie, fais confiance à mon instinct maternel : teste-le une nouvelle fois.

Dorian s'inclina et regagna sa chambre. Il lui fallait quelques moments de solitude pour se préparer. D'après les symptômes, Vardin semblait aller dans le surmonde, mais sans utiliser sa pierre-étoile. Il avait été testé pour le *laran*, mais n'avait manifesté que des facultés télépathiques minimales. Et pourtant... Dorian décida de mieux barricader ses pensées. Si l'enfant avait effectivement le *laran*, moins il connaîtrait ses intentions, mieux ça vaudrait.

Dans sa chambre, il sortit sa matrice et se concentra sur ses facettes bleues. Dame Armina pensait que son fils faisait quelque chose quand il était en transe. Il ressentit la familière impression de bien-être quand la pierre l'attira dans ses profondeurs. Il laissa son esprit se dilater aux dimensions de toute la maison, puis de tout le domaine, cherchant il ne savait quoi. Peut-être simplement une irrégularité dans les vibrations, une fracture quelconque, quelque chose indiquant la présence d'un talent insoupçonné. Il repérait instantanément les gens qui avaient de la puissance. Dame Armina et son marri Curran rayonnaient de *laran*. Il remarqua quelques nœuds d'intensité plus forte que la normale — sans doute des enfants *nedesto*, ou des serviteurs possédant un peu de *laran*.

Un malaise soudain fit vibrer tout son être. Quelque chose *était là*, mais quand il tenta de le localiser, l'impression disparut, et le calme antérieur revint. Il rentra dans sa conscience éveillée, et rangea sa matrice. Dorian était bien résolu à découvrir ce qui se passait chez Vardin. Il ne le soumettrait plus à un simple test ; il sonderait jusqu'à ses cellules s'il le fallait.

Il envoya un serviteur chercher Vardin. Il ressentait fortement sa responsabilité de *laranzu*, et il rassembla ses forces pour accomplir sa tâche. Il se concentra en lui-même, respirant lentement, laissant son calme rayonner autour de lui.

Coup hésitant à la porte.

— Entre, dit-il à voix haute, et la porte s'ouvrit sur un garçon aux traits accusés d'environ seize ans qui se glissa dans la chambre. Des cheveux auburn encadrant un visage pâle et étroit lui donnaient un air méfiant et furtif. Dorian lui indiqua un fauteuil en face de lui, et l'adolescent s'assit au bord, comme prêt à s'enfuir. Leur dernière entrevue, pensa-t-il, avait été toute différente. Vardin était alors nonchalant, indifférent, même. Cette fois, il semblait inquiet. Peut-être se doutait-il des intentions de Dorian.

— *Vai laranzu*, le salua Vardin d'une voix hésitante, avec un sourire contraint, dirigeant son regard sur le sol.

Dorian prit une profonde inspiration, et laissa son calme intérieur s'irradier dans toute la chambre. Ce faisant, il remarqua que la nervosité de Vardin s'atténuait peu à peu, jusqu'au moment où, parfaitement détendu, l'adolescent se renversa dans son fauteuil en soupirant.

— Vardin, je voudrais que tu me parles de tes transes, dit Dorian d'une voix pénétrante, la voix qu'il utilisait pour obtenir les confidences des candidats récalcitrants qu'on testait parfois à Hali. Dans certains cas, les résultats n'étaient pas agréables pour eux.

L'adolescent ravala son air, puis marmonna, comme sous l'emprise d'un sortilège :

— Je m'en vais dans ma tête.

— Que veux-tu dire ? insista Dorian, l'encourageant mentalement.

— Je... je rêve d'endroits lointains où je voudrais aller.

Dans l'esprit de Vardin, Dorian vit les Villes Sèches telles qu'il les imaginait, et son désir de chevaucher sous un ardent soleil ; puis l'idée qu'il se faisait des rivages de l'océan. Aha, décida Dorian, le *laran* de Vardin n'est guère plus que la faculté de rêver tout éveillé, de se perdre profondément dans son propre esprit. Quelques instants plus tard, il le libéra de son contrôle mental, et Vardin s'affaissa dans son fauteuil.

— Qu'est-ce qui s'est passé ? demanda-t-il, dérouté.

— Tu es parti, dit Dorian avec douceur. Tu aimes ça ?

Vardin s'éclaira.

— Oh oui, j'aimerais voyager au loin, dit-il avec ferveur.

Puis il ajouta, haussant les épaules :

— Mais je ne sais pas si je pourrais jamais. Je ne suis pas assez vigoureux pour travailler et faire de longs voyages à cheval.

Oui, pensa Dorian. Il connaissait ce type — le cadet fragile, surprotégé au point d'à peine pouvoir survivre hors du château, et à plus forte raison du domaine.

— Je suis certain qu'il y aura une solution, dit-il d'un ton apaisant.

Il passa encore quelque temps à parler avec l'adolescent de la façon de réaliser ses rêves avant d'aller faire son rapport à Dame Armina.

Un garçon possédé par des rêves éveillés très vivaces, c'était une explication qu'elle pouvait accepter. Dorian conseilla de lui enseigner le maniement des armes, afin qu'il puisse se fortifier pour réaliser ses rêves. Bien qu'extérieurement aimable, il la sentit reculer à l'idée d'aider son fragile cadet à acquérir son indépendance. Elle avait parfaitement accompli son devoir envers ses autres enfants. Ils étaient tous placés dans des Tours ou bien mariés. Tout ce qui lui restait, c'était son avant-dernier fils.

Il la quitta et retourna dans sa chambre. Son travail ici était terminé, et il repartirait pour Hali dès le matin — si la tempête n'éclatait pas. Il lui tardait de rentrer à la Tour, chaude et protectrice comme le sein maternel, où il jouissait d'une intense intimité mentale avec les autres télépathes. Il y avait quelque chose d'exaltant dans la possibilité de réunir entre ses mains tous leurs courants d'énergie, et de les souder en une seule force qu'il dirigeait à volonté. Ses mains le démangeaient de ressentir la pression familière de son cercle.

A son réveil, il constata que la tempête levée pendant la nuit faisait rage devant ses fenêtres, charriant de lourds flocons de neige à travers les montagnes. En un sens, il fut heureux de ce délai, car il était sur les routes depuis des semaines, traversant des pays déchirés par la guerre à la recherche de candidats possibles pour les

Tours, et, bien entendu, évaluant les forces et les faiblesses des belligérants. Ce voyage l'avait durement éprouvé, et il avait besoin de repos. Maintenant, qu'il le voulût ou non, il passerait au moins quelques jours avec les Leynier. Ce serait une bonne occasion d'aider Vardin à réaliser ses rêves, et peut-être de lui enseigner quelques recettes pour diriger son faible *laran*.

Tout d'abord, il pensa à contacter Hali, pour leur faire savoir où il se trouvait. Il sortit sa pierre-étoile ; et se concentra sur le cristal bleu, projetant l'image du cercle de matrices de la tour. Soudain, une image nette apparut. Son ami, le technicien Rakhal Storn, le salua gravement. Dorian sentit la peur qu'il irradiait.

— Quoi ? demanda-t-il. Que s'est-il passé ?

— C'est Erlanna, cette fois.

Dorian inspira avec effort. L'une de leurs meilleures *leroni*.

— Il y a deux jours.

— Ce qui porte le nombre à combien ?

— Quinze.

Dorian frissonna d'horreur. Les travailleurs des matrices mouraient prématurément, et personne ne savait pourquoi. Hali avait eu un mort avant Erlanna, mais Neskaya était la plus durement frappée — sept morts en sept semaines. Seule Tramontana avait été épargnée. Et voilà que ça recommençait.

— Comment est-elle morte ? demanda-t-il, connaissant très bien la réponse.

— Elle a eu des convulsions, puis elle a expiré, dit Rakhal avec amertume.

Dorian soupira. Les mêmes symptômes que les autres. Elle était morte dans le surmonde. Après le premier incident, les Tours avaient failli entrer en guerre les unes contre les autres, chacune accusant les autres d'utiliser leur *laran* en faveur du domaine auquel elles étaient rattachées. Il avait fallu recourir aux sorts de vérité pour calmer les soupçons. Maintenant, ils croyaient tous que quelque *leroni* ou *laranzu* attaché à une grande maison avait choisi de favoriser l'ambition de quelque chef de guerre en détruisant les Tours. Une telle tactique, si elle se prolongeait, pouvait réussir, anéantissant le *laran* si soigneusement cultivé dans les programmes de reproduction, et laissant les Tours faibles et vulnérables.

— Il faut arrêter ce renégat, dit Rakhal.

— Il faut d'abord le trouver, dit Dorian. C'est un être humain, il existe. Nous devons donc parcourir le surmonde pour le localiser, puis nous remonterons jusqu'à son corps et nous le réduirons à l'impuissance. Appelons toutes les Tours pour leur demander d'envoyer des équipes de recherche dans le surmonde.

— Je vais les contacter, dit Rakhal avec soulagement, avant le rompre la communication.

Quelques minutes plus tard, lui sembla-t-il, Dorian ressentit un titillement familier dans son esprit, et, découvrant sa pierre-étoile, vit Rakhal qui l'attendait.

— Nous avons décidé de commencer ce soir — toutes les Tours. Nous devons mettre cet assassin hors d'état de nuire, et, à nous tous, nous devrions le trouver.

Bien qu'il ne fût hors de la Tour, et par conséquent vulnérable, Dorian décida de rejoindre le cercle de Hali dans le surmonde. Se trouvant hors du cercle, peut-être verrait-il quelque chose de différent.

— Sois prudent, lui conseilla Rakhal.

Allongé sur son lit, il eut un frisson prémonitoire à l'idée qu'il ne survivrait peut-être pas au travail de la nuit, bien qu'il n'eût pas le Don de Précognition des Aldaran. Mais il vida résolument son esprit de toutes ses idées et de toutes ses craintes, se calma et se concentra pour être totalement centré sur la tâche — trouver ce renégat qui tuait les *leroni* de la façon la plus efficace qui fût — dans le surmonde — où les pensées pouvaient effectivement tuer.

Il ressentit l'impression familière de libération quand il sortit de son corps pour entrer dans la grisaille du surmonde. Scrutant les environs, il n'y vit rien sortant de l'ordinaire. Il se mit à marcher résolument vers Hali, le tintement rassurant de la corde d'argent lui rappelant qu'il était rattaché à son corps. Par la pensée, il projeta autour de lui une sorte de bouclier d'énergie pour se protéger d'un danger qui n'avait rien d'imaginaire.

Peu à peu, il distingua des formes marchant à l'horizon, et reconnut les énergies familières de son cercle de Hali. Tout à coup, il entendit un étrange bourdonnement derrière lui, et il se baissa instinctivement. Il reçut un coup violent dans le dos, qui faillit lui faire perdre connaissance et le fit tomber. Immédiatement, il consolida mentalement son bouclier énergétique. Il souffrait peu ; l'impact lui avait simplement fait perdre l'équilibre. Dorian roula sur lui-même pour vit celui qui l'avait attaqué. Ce faisant, un projectile à ailerons d'argent, ressemblant à une flèche trapue, tomba de son dos. Il le regarda avec horreur, car il aurait pu en mourir sur le coup s'il n'avait pas été protégé.

Un jeune homme souriant venait vers lui, braquant sur sa poitrine une arme chargée du même projectile.

— Je te connais, dit-il en un souffle. Tu es Vardin Leynier.

Sa mère avait raison, pensa-t-il niaisement. Il mijotait quelque chose — l'assassinat des *leroni* !

Avisant la flèche tombée à terre, Vardin fronça les sourcils.

— Tu devrais être mort, dit-il d'une voix venimeuse, foudroyant Dorian, qui frissonna.

— Pourquoi fais-tu ça ? Pour le compte de qui agis-tu ?

— Pour le mien, dit Vardin. J'adore venir dans le surmonde et vous regarder vous combattre les uns les autres avec vos armes du *laran*. Alors, j'ai pensé que ce serait une bonne blague de semer la confusion parmi vous.

Il irradiait la haine.

— En nous tuant, dit doucement Dorian.

— Oui, acquiesça Vardin en souriant. Et vous n'y

compreniez rien. C'était ça le plus beau — vous regarder vous agiter et tourner en rond en vous accusant les uns les autres.

Dorian ne se faisait pas d'illusion. Ces meurtres n'étaient qu'un jeu pour ce garçon ; un jeu mortel, mais passionnant. A l'évidence, Dorian était le seul à avoir survécu — pour le moment. Il savait que Vardin tenterait encore de le tuer. Il ne lui fallait que quelques secondes pour concentrer son attention sur son cercle de Hali. Avec eux, il n'aurait aucun problème pour réduire ce garçon à l'impuissance. Mais sans eux, il se demandait s'il y parviendrait. Car Vardin avait un *laran* beaucoup plus puissant que personne ne le soupçonnait, et il ne l'avait caché que trop bien.

— La guerre, ce n'est pas drôle, dit Dorian.

— Alors, pourquoi inventez-vous sans arrêt des armes plus puissantes et plus mortelles ? rétorqua Vardin. Si vous n'y trouviez pas plaisir, vous ne seriez pas tout le temps en train de vous combattre, d'inventer de nouveaux moyens de destruction, plus terrifiants les uns que les autres.

Il fixa le *laranzu,* le visage maintenant lisse et inexpressif.

— Quelles que soient les causes de ces guerres, les gens ne se tuent pas pour le plaisir. Nous ne sommes pas des animaux qui se tuent entre eux pour passer le temps.

Vardin éclata de rire. Si nos enfants aiment tellement tuer, pensa Dorian, il y a quelque chose de profondément pervers dans ces guerres.

— Nous n'utilisons pas notre *laran* de cette façon, ajouta-t-il.

— Peut-être pas toi, dit Vardin d'un air hautain, mais je suis mon propre maître. Ici, je suis fort, personne ne me dit ce que j'ai à faire. Personne !

Sous la suffisance, Dorian sentit percer l'hostilité et la haine.

— Je veux vous voir mourir, tous !

Qu'est-ce qui avait pu pervertir ainsi ce garçon? Dorian voulait le savoir.

— Pourquoi veux-tu nous tuer tous? Tu dois bien avoir une raison. Je n'arrive pas à croire que c'est simplement pour le plaisir.

Vardin lui sourit.

— Qui t'a fait du mal? demanda-t-il, et soudain, il comprit.

Vardin était le plus faible de cinq enfants, les autres ayant un *laran* très puissant, surtout Armand, l'aîné, le plus intelligent et le plus arrogant.

— Ce devait être difficile de vivre avec ta famille, surtout avec Armand, dit-il doucement.

Un spasme secoua le bras de Vardin, l'arme trembla; il la stabilisa en ricanant, et la braqua sur la poitrine de Dorian.

— Juste une dernière question, dit vivement Dorian. Comment as-tu fait pour me duper quand je t'ai testé?

— Je suis parti, dit Vardin. Je me suis absenté, ne te laissant que la partie la plus stupide de moi-même. Il y a longtemps que j'ai appris à faire ça. J'avais moins de *laran* que les autres, mais j'avais juré de les avoir.

Il ricana.

— Et je vous ai tous bien eus.

Il pressa la détente, mais le projectile explosa entre eux, inoffensif.

Une sorte de champ de force s'irradia autour de l'adolescent stupéfait qui le martela de ses poings, sans résultat. Se voyant entouré de son cercle de Hali — Rakhal, Jorana, Aliana, Gervis, Kaylin — Dorian soupira. Ces émotions l'avaient épuisé. Il aurait peut-être pu détourner l'arme, mais il était content de n'avoir pas eu à le faire. Rakhal Storn le serra fougueusement dans ses bras.

— Nous avions peur de ne pas arriver avant la deuxième attaque, dit-il.

— Comment avez-vous su?

— Nous t'avons vu venir vers nous, puis nous avons

soudain senti une douleur fulgurante — et nous avons su que tu étais attaqué, dit Jorana.

Dorian prit une profonde inspiration.

— Nous devons l'empêcher de nuire définitivement, dit-il. Mais il ne serait pas juste de le tuer.

— J'ai une idée, dit Aliana.

Elle la leur exposa en détail, et ils acquiescèrent de la tête.

— Ce sera un châtiment adéquat, qui lui permettra de réfléchir à ce qu'il a fait, dit Dorian.

Ils concentrèrent leurs volontés, et tout fut prêt en quelques minutes. Puis, du même mouvement, ils avancèrent sur Vardin.

— Qu'est-ce que vous voulez ? demanda-t-il, sa voix assourdie par le bouclier. Comment pouvez-vous m'emprisonner comme ça ?

— Crois-tu pouvoir résister à la puissance d'un cercle de *laran* ? demanda Rakhal. Tu as tué pour la dernière fois, Vardin Leynier.

Des mains de fer le saisirent rudement, et transportèrent son corps gigotant jusqu'à un cube gris de la taille d'une chambre. Il se débattit follement pour se libérer. Aliana poussa une porte étroite, puis s'effaça pour laisser les autres jeter Vardin à l'intérieur.

— Cette pièce a été construite par le *laran* collectif de notre cercle, dit Dorian. Tu ne peux pas en sortir. Il nous serait facile de te tuer, mais il nous paraît plus juste de te faire souffrir l'agonie que tu as imposée à tant d'autres.

— Non ! glapit Vardin, se jetant sur la porte.

Gervis le catapulta contre le mur du fond, sur lequel il rebondit, à demi assommé.

— Plus tard, d'autres auront peut-être envie de te libérer, s'ils pensent que tu as assez souffert. Mais pas nous, termina Dorian, le visage dur.

— Je vous hais tous ! cracha Vardin avec haine.

— Peut-être, dit Dorian. Mais ton corps ne pourra pas se réveiller, parce que ta conscience est ici. Au revoir.

Ses compagnons tirèrent la porte, et il la ferma avec une clé de cuivre ouvragée qu'il leva ensuite dans sa main.

— Nous conserverons à Hali cette clé et l'histoire qui s'y rattache, afin que, dans l'avenir, un *laranzu* puisse le libérer, s'il se trouve plus enclin que nous au pardon.

Un grand silence se fit.

— Rentrons, dit Dorian, jetant un dernier regard sur le cube.

Ils s'évanouirent du surmonde, laissant Vardin hurler dans le néant, tandis que, dans le monde matériel, son corps inanimé demeurait à jamais immobile, inchangé, vaisseau vidé de sa conscience.

Longtemps après les Ages du Chaos, des Tours maudites se dresseront encore sur la lande, et il faudra bien du courage pour s'en approcher.

XIII
DÉVASTATION

de Deborah WHEELER

Sans avertissement, un géant se dressa au-dessus de Rorie Leynier, dague luisant dans la lumière bleu-vert de Kyrrdis. Rorie lui décocha un coup de botte, tout en roulant sur lui-même pour s'éloigner du feu presque éteint et saisir son épée. L'assaillant s'affala avec un cri de douleur. Des étincelles jaillirent de sa barbe qui prit feu.

Une odeur de chair brûlée prit Rorie aux narines. Le géant se dégagea, éteignant ses cheveux et sa barbe à grandes claques accompagnées de force jurons. D'autres voix lui répondirent dans la nuit. Rorie comprit suffisamment leur dialecte pour réaliser qu'il avait affaire à des hors-la-loi, descendus des montagnes à la recherche de proies faciles.

Le cheval de Rorie, attaché à l'écart de son camp, hennit et piaffa. Il banda ses muscles en évaluant la distance. Trop loin, se dit-il, et trop dangereux, car il tournerait le dos à ces canailles. Il les sentit se rapprocher — *si seulement je pouvais voir où ils sont!*

Sortant de l'ombre, des mains se tendirent vers lui, des mains qui paraissaient humaines mais qui lui labouraient les flancs et la gorge comme les démons de Zandru. Rorie s'arracha à leur prise, donnant de grands coups d'épée à l'aveuglette. Il sentit la pointe de sa lame accrocher quelque chose, puis déchirer une étoffe. Un pas vif en avant le rapprocha de son adversaire, il enfonça son arme, et cette fois, un cri de douleur lui répondit. Instinctivement, il se jeta de côté à l'instant où un couteau sorti des ténèbres allait lui couper les jarrets. Il bloqua la lame de son épée, s'arrêtant tout juste à la garde.

Dieux! Comment peuvent-ils me voir, alors que mes yeux ne voient que des ombres bleues ou rougeâtres? Puis il se rappela ce que lui avait dit Mirelle, sa Gardienne à la Tour de Corandolis, quand elle l'avait renvoyé comme inapte — le défaut qui affectait son *laran* diminuait aussi sa vision nocturne. Il luttait maintenant pour sa vie, esquivant les courtes lames mortelles plus par l'intuition que par la vue.

Indigne de la Tour et de ma famille, peut-être, pensa Rorie avec colère, *mais il était toujours Comyn et méritait un meilleur sort que mourir de la main de ces bandits de grand chemin.* Machinalement, il se tourna, décrivant un grand arc de son épée, et entendit un hurlement signalant la fin d'un nouvel attaquant.

Le bandit abattu tomba lentement, comme si la mort lui donnait une curieuse légèreté, et atterrit dans les dernières braises. Une gerbe d'étincelles s'éleva de ses cheveux roussis, puis s'éteignit.

Rorie resserra la main sur son épée. Le feu éteint, la lumière bleu-vert de Kyrrdis n'était pas suffisante pour donner un avantage visuel significatif à ses adversaires. A présent, ils étaient aussi aveugles que lui — et assez bêtes pour révéler leurs positions en s'appelant à grands cris.

L'adrénaline pulsant dans ses veines, Rorie se força à avancer sans bruit, s'écartant du bandit le plus proche en direction de son cheval.. Maintenant qu'il ne se concentrait plus sur la vision, il entendait les quatre bandits restants, leur gigantesque chef battant les buissons de son épée. Sur sa gauche, un homme s'arrêta et se mit à tripoter quelque chose — un silex pour rallumer le feu?

Il n'avait plus le choix, plus le luxe de rejoindre sans bruit sa monture. Rorie s'élança comme un fou, priant d'avoir le temps de sauter en selle avant que ces canailles ne le tirent par les pieds.

Le cheval caracola quand Rorie trancha sa longe et lui saisit la crinière de sa main libre. Aldones soit loué, il était assez doux pour s'immobiliser tandis que Rorie lançait sa jambe droite par-dessus son dos puis lui enfonçait les genoux dans les flancs.

Le cheval bondit de l'avant, juste comme le premier bandit arrivait à sa hauteur, tendant les mains pour saisir l'extrémité de sa longe. Percevant la panique de son cavalier, il hennit de terreur et élimina le bandit d'une ruade.

Maintenant, ils galopaient à découvert, éperonnés par la peur et l'instinct de conservation. La gorge sèche, Rorie serrait son épée d'une main, cramponné de l'autre à la crinière de sa monture, dont il sentait les muscles rouler sous ses cuisses. Une fois, elle trébucha, manquant s'abattre sur les genoux, et Rorie sentit les os de son garrot s'enfoncer dans ses cuisses quand il piqua du nez sur son encolure.

Rorie entendait des hurlements derrière lui. Les bandits le suivaient, ils devaient avoir des montures cachées tout près. Puis son cheval se remit d'aplomb, de nouveau aiguillonné par la panique de son cavalier. Entre le tonnerre du galop et celui de son cœur, Rorie n'entendit plus rien..

Il perdit toute notion de temps et de distance, à peine conscient du changement de terrain et de lumière. Idriel et Mormallor rejoignirent Kyrrdis dans le ciel, et il s'aperçut qu'il avait laissé ses poursuivants loin derrière lui. Peut-être étaient-ils retournés au camp, se contentant de ses dépouilles.

Rorie ne chercha pas à diriger sa monture, ni à rattraper sa longe dont le bout traînait par terre. Le terrain passait sous lui comme un tourbillon flou, et la vision nocturne de l'animal suffirait pour eux deux. Le cheval finit par ralentir, ses flancs se soulevant comme des soufflets. Rorie avait le mince cuir de ses culottes trempé de leurs sueurs mêlées, à l'odeur âcre de la peur. La chaleur s'élevant de leurs corps les entourait d'un nuage de vapeur dans la fraîcheur de la nuit.

Rorie remua sur sa selle, et le cheval s'arrêta, baissant la tête avec lassitude. Il se laissa glisser à terre, passa son épée à sa ceinture, et guida l'animal par la bride pour le rafraîchir, se répétant avec obstination que sa situation présente n'était peut-être pas réjouissante, mais qu'elle le serait encore moins s'il le perdait faute de soins.

Il se souvint avoir pensé, dressant son camp quelques courtes heures plus tôt, que ses perspectives d'avenir ne pouvaient pas être plus sombres, étant le quatrième fils d'une famille plus riche d'héritiers que de terres, et maintenant renvoyé chez lui comme inapte par la Tour, qui récemment encore, représentait pour lui le seul lieu où il pouvait se faire une place dans la vie... Rorie ricana avec dérision au souvenir de cet apitoiement sur lui-même, et tendit la main pour gratter les oreilles de sa monture.

Et maintenant, regarde un peu dans quel pétrin tu t'es mis! Comme le gibier qui tombe du piège dans la marmite, il avait perdu ses provisions, sa selle, ses vêtements de rechange — bref, tout ce qu'il possédait à part les vêtements qu'il avait sur le dos, son épée sans fourreau, et un cheval fidèle mais fatigué. Et sa vie. Il se demanda si, même doué d'une vision normale, un autre aurait fait aussi bien contre les brigands qui l'avaient attaqué, enhardis par le désordre qui continuait à régner même après la signature du Pacte.

La nuit l'enveloppait d'un silence oppressant, parfois rompu par le tintement de l'anneau de la longe ou le crissement du cuir de sa ceinture sur son épée. Même leurs pas semblaient assourdis,, irréels. Son cheval enfin reposé, Rorie s'assit, la longe enroulée autour d'une main, posa sa tête sur ses bras croisés sur ses genoux et s'endormit.

Il s'éveilla dans la souffrance, une douleur sourde pulsant dans son sternum. Il se redressa brusquement, clignant des yeux dans la grisaille matinale. Il porta une main à sa poitrine, s'attendant à moitié à sentir sa chemise poisseuse de sang coagulé, mais il ne trouva rien, à part sa pierre-étoile. Il l'avait enveloppée de soie isolante, comme on le lui avait enseigné à la Tour, mais elle pulsait avec insistance. Il se força à accommoder sa vision.

Son cheval, debout à ses pieds, reniflait ses bottes comme s'il supputait leur valeur nutritive. La longe avait glissé de sa main et traînait dans la poussière.

Rorie embrassa les environs du regard, et se pétrifia. Une poussière grise couvrait le sol, les quelques squelettes d'arbres et de buissons, les basses collines qui s'élevaient devant lui. Pas un brin d'herbe, pas un bourdonnement d'insecte. A part le tonnerre de son cœur et la respiration de sa monture, ils étaient seuls dans le silence de mort et la poussière monochrome.

Poudre ronge-squelette.

Il s'était cru en sécurité dans les collines, assez loin des terres rendues stériles par les terribles armes du *laran* des Ages du Chaos. La région dévastée était bien marquée sur sa carte, mais sans contours précis, comme si le cartographe ne les connaissait pas ou n'avait pas voulu s'y attarder. Dans la terreur de l'attaque nocturne, dans son aveuglement et dans la panique de son cheval, ils s'étaient enfoncés si loin dans ce désert qu'ils en étaient maintenant entourés de toutes parts...

... De toutes parts, les particules insidieuses se frayaient déjà un chemin à travers les défenses de son corps. Rorie haleta, puis contrôla sa respiration. Etait-il en train d'aspirer la substance mortelle dans ses poumons d'où elle suinterait dans tout son organisme, réduisant ses os en cendres ? Ses muscles allaient-ils se fondre en gelée, tandis que son sang tournerait en eau, et que son cerveau, fonctionnel jusqu'au bout, observerait son agonie dans une horreur impuissante ?

Il frissonna, concentrant ses talents rudimentaires pour se monitorer, et détecter les premiers signes de corruption interne. Il découvrit sa pierre-étoile, la serra très fort dans sa main, mais ne décela rien d'anormal, chez lui ni chez son cheval. *Evidemment, qu'est-ce que tu croyais trouver ?* pensa-t-il avec dérision. Les quelques rudiments qu'ils étaient parvenus à lui inculquer à Corandolis n'étaient que ça — des prémisses inutilisables.

Il se leva, brossant machinalement la poussière de ses cuisses. Placide, son cheval dressa les oreilles, modérément curieux. Rajustant son épée à sa ceinture, il sauta sur son dos, espérant contre tout espoir que, de ce perchoir, il reconnaîtrait la direction dont ils étaient venus.

Peine perdue. Poussière grise, collines grises, troncs gris s'étendaient à perte de vue de tous les côtés. La poussière fine et mobile ne gardait aucune trace de sabots de la veille. Derrière des rideaux de nuages, le soleil rouge n'indiquait aucune direction, et l'air froid était d'une immobilité irréelle.

Rorie saisit la longe, mais ne fit aucun effort pour diriger les pas de sa monture. Son instinct ne l'avertissait peut-être pas des dangers insidieux de l'endroit, mais, s'il lui laissait la bride sur le cou, elle marcherait vers l'eau et l'herbe, et les sortirait de ce cauchemar. Peut-être y avait-il encore un faible espoir... mais il n'y croyait pas.

Le temps lui sembla suspendu tandis qu'il traversait ce paysage inexprimablement morne et silencieux. Rorie avait l'esprit engourdi comme si une part essentielle de lui-même avait cessé de lutter contre ce pays empoisonné. Même la placidité de son cheval lui parut désespérante, signe de stupidité bestiale plutôt que d'intuition animale. L'allure de la monture finit par détendre les muscles noués de peur de ses cuisses et de son dos, et il s'abandonna à son rythme hypnotique, comme il s'abandonna à son désespoir.

Obsédé par la certitude de sa perte, il faillit passer par-dessus l'encolure quand son cheval s'arrêta brusquement. Il se raccrocha à sa crinière et se redressa. Après une longue montée en pente douce, ils étaient maintenant sur une éminence dominant une vallée.

Et au centre d'un cirque de collines, se dressait une Tour.

Une Tour telle que Rorie n'en avait jamais vu, ni même rêvé pendant toute sa courte vie. Corandolis, ou même la grande Tour de Hali, ne semblaient que des copies ratées à côté. En fait, pensa-t-il, sentant frémir sa monture, une telle Tour n'avait pas existé dans les Domaines depuis de longues années, depuis l'apogée de la folie Comyn.

Même dans la lumière rouge et diffuse, elle luisait, opalescente et lumineuse, comme si ses fondations contenaient des éclats de pierres-étoiles. Ses lignes pleines de grâce et d'assurance parlaient de techniques de construction dépassant de loin la simple maçonnerie humaine. Et elle se dressait, intacte dans sa splendeur, indifférente à la désolation environnante.

Rorie expira lentement, et son cheval partit au petit trot, les oreilles dressées, puis se mit au galop de lui-même, avalant la descente vers la Tour scintillante.

Les grilles se dressèrent devant lui, ouvertes et majestueuses. A leur approche, une silhouette vêtue de bleu chatoyant s'élança vers eux, mains tendues, ses longs cheveux roux flottant derrière elle comme une bannière.

Une fille. Une Comyn.

Rorie tira sur la bride, arrêtant son cheval, dans un grand claquement de sabots, juste passé la grille. Ses yeux se fixèrent sur la fille, constatant que ce n'était pas une enfant, mais une femme jeune et ravissante. Derrière elle, un jet d'eau gazouillait au milieu de la cour, et il perçut un éclair vert de plantes.

— Bienheureuse Cassilda, tu es venue ! s'écria-t-il.

Elle leva vers lui des yeux verts sertis dans un visage en forme de cœur, aux joues d'un rose délicat. Elle soutint son regard avec une hardiesse ne pouvant venir que de l'entraînement dans une Tour, et il perçut la vibration familière d'un puissant *laran*.

— Je... je ne comprends pas, balbutia Rorie, à qui cette troublante présence féminine aussi bien que la découverte de la Tour faisait battre le cœur à grands coups. Qu'est-ce que tu fais ici ?

Elle secoua la tête, sa chevelure luisant comme une chape de cuivre lumineux.

— Seule, j'étais très inquiète, mais tout ira bien maintenant que tu es là pour m'aider. Démonte, je te prie. As-tu besoin de quelque chose ? Eau ? Nourriture ? Fourrage pour ton cheval ?

Obéissant à la subtile nuance de commandement de sa voix, Rorie mit pied à terre.

— De l'eau, je crois. Pour laver cette poussière. *Est-ce que ça servira à quelque chose maintenant ?* ajouta-t-il à part lui.

Elle rit en le conduisant à la fontaine.

— Moi aussi, j'ai eu peur au début, mais, même handicapé comme il l'est, ce Cercle a de grands pouvoirs guérisseurs. Et j'en suis la preuve.

Le cheval plongea sans hésitation son nez dans l'eau claire tandis que Rorie se rinçait le visage et les mains. Puis il se tourna de nouveau vers la jeune Comyn.

— Qui es-tu ? Et que fais-tu au milieu de ce...

— Je suis Shani, à l'origine formée à... mais c'était il y a très longtemps. Je ne te demanderai pas à quelle Tour tu appartiens. Ce qui importe, Rorie, c'est ce que nous pouvons faire ensemble. On a si désespérément besoin de nous deux.

Rorie détourna les yeux de l'intensité de son regard, réalisant qu'elle était capable de lire dans sa tête et son nom et sa réticence à raconter son expulsion de Corandolis.

— Besoin de moi ? Pour quoi faire ?

— Sais-tu quel est ce lieu ?

— C'est une Tour — intacte, mais apparemment abandonnée, entourée de poudre ronge-squelette.

Shani hocha la tête.

— Ce n'est qu'une des nombreuses et terribles armes du *laran* utilisées par les Domaines les uns contre les autres. Mais, bien que cette Tour, dont jusqu'au nom s'est perdu, ait été attaquée, elle n'a pas été détruite.

— Oui, je le vois...

— Le Cercle est toujours intact, de même que ses écrans de matrices.

— Ce n'est pas possible, pas après des siècles.

— Je vais te montrer dans un moment. Mais réfléchis — sans lui, comment ces tourelles seraient-elles encore debout ? Comment y aurait-il une fontaine d'eau pure et de la nourriture comestible pour les hommes et les animaux ?

Rorie ne trouva rien à répondre, et suivit Shani sous une arche gracieuse et dans la tour centrale. Ils traversèrent la salle commune avec son ameublement confortable et sa grande cheminée, aussi accueillante que si elle était habitée. Rorie aurait pu croire qu'elle était fréquentée journellement, mais la densité des ombres lui apprit que depuis bien des années personne ne s'était assis sur ces coussins ni n'avait allumé un feu dans l'âtre.

L'escalier était large, aussi ouvert et aéré que le reste de la Tour. Construit par les forces du *laran*, sans les contraintes des limitations humaines, l'amour des Ténébrans pour les grands espaces et la lumière naturelle s'y était manifestement donné libre cours.

Rorie sentit les énergies de la salle centrale avant même d'y pénétrer. Il eut l'impression d'approcher d'une immense batterie dans laquelle circulaient des forces à peine contrôlées. Même avec ses piètres talents et sa pierre-étoile enveloppée de sa soie isolante, il sentait la puissance concentrée de l'endroit l'agripper avidement. Il en eut la chair de poule.

Shani se retourna vers lui, ses yeux verts pleins de sympathie.

— N'aie pas peur. C'est juste un peu alarmant au premier abord à cause de la magnitude de la matrice, mais c'est tout à fait sans danger. Le Cercle la contrôle parfaitement.

Elle ouvrit la porte et s'écarta pour le laisser passer. Rorie entra dans une vaste salle circulaire d'un confort frisant le luxe. Sur une table ronde reposait un énorme cristal, chatoyant d'éclairs bleus et argent... et autour, étaient assis neuf hommes et femmes en vêtements somptueux, baignés dans sa lumière clignotante. Leurs traits portaient le sceau d'un *laran* supérieur, raffiné par des générations de reproduction programmée et un entraînement rigoureux. Ils étaient tous jeunes et beaux, avec des cheveux flamboyants, d'un éclat presque arrogant, qui encadraient leurs visages dont les yeux fixaient intensément la gemme centrale pulsante.

— Le Cercle, murmura Shani. Comme ils se sont fixés hors du temps au cours de cette dernière et fatale bataille. Personne ne sait qui ils combattaient, ni pourquoi. Tout ce que nous connaissons, c'est la dévastation qui en est résultée... et cet îlot de sécurité qu'ils sont parvenus à préserver pour eux.

— Je ne vois pas à quoi ça leur sert, dit Rorie. Même s'ils pouvaient se libérer, comment pourraient-ils échapper à la poudre ronge-squelette ? Si c'était possible, ils l'auraient fait depuis longtemps, sans l'aide pitoyable que je pourrais leur apporter. *Comment savoir*, pensa-t-il, *s'ils étaient les victimes, ou les perpétrateurs de ces dévastations ? Même si c'était possible, pourrais-je prendre le risque de libérer des télépathes de cette puissance qui n'ont pas adhéré au Pacte ?*

Il pensa à Mirelle, Gardienne de Corandolis, à son éternelle prudence, à son insistance pour n'utiliser le *laran* que dans des but autorisés par le Pacte, à sa peur sous-jacente qui l'empêchait de reconnaître tout talent qu'elle ne pouvait pas contrôler...

— Tu n'écoutais donc pas ?

Elle fronça les sourcils. Sa voix musicale ébranla ses doutes.

— Ils ont utilisé la matrice pour se protéger, et, dans une moindre mesure, pour protéger la Tour. Il ne reste plus d'énergie pour aucune action volontaire. Ils sont maintenant pétrifiés, enfermés dans leur propre salut. Mais avec mon *laran* — et le tien — nous pouvons leur donner le levier qu'il leur faut pour se libérer, pour utiliser la matrice afin de nettoyer le pays et de lui redonner la vie. Crois-tu que ça ne vaut pas la peine de prendre un petit risque ?

— Je ne sais pas. Même s'ils pouvaient... même si *je* pouvais...

— Mets-tu mon jugement en doute ?

La question le flagella avec l'autorité d'une Gardienne, la pierre-étoile flamboya entre ses seins.

— Ou serais-tu l'aveugle de la légende qui nie l'existence des couleurs parce qu'elles ne sont pas accessibles à ses sens ?

Rorie haussa les épaules. De même qu'il n'avait pas discuté avec Mirelle quand elle l'avait renvoyé de Corandolis, il trouvait qu'il n'avait aucune raison de discuter les affirmations de Shani. Le talent de la jeune femme était évident dans chacun de ses gestes, et il avait une conscience aiguë de ses propres limitations.

Elle hocha la tête en souriant. Y avait-il une nuance de satisfaction dans ce sourire ? *Vas-tu te mettre à douter de tout ?* se demanda Rorie. *Quel pitoyable moyen de sauver le peu d'estime que tu te portes.*

Elle lui fit signe, effleurant son poignet et il sentit en lui un sursaut d'énergie, bien qu'il n'y eût pas eu contact à proprement parler. Il reconnut le toucher incontestable d'une Gardienne — évanescent, suggestif, lointain.

— Voilà ta place, dit-elle d'une voix chaude, montrant de la tête un espace vide dans le Cercle. Et voici la mienne.

Rorie pensa un instant que la place qu'elle désignait comme la sienne devait être celle de la Gardienne, puis il écarta cette idée comme ridicule. Shani, malgré son entraînement évident, n'était pas membre du cercle originel, mais était une vagabonde comme lui-même, attirée par la concentration de *laran*, puis retenue par les besoins exigeants de la Tour et par sa propre compassion.

— Alors, nous nous joignons au Cercle ? demanda-t-il.

Shani se plaça derrière lui, comme pour l'aider à s'asseoir. Rorie tourna la tête vers elle, et vit sur lui ses yeux verts lumineux qui le scrutaient, comme un faucon scrute le terrier d'un lapin cornu. Il eut soudain les mains moites. Il se baissa lentement, gauchement pour s'asseoir, perdit l'équilibre et tendit une main pour ne pas tomber.

Quand ses doigts traversèrent le bord extérieur de l'anneau d'énergons, des forces terribles fulgurèrent dans ses nerfs et lui coupèrent le souffle. Il savait que la matrice était puissante, mais il n'avait eu aucune idée de sa magnitude. Pas étonnant qu'elle fût capable de concentrer suffisamment d'énergie pour préserver le Cercle des ravages de la poudre ronge-squelette et d'autres armes tout aussi terribles pendant des siècles ! Même son bord extérieur à peine effleuré était assez puissant pour arrêter le cœur.

Il cligna des yeux, sa vision s'obscurcit... et se figea. Car, sur l'image des hommes et des femmes du Cercle, pétrifiés dans une beauté et une concentration intemporelles, s'était surimposée une vision d'horreur. Ces visages sereins n'étaient que des masques couvrant la décomposition, les chairs brûlées pendant en horribles lanières à des crânes grimaçants. Une lumière bleuâtre jouait sur les orbites, faiblement reflétée à l'intérieur. Les mains gracieuses n'étaient plus que des griffes squelettiques, tendues avidement vers la gueule pulsante d'une brutale faim psychique.

A la limite du conscient, il perçut les vestiges tragiques de leurs agonies — non, comme Rorie l'avait cru d'abord, tristesse et sentiment de défaite se raccrochant désespérément à un espoir de survie — mais trahison toute pure, souffrance insoutenable d'âmes condamnées à jamais à un enfer de leur propre création.

Les membres du Cercle ne s'étaient pas préservés par l'intermédiaire de la matrice géante, comme Shani l'avait dit. Cette pierre était un instrument de dévastation depuis si longtemps, centrée sur un mal si inexprimable, qu'elle avait à la fin acquis une conscience propre, concentrée sur un seul but — survivre. Dans la frénésie paniquée de leurs derniers instants, ils avaient voulu absorber sa puissance, mais s'étaient vu dévorer, drainés de leurs précieuses énergies du *laran*, au point qu'il ne restait d'eux que des coquilles vides. Ces hommes et ces femmes de la Tour inconnue avaient été autrefois de puissants télépathes, les meilleurs de toute une tradition de reproduction sélective et d'entraînement épuisant. Leurs énergies avaient alimenté la pierre pendant de longues années.

Maintenant, ses réserves s'étaient amenuisées, son énergie s'était évanouie, et même la région dévastée où elle reposait comme un bijou maléfique n'assurait pas sa subsistance. Elle s'était projetée vers l'extérieur et avait attiré Rorie dans ses rets, comme Shani avant lui.

Il fallait l'avertir — l'entraîner hors d'ici, fuir tous les deux avant qu'il ne soit trop tard ! L'apparence du Cercle n'était qu'une illusion, ses besoins, rien de plus qu'un voile jeté sur l'avidité de la pierre.

— Sh... Shani ! Je crois...

Il chercha les paroles qui lui permettraient de l'avertir, sans donner l'alarme à la parodie d'intelligence peut-être tapie dans la pierre.

— J'ai besoin de me reposer un peu avant d'essayer. Je suis... tu sais que mon *laran* n'est pas très puissant, et j'ai eu une nuit mouvementée.

Rorie se leva, évitant soigneusement tout nouveau contact avec les champs d'énergons de la matrice géante, et se tourna vers elle...

Il vit sa beauté, et le subtil mélange de la séduction féminine et de l'isolement de la Gardienne qui émanait d'elle. Mais sous-jacente à cette image, il vit une corruption aussi vile que celle du Cercle. Il sut alors que Shani était la Gardienne de ce Cercle, et que c'était à travers elle que les autres avaient été drainés de leurs énergies. Une lueur bleuâtre clignotait derrière ses yeux, et un instant, il perçut une puanteur de charnier dans sa douce haleine. Elle ouvrit sa bouche en bouton de rose, et il vit les mâchoires pourrissantes béantes d'anticipation.

Sans réfléchir, Rorie la saisit par les épaules, vaguement conscient qu'il commettait un impensable assaut sur la personne d'une Gardienne que n'aurait pas même dû effleurer une pensée importune. Avec l'énergie du désespoir, il la tira par-dessus le banc, s'aidant des hanches et des cuisses pour la soulever et la jeter au centre même de la matrice.

Elle hurla — d'un hurlement strident, qui eut quelque chose de mécanique. Des tentacules bleus flamboyants surgirent du cœur du cristal, fulgurant vers le cœur de Rorie. Il se jeta en arrière, mais le banc rembourré le frappa à la saignée des genoux, ralentissant sa chute. Ses nerfs se contractèrent en une soudaine agonie de souffrance quand les champs d'énergons le saisirent.

Tandis que la matrice l'entraînait dans son cœur pulsant, Rorie ne sentit plus son corps mortel. Il ne pouvait qu'imaginer les convulsions qui le secouaient. L'énergie qui le traînait dans sa sphère tumultueuse lui fit l'effet d'une sensation visuelle, plus perçante que ne l'avait jamais été sa vision normale. Il sentit les ombres d'esprits engloutis avant lui, faibles échos de personnalités autrefois brillantes, maintenant réduites à de simples coquilles par l'avidité insatiable de la matrice.

Le centre de la chose s'ouvrait devant lui, gueule de ténèbres pulsantes qui semblait déjà l'engloutir. Toutes les fibres de Rorie se révulsèrent, car elle lui promettait non l'oubli, mais des siècles et des siècles d'esclavage mental, jusqu'à ce que l'abandonne enfin son dernier lambeau de conscience.

Tout en se débattant contre l'attraction de la matrice, Rorie se demandait quelle utilité il pouvait avoir pour elle. Il comprenait la convoitise du cristal pour de puissants talents, tels que ceux qui composaient le Cercle originel... ou n'importe lequel des télépathes de la Tour où il avait séjourné si brièvement. Mais on l'avait renvoyé parce qu'il était inapte. Mirelle, sa Gardienne, le lui avait dit sans ambiguïté. Comment pouvait-il avoir assez de *laran* pour être d'une utilité quelconque à la matrice ?

Puis il comprit... La matrice n'était pas un être vivant et pensant, mais un simulacre, et en tant que tel, n'était pas sujette aux illusions et préjugés d'un esprit humain. Elle *ne savait pas* qu'il n'avait aucune valeur ; aucune Gardienne, pour des raisons personnelles ou politiques, ne le lui avait dit. Elle s'en remettait donc à sa perception limitée — et cette perception lui disait que Rorie recelait la force qu'il lui fallait pour continuer son existence parasitaire. Il devait y avoir en lui quelque chose à quoi sa Gardienne était restée aveugle, comme il était lui-même aveugle dans le noir. Ou peut-être que Mirelle l'avait senti, lui souffla faiblement sa conscience agonisante, mais qu'elle avait refusé de le voir, en un réflexe conditionné par la peur et la culpabilité.

Cette même capacité — car Rorie ne pouvait plus considérer cela comme une tare — qui limitait sa vision nocturne lui donnait peut-être la vision véritable des cadavres du Cercle — lui faisait voir également la matrice comme l'objet maléfique qu'elle était — et lui donnerait peut-être les outils pour la vaincre...

La colère flamba en lui, ardente et rouge, contrastant avec le bleu livide de la matrice. Il l'alimenta de sa volonté de vivre, de la même détermination qui lui avait fait combattre les brigands la veille. Comment cette masse inanimée de cristal osait-elle détruire un esprit humain, se nourrir, sans conscience ni raison, de précieux talents Comyns ? Y avait-il plus grand péché et plus mortelles insulte aux Dieux ?

Machine! hurla-t-il par la pensée. *Tu n'es qu'une machine bannie par le Pacte!* S'il avait été dans son corps physique, il lui aurait craché dessus d'indignation. Mais l'indignation vertueuse ne lui permettait pas, à elle seule, de vaincre la puissante pierre-étoile qui le retenait dans son sein.

Son corps physique... il le sentait, à demi accroupi contre le banc rembourré. *Sa main — il devait remuer sa main!* Il projeta sa volonté avec force et ordonna à sa main fantôme de se diriger vers la garde de son épée. Les énergies blanches et bleues du cristal crépitèrent autour de lui, protestant contre cette infime liberté.

Rorie durcit sa détermination. Tout ce qui opposait la moindre résistance à la pierre, elle cherchait à l'annihiler. *Poumons — respirez! Cœur — bats! Muscles des épaules — contractez-vous! Main à l'épée!* Sentait-il effectivement sa texture sous ses doigts fantômes, ou n'était-ce qu'une illusion née de son désir fiévreux?

Oui, il voyait l'épée glisser hors de son fourreau de fortune, l'acier luire devant ses yeux fantômes. La lumière bleue jouait sur la surface polie de la lame. *Autre main — saisis... poignet — fléchis...*

Frénétique, la matrice resserra sur lui son emprise, l'étouffa du poids de sa puissance en l'attirant en elle. Rorie réalisa que tout effort qu'il faisait pour contrôler son corps physique affaiblissait ses défenses mentales contre la matrice. Il savait qu'il ne pouvait pas la vaincre sur son propre terrain. Sa seule chance de survie résidait dans sa capacité à rester en dehors de sa sphère de bataille, de voir sous leur vrai jour les illusions qu'elle créait — puis d'utiliser son être physique à son avantage.

Rorie renonça à sa résistance psychique, jetant toute sa force et sa volonté dans son corps de chair. Sa main se resserra sur la poignée de son épée. Son abdomen se durcit pour projeter de toutes ses forces la lame au centre de la pierre-étoile.

Des éclats volèrent dans toutes les directions, fracassant la lumière au cœur du cristal dément. Pendant l'éternité d'une fraction de seconde, Rorie-à-l'intérieur-de-la-pierre et Rorie-à-l'extérieur furent aveuglés, ballottés, réduits en pièces par l'explosion. Ses oreilles lui transmirent la lamentation stridente de la chose à l'agonie, et ses pupilles se contractèrent devant la nova aveuglante qu'elle devint.

Peu à peu, il retrouva ses sensations — larmes coulant sur son visage, chaleur dans ses mains qui touchaient son épée, tremblement de ses cuisses. Il jeta sa lame fondue, et se laissa tomber sur le banc, conscient qu'il branlait maintenant, mais incapable de se soutenir plus longtemps.

Sa vision s'éclaircit avec une lenteur torturante, et il embrassa enfin la scène du regard. La table qui avait supporté le cristal s'affaissait, écrasée sous le poids des éclats qui avaient perdu leur lumière. Des squelettes disloqués s'effritaient en tas de poudre grise. Hors de la Tour, il entendit un hennissement paniqué.

Rorie se leva à l'instant où le banc s'effondrait. Il se tourna vers l'escalier, où des lézardes s'élargissaient dans les pierres ternes. Le pouvoir de la matrice anéanti, le temps et la dégénérescence reprenaient leurs droits.

Mais la cour ne présentait pas un spectacle de désolation. L'eau débordait joyeusement de la margelle effondrée de la fontaine, et de vigoureuses pousses vertes pointaient partout. Rorie saisit la longe de son cheval et lui tapota l'encolure. Il roula des yeux effrayés et dansota nerveusement, mais franchit avec lui les grilles affaissées.

Rorie s'attendait à voir encore la poudre ronge-squelette s'étendre à perte de vue, mais la destruction de la pierre-étoile avait également transformé la désolation ambiante. Ce pays avait été dévasté, certes, mais très loin dans le passé, et maintenant, la générosité d'Evanda l'avait de nouveau touché de sa grâce, et le vert foisonnait partout.

Rorie arrêta son cheval, et regarda en arrière la Tour qui continuait à s'effondrer. Il ne savait pas pourquoi le cristal avait maintenu l'illusion de la dévastation et de la mort — peut-être comme défense supplémentaire contre le rétablissement de la domination Comyn ? Quel esprit humain pouvait comprendre les motivations de la pierre ? Le cheval tira sur sa bride et baissa la tête pour brouter une pousse d'herbe tendre. Rorie le laissa paître et découvrit sa pierre-étoile.

Un éclat aveuglant avait remplacé son faible miroitement. Rorie réalisa que sa confrontation avec la matrice géante avait activé en lui des talents latents, des talents que sa propre gardienne n'avait pas voulu reconnaître.

Les Tours avaient participé volontairement aux guerres immorales des Ages du Chaos. Elles auraient pu travailler volontairement à arrêter les destructions, mais le temps n'était pas encore venu où elles pourraient prétendre qu'elles n'avaient jamais existé. Elles avaient encore la responsabilité d'effacer toutes traces de cette malédiction de la face de Ténébreuse.

*Comment sais-tu cela ?*s'interrogea Rorie. Son *laran* était peut-être défectueux ou inutilisable, mais il était Comyn, bien que de petite noblesse. Ceux de sa caste avaient signé le Pacte de leur sang et juré d'assurer l'administration des Domaines. Et si quelque Gardienne aveuglée par la peur refusait de regarder ses responsabilités en face, par Aldones, il l'y obligerait !

Mais les Tours n'étaient pas toutes faibles et égoïstes, et les télépathes qui y travaillaient avaient le droit d'apprendre l'existence de la chose qui avait tendu son piège mortel dans le pays dévasté.

Rorie se concentra sur les profondeurs scintillantes de sa pierre-étoile, projetant son esprit avec une aisance inconnue jusque-là.

Corandolis, appela-t-il.

La réponse lui parvint, émanant d'un technicien d'âge mûr travaillant dans les relais : *Rorie ? Est-ce bien le jeune Rorie ?*

Rorie sentit la force de son *laran* fulgurer dans les réseaux, avec une vibrante autorité : *j'ai découvert quelque chose concernant notre honneur à tous. Mirelle doit venir.*

Attends...

Puis il sentit l'esprit de la Gardienne dans le sien : *nous viendrons en réponse à un Comyn qui est notre égal et qui a le droit de faire appel à nous. Je saurai où te trouver...* Le message télépathique ne portait aucune trace de trouble ou de surprise. Comme toujours, elle exerçait un contrôle impitoyable sur ses émotions, et Rorie savait qu'elle ne s'excuserait jamais de l'injustice qu'il avait subie.

Rorie renveloppa sa pierre-étoile dans sa soie isolante tandis que le contact mental de Mirelle s'évanouissait de son esprit. Il ne savait pas si ses récents progrès et épreuves la feraient changer d'avis sur sa place à la Tour. Il ne savait même pas s'il le désirait, mais il ne se voyait plus comme un individu taré et inapte, et pour le moment, cela lui suffisait.

Novak nous a déjà proposé, dans Une vie moins exaltante, *l'image d'un destin possible de Coryn. Voici un autre destin du même personnage (et d'une autre héroïne de* la Reine des orages*) imaginé par le même auteur dans un temps manifestement parallèle.*

XIV
FEUGLU

de Patricia Duffy NOVAK

Ils étaient tous les six en communication télépathique, esprits joints, déversant leur énergie dans le Gardien dont les mains tendues à l'intérieur du cercle vers la matrice, dirigeaient le flot d'énergie. C'étaient des mains étroites, au squelette délicat comme celles d'une femme, mais personne ne pouvait manquer d'avoir conscience de leur force. Coryn Hastur, Gardien de la Tour de Hali, était le télépathe le plus puissant des Domaines. Il le savait et l'acceptait, sans orgueil ni humilité ; c'était sa seule richesse.

Le visage de Coryn était plissé de concentration, et des gouttes de sueur perlaient à son front tandis que, une par une, il remontait les précieuses molécules de cuivre des entrailles de la terre. Dur travail qu'il détestait, mais si le cercle avait fonctionné correctement, il en aurait à peine eu conscience. Quelque chose ne marchait pas, son contrôle lui échappait. Il avait une crampe dans une jambe, réalisa-t-il avec la partie la plus superficielle de son esprit, une mauvaise crampe qui avait dû se former lentement. D'un imperceptible éclair de conscience, il dirigea un message irrité sur Aliciane, la jeune monitrice : *Ne peux-tu pas faire ton travail ? Fais attention!* Au lieu de réagir comme il le désirait en détendant les muscles de sa jambe, elle rougit, et il sentit son agitation couler dans le lien mental, anéantissant son emprise sur le cercle.

Tandis que les autres clignaient des yeux de confusion, Coryn se tourna vers la monitrice, son visage livide de colère sous ses cheveux couleur de flamme.

— Imbécile ! cracha-t-il.

— Je suis désolée, dit-elle, penaude, effrayée.

— Désolée ! railla-t-il, congestionné de fureur. Si tu ne peux pas monitorer correctement, retourne chez toi pour assurer la reproduction avec le reste du bétail.

Il parlait d'une voix dure et mauvaise, et il vit la jeune fille se recroqueviller sous l'affront, mais il ne se tut pas pour autant ; il ne le pouvait pas.

— Tout ce travail gâché ! ragea-t-il, levant les bras, écœuré.

— Non, Coryn.

Mira, technicienne plus âgée avec laquelle il travaillait depuis des années, s'était suffisamment ressaisie pour prendre la parole.

Il la foudroya sans un mot, lui décocha mentalement un reproche cuisant, puis sortit en claquant la porte.

Toujours tremblant de rage, il enfila au pas de course les couloirs de la Tour, sans savoir où il allait. Il se retrouva au niveau du sol, franchit le champ de force protecteur et sortit dans les jardins. Il détestait l'extraction des métaux, travail épuisant et ennuyeux, gaspillage de ses capacités, et maintenant, toute une nuit de travail était perdue parce que cette fille stupide ne savait pas détendre une crampe.

Il longea la rive du lac, laissant les eaux-nuages apaiser ses nerfs à vif. Il voulait que Mira reprenne sa place de monitrice, il ne voulait pas continuer à souffrir pendant toute la formation de cette fille à demi aveugle mentale, mais Mira devait travailler dans le cercle, maintenant qu'Arielle était rappelée dans sa famille.

Dieux, comme il désirait Arielle ! Il savait depuis le début que son père ne la laisserait pas indéfiniment à Hali, et se croyait préparé à la séparation. Mais elle lui manquait. Par les enfers de Zandru, comme elle lui manquait !

Il s'assit sur le rivage humide, arrachant machinalement des poignées d'herbe qu'il rejetait loin de lui avec colère. *Nu est le dos sans frère*, pensa-t-il, se répétant le vieil adage avec une sombre ironie. Son dos à lui était surveillé, pour ça oui, mais avec suspicion, pas avec fidélité protectrice. On l'avait expédié à Hali dès les premiers symptômes de la maladie du seuil, et il savait qu'on ne lui permettrait jamais d'en sortir. Pas de terres, pas de demeure, pas d'épouse. Tout ce que l'éducation d'un Comyn lui enseignait à convoiter, son frère le lui avait dénié.

Il rêva un moment qu'il était le maître de sa demeure, se demanda ce que ce serait qu'engendrer des enfants pour son propre plaisir, et non sur l'ordre des *leroni* qui dirigeaient le programme de reproduction sélective. Une seconde, il vit mentalement un attendrissant tableau familial : lui, Arielle et leurs enfants, assis chez eux devant un bon feu.

Une pensée parasite, comme une pierre jetée dans un étang, fracassa l'image plaisante de son rêve. *Un Gardien détient le pouvoir*, pensa-t-il, et il aimait ce pouvoir, s'exaltait à exercer sa volonté dans le cercle. Il éprouvait une immense satisfaction à inventer des choses que personnes avant lui n'avaient envisagées. La vie de gardien lui avait été imposée, il ne l'avait pas choisie, mais elle comportait des compensations.

Il sentit qu'il se calmait, son terrible emportement réduit en poussière; sa rage s'évanouit, et il reprit conscience de ses sensations. Son estomac grogna, et il se sentit soudain la tête légère. Il avait besoin de manger, comme toujours après avoir travaillé dans le cercle, mais il était trop furieux pour avoir pensé à prendre quelque chose avant de quitter la Tour.

Il se leva lentement, époussetant la poussière de ses robes. Il n'y avait rien à faire, il lui fallait rentrer et faire la paix avec les autres. Puis, obéissant à une de ces sautes d'humeur qui exaspéraient et enchantaient à la fois ses amis, il éclata de rire. *Saint Porteur de Far-*

deaux, pensa-t-il se rappelant ses paroles, *ils me les feront payer cher cette fois.*

Une fois Coryn sorti de la Tour, Mira s'approcha d'Aliciane qui était au bord des larmes.

— Viens manger quelque chose, mon enfant, lui dit-elle. Viens.

Elle l'entraîna au fond de la salle, vers une table où un en-cas était réparé.

— Ne te désole pas. Coryn ne pensait pas ce qu'il a dit.

La jeune fille renifla, accepta quelques fruits secs, mais ne répondit rien. Mira lui entoura les épaules de son bras.

— Il est très irritable ces derniers temps, *chiya*, plus que d'habitude.

Aliciane s'essuya les yeux du revers de la main.

— Allons, ce n'est pas si terrible, dit Mira. Nous avons tous été l'objet de sa rage, tôt ou tard. Arielle lui manque, c'est tout.

Elles mangèrent un moment en silence, puis Barak, le technicien du cercle, vint leur offrir du vin.

— Coryn n'aurait pas dû te parler ainsi, dit-il à Aliciane, branlant du chef. Il est pire que jamais ces temps-ci. Quel dommage que son frère ne lui permette pas de se marier.

— Ça ne changerait pas grand-chose, dit Mira, se tournant vers Barak. Même si son frère l'autorisait à se marier, ce ne serait certainement pas avec une *nedesto* sans dot, fille d'un Di Asturien.

— Oui, acquiesça Barak. C'est dur pour Coryn, mais je regrette quand même qu'il ne contrôle pas mieux sa violence.

Coryn qui rentrait entendit ces derniers mots et éclata de rire, disant avec bonne humeur :

— Je voudrais le pouvoir, Barak. Oui, je suis détestable, un vrai banshee, ou du moins aussi affamé qu'un banshee pris d'une faim frénétique.

Il s'approcha de la table avec une grâce féline, et se servit de jus de fruits et de gâteaux.

Mira le laissa manger, puis lui envoya une pensée : *tu as profondément blessé Aliciane, Coryn. Comment peux-tu être aussi détestable ?*

Je ne le pensais pas, Mira, tu le sais bien.

Mais elle n'est pas aussi habituée à toi que nous le sommes.

Coryn posa sa coupe et s'approcha humblement d'Aliciane.

— Me pardonneras-tu, ma cousine ? J'ai toujours été ainsi. Ma bouche s'ouvre toute seule et mes paroles s'échappent d'elles-mêmes avant que j'aie réfléchi.

Aliciane eut un sourire pâlot, et il lui prit la main.

— Soyons de nouveau amis, *chiya*, et célébrons la paix par une coupe de vin.

Aliciane accepta ses excuses, il parla un moment avec elle, taquinant et plaisantant, de sorte qu'elle finit par éclater de rire et que tout le monde retrouva sa bonne humeur.

Coryn s'installa confortablement dans un fauteuil près de Mira.

— Tu peux être charmant quand tu veux, dit-elle, caustique.

Il rit.

La nuit suivante, Coryn travailla seul. Il était censé se reposer, mais, durant la dernière guerre, il avait été si près de découvrir la nature du *feuglu* qu'il ne voulait pas interrompre ses recherches. Il prit un pichet auquel il attacha une matrice pour qu'il ne se casse pas, contenant une infime parcelle de la substance rouge sombre qui, si elle touchait sa chair, le brûlerait jusqu'à l'os.

Il s'inquiétait peu de sa sécurité, mais il détestait travailler ainsi, isolé, quand il en trouvait le temps, au lieu d'œuvrer dans le cercle où il pouvait tenter des expériences qu'il n'osait pas faire seul. Les Domaines étant maintenant en paix, il avait peu d'occasions d'exercer à plein temps ses talents considérables. *Une nouvelle guerre m'arrangerait bien*, pensa-t-il machinalement.

Avec une habileté née d'une longue pratique, il se concentra sur sa matrice, sentit le pouvoir de son esprit s'aiguiser en une lame tranchante. Fermant les yeux, il vit le *feuglu*, l'agrandit, l'agrandit encore, jusqu'au moment où il perçut la structure de ses atomes.

Là et là sont les points d'instabilité, pensa-t-il. *Si seulement on arrivait à le faire exploser spontanément, quelle arme ça ferait!* Il l'étudia, le toucha de son *laran*, comme il l'avait fait tant de nuits, et il vit alors comment il pouvait utiliser les instabilités l'une contre l'autre pour le faire se consumer de l'intérieur.

Il vit, et il ne put se retenir d'exécuter. Emporté par l'élan de sa découverte, il poussa contre les liaisons atomiques et les sentit céder.

Coryn vit une explosion de lumière, plus brillante que cent soleils, entendit un grondement plus fort que le tonnerre dans les Heller, puis il ne vit et n'entendit plus rien.

Debout sur le seuil de sa chambre, elle ne savait comment l'approcher. *Il doit détester ce séjour au lit, les yeux bandés, tandis que les jours interminables s'écoulent dans l'oisiveté*, pensa-t-elle. Cela aurait pu être pire, elle le savait, et, prise d'un frisson soudain, elle resserra son châle autour de ses épaules. Le pichet attaché à la matrice n'avait pas tout à fait tenu contre la force de l'explosion, mais seul son rebord fragile avait cédé. Ses blessures provenaient des éclats de verre projetés de toutes parts, mais le *feuglu* ne l'avait pas atteint.

Elle sentit le contact de son *laran*.

— Arielle ? demanda-t-il, tournant vers elle ses yeux bandés. Tu es vraiment là, ou n'est-ce qu'un rêve ?

— Je suis là, Coryn.

Elle entra, referma soigneusement la porte derrière elle, et s'assit près de lui sur le lit.

— Je suis venue aussi vite que j'ai pu.

— Et es-tu contente de me voir, *chiya ?* dit-il, sa voix trahissant une incertitude peu dans son caractère.

— Très, très contente.

— Mais mes yeux ?

— Tes yeux sont indemnes, Mira me l'a dit.

— Et mon visage ? dit-il, montrant les longues estafilades rouges de ses joues.

— Tu n'as jamais été si terriblement beau, Coryn Hastur, que quelques cicatrices y changent grand-chose.

— Pas si terriblement beau ?

Il la prit dans ses bras.

— Quel coup pour ma vanité ! Je croyais être le plus beau seigneur Comyn de ta connaissance.

Son haleine était tiède dans son cou, et il murmura, dénouant les lacets de sa robe :

— Comme tu m'as manqué, *preciosa.*

Elle repoussa ses mains.

— Non, Coryn, il ne faut pas. Tu es encore trop faible.

— Pas tellement, dit-il en riant. Une bonne décade a passé depuis mon accident. Je déborde d'énergie. Tu verras.

Il la serra plus fort contre lui. Arielle rit.

— Tu es incorrigible. Mais avant, laisse-moi t'apprendre la bonne nouvelle.

Elle s'écarta de lui, et cette fois, elle lui tint les mains dans les siennes.

— Je reviens de chez Allart et Cassandra. Ils te souhaitent un prompt rétablissement. Et de plus, Coryn, poursuivit-elle en lui serrant les mains, Allart a persuadé ton frère Regnald de t'autoriser à épouser la femme de ton choix.

— Comment a-t-il fait ? demanda Coryn, lui lâchant les mains et s'asseyant, l'air très intéressé. Car je jure que c'était l'intention de mon frère de me laisser toute ma vie à la Tour de Hali.

— C'est vrai, acquiesça Arielle, mais Allart a offert de marier l'une de ses cousines Elhalyn à l'héritier *nedesto* de ton frère s'il te concédait cette faveur. L'alliance avec Elhalyn assurera l'héritage à son fils *nedesto*, et il ne craindra plus que tu fasses valoir tes droits.

— Comme c'est gentil de sa part ! dit Coryn. Mais pourquoi Allart fait-il cela pour moi ?

— La cousine était apparemment déjà très amoureuse du fils de Regnald, et a menacé de se jeter du haut d'une Tour si elle ne pouvait pas avoir son amoureux, alors, le marché n'a pas été trop difficile à conclure. Et tu sais qu'Allart et Cassilda te conservent leur amitié, même si tu as lancé du *feuglu* contre eux et que tu leur as fait tomber une montagne sur la tête.

Coryn éclata de rire.

— C'était le bon temps. Non, *chiya*, ajouta-t-il vivement, je ne voulais pas dire que je désirais nuire à Allart et Cassandra. Je suis désolé qu'ils aient été pris dans les rets de Damon-Rafael, mais c'était un travail tellement intéressant !

Il sourit en lui tapotant la main.

— Et tu étais avec moi alors, *preciosa*.

— Et ce n'est pas tout, reprit-elle avec une excitation croissante. Allart a proposé de me doter si je guide une de ses pupilles pendant la maladie du seuil. Ainsi, tu n'épouseras pas une pauvresse. Enfin, ajouta-t-elle, hésitante, si tu veux de moi.

— Si je veux de toi, *preciosa* ? Laisse-moi seulement te montrer comme je veux de toi.

Elle s'abandonna dans ses bras. Il lui caressa les épaules, dégrafa sa barrette d'argent, puis la tourna vers lui avec une urgence passionnée.

— Doucement, Coryn, tes yeux, dit-elle.

Un peu plus tard, Arielle s'assit devant la glace pour se recoiffer. Du coin de l'œil, elle surveillait Coryn, allongé sur le dos, les mains derrière la nuque, la tête tournée vers elle.

Arielle lui fit son plus doux sourire, tout en sachant qu'il ne le voyait pas.

— Je ne peux pas rester longtemps, dit-elle avec regret. La pupille des Elhalyn approche de la maladie du seuil, et je dois gagner ma dot. Dois-je dire à Allart et Cassandra de t'attendre dès qu'on t'aura enlevé tes pansements ?

— Comment ça ? dit-il, en se redressant Pourquoi si tôt ? Il te faudra un certain temps pour remplir ta charge auprès de cette petite, non ?

— Oui, mais la cousine d'Allart est déjà fiancée au fils de Regnald, et Regnald a hâte de célébrer la cérémonie *di catenas*. Et si elle a lieu avant que nous ne soyons mariés, Regnald pourrait être tenté de revenir sur sa promesse. Il n'y a aucune raison de ne pas nous marier pendant que je gagne ma dot. Allart n'a pas d'objections. Il a proposé de célébrer lui-même la cérémonie si nous le désirons.

Coryn ne répondit rien, mais Arielle, qui le connaissait bien, sentit son débat intérieur.

— Coryn ? dit-elle d'une voix brisée.

Les larmes lui montèrent aux yeux. Combien de fois lui avait-il juré que son rêve le plus cher était d'être seigneur dans son propre hall, avec sa femme et ses enfants ? Pourquoi ces hésitations ? Elle se força à contrôler ses émotions, comme elle était entraînée à le faire, et quand elle reprit la parole, ce fut d'une voix posée.

— Qu'y a-t-il ? Je sens un conflit en toi.

Il hésita. Arielle sentit qu'il tentait de mettre de l'ordre dans ses pensées.

— *Chiya*, dit-il enfin, je désire vraiment t'épouser *di catenas* et devenir un propriétaire terrien gros et gras. C'est juste que...

Il fit une pause, cherchant les mots adéquats, puis haussa les épaules et reprit :

— C'est juste que je ne veux pas quitter Hali en ce moment. Le *feuglu*, poursuivit-il avec enthousiasme. J'ai presque découvert le moyen d'en faire une arme dix fois plus puissante que toutes celles que nous possédons. Et j'ai aussi découvert dans la terre un autre minerai qu'il sera peut-être possible de faire exploser. Je ne peux pas m'arrêter maintenant, Arielle. Pas avant d'avoir terminé. Ne pouvons-nous pas attendre quelque temps ? Ou ne pourrais-tu pas revenir ici quand tu auras rempli ta charge auprès de la pupille ?

Arielle n'entendit qu'une infime partie de ces paroles, mais elle en comprit instinctivement le sens. Un instant, elle eut l'impression de le voir de très loin, mais avec une grande netteté, comme une haute montagne qu'elle regardait pour la première fois.

L'instant passa, son contrôle vola en éclats, et des paroles dont elle avait à peine conscience s'échappèrent de ses lèvres.

— Non, Coryn ! s'écria-t-elle en pâlissant. Ces armes, ton *laran*, c'est une obsession. Une maladie. Comme le *feuglu*. Ça te rongera jusqu'aux os.

Elle se tut, incapable de continuer, et s'enfuit en courant de la chambre.

— Arielle, reviens ! l'entendit-elle crier, mais elle ne voulait pas revenir, ni maintenant, ni jamais.

Quelques heures après qu'Arielle l'eut quitté, Mira vint le voir. Assis par terre, il lançait des pierres dans un bol, en les guidant de son *laran*. *N'a-t-il donc aucune idée du mal qu'il lui a fait ?* se demanda Mira, qui ajouta tout haut :

— Je pensais que tu aurais besoin de compagnie, mais je vois que tu n'es guère chagriné.

Il posa ses pierres.

— Arielle t'a dit ? demanda-t-il, mais ce n'était pas une question et il n'attendit pas la réponse. Je ne sais pas quoi faire, Mira. Je ne veux pas la perdre. Je suis ravi que mon frère consente à notre mariage ; mais je ne veux pas quitter la Tour. Pas tout de suite. Nous pouvons sûrement attendre quelque temps, ou alors, elle peut rester ici. Je me soucie assez peu de la dot. Je veux finir le travail que j'ai commencé.

— Travail qui a failli te rendre aveugle et qui peut encore te tuer.

— C'était juste une négligence, *breda*. Je ferai plus attention à l'avenir. Je dois demander à Allart l'autorisation de travailler le *feuglu* avec une matrice du douzième niveau, afin que nous puissions maîtriser la force. Quelle arme ça fera !

— Je vois que tu t'intéresses beaucoup plus au *feuglu* qu'à Arielle, dit Mira, acerbe. Je vais donc te laisser sans te transmettre son message.

— Non, non, *breda*, protesta-t-il. Bien sûr que je veux entendre le message d'Arielle, mais pourquoi ne vient-elle pas me le dire elle-même ? Sa colère s'est certainement calmée depuis le temps !

Plus que jamais, Mira le trouva exaspérant. Il pouvait être parfois si insensible, si indifférent à la peine qu'il infligeait aux autres. En arrivant, elle avait l'intention de délivrer son message en douceur, mais elle le lui asséna brutalement :

— Arielle est partie.

— Partie ! s'écria Coryn, atterré. Dieux, où est-elle allée ?

— Elle est retournée chez Allart et Cassilda, et te fait dire qu'elle attendra de tes nouvelles pendant trois décades, pas plus. A la fin de cette période, elle laissera son père arranger un mariage pour elle. Maintenant qu'elle aura une dot, il sera facile de trouver un prétendant convenable.

— Trois décades ? répéta Coryn, comme frappé de stupeur. Elle ne reviendra pas ?

— Elle a juré que non.

— Oh, *breda*, murmura-t-il, que dois-je faire ?

— C'est ta vie, Coryn. C'est à toi de décider.

Puis, sentant sa peine, elle ajouta avec plus de douceur :

— Tu es un puissant *laranzu*, et je regretterai ton départ, mais voilà ta chance d'obtenir ce que tu as toujours dit désirer.

Aliciane était monitrice. Elle avait acquis la maîtrise

de son *laran*, et monitorait maintenant le cercle avec facilité. Ils étaient unis tous les six dans la même concentration, l'énergie coulait par le lien mental vers le Gardien qui, d'une main déliée et résolue, la dirigeait sur une rangée de batteries. A part les cicatrices qui flamboyaient comme des lignes de force sur le fin visage du Gardien, rien n'avait changé en apparence. Mais à un niveau plus profond, rien ne serait plus jamais pareil. Coryn Hastur, Gardien de la Tour de Hali, ne s'illusionnait plus sur ce qu'il désirait de la vie.

Nouvelle apparition de Coryn et d'Arielle, toujours sous la plume du même auteur. Nouveau destin de ce héros et de cette héroïne — pas tout à fait, cette fois, incompatible avec le précédent.

XV
LA PAIX DU GARDIEN

de Patricia Duffy NOVAK

Les derniers rayons projetaient des ombres rouges dans la cour enneigée. Renata appuya son front sur la vitre froide, s'efforçant d'accepter la vérité : son amie se mourait.

— Dame Renata.

Renata se retourna.

— Qu'y a-t-il, Doria ?

— Tu devrais venir, je crois. La naissance ne tardera plus.

Renata hocha la tête et suivit la sage-femme dans la chambre où, pâle et épuisée, Arielle enfantait dans la douleur. Tandis que Doria s'affairait à chauffer l'eau et les couvertures, Renata posa sa main sur le front brûlant d'Arielle.

— Comment te sens-tu, mon amie ?

Arielle secoua la tête, et quelques mèches blondes, poissées de sueur, lui tombèrent en travers du visage.

— Pas très bien, j'en ai peur.

Elle s'efforça de sourire, mais une contraction l'en empêcha. Saisissant la main de Renata, elle la serra si fort que Renata elle-même faillit crier. Enfin, au bout d'une longue minute, Arielle expulsa bruyamment l'air de ses poumons et lâcha la main de son amie.

— Oh, Renata, dit-elle d'une voix mourante, j'ai si peur.

— N'aie pas peur, mon petit. Ce sera bientôt fini, et tu auras un beau fils dans les bras.

Arielle tourna vers elle des yeux éplorés.

— Je ne survivrai pas à sa naissance. Nous le savons toutes les deux depuis longtemps.

Renata sentit des larmes brûlantes lui monter aux yeux. Spontanément, des souvenirs des années passées ensemble à Hali envahirent ses pensées — Arielle, brillante, gaie, rayonnante, dansant, un sourire radieux aux lèvres, à la Fête du Solstice d'Eté ; Arielle, posée et compétente, technicienne du cercle, testant efficacement les batteries ; et Renata elle-même, calme et sereine, ignorant encore tout de l'amour et de la mort.

La parturiente allongée sur le lit ne semblait que lointainement apparentée à cette autre Arielle, comme elle-même semblait très différente de l'insouciante Renata des années à la Tour. Pourtant, cela ne remontait qu'à deux ans. La tragédie personnelle de Renata avait été inévitable, aussi inévitable qu'une tempête dans les Heller, mais ça, ça — elle essuya ses larmes et scruta le visage émacié d'Arielle. *Oh, Coryn, Coryn,* ragea-t-elle intérieurement, prenant bien soin d'abriter ses pensées, *comment as-tu pu laisser les choses en arriver là ?*

Sentant venir une nouvelle contraction, Arielle grimaça, et reprit quand elle fut passée :

— Tu élèveras mon enfant comme tu me l'as promis ? Et quand il sera en âge, tu l'enverras à son père ?

— Je te le promets, dit Renata. Mais j'aurais préféré que tu me laisses l'informer de son lignage.

Arielle ne répondit pas. Et elle ne prononça plus un mot. Comme son enfant émergeait à la vie, sa propre essence se retira doucement de son corps, étouffée par le *laran* meurtrier du bébé, le pouvoir psychique qui détruisait sans le savoir la mère qui l'avait aimé assez pour lui donner la vie — sachant qu'elle le paierait de la sienne.

Doria, la sage-femme, moucha doucement le nez minuscule, et le nourrisson poussa son premier cri.

— Vois comme il est vigoureux et affamé. C'est un beau garçon, Dame Arielle.

Elle voulut le poser sur la poitrine de la jeune mère, mais elle s'immobilisa, interdite.

— Oh, Dame Arielle, Dame Arielle !

Renata lui prit le bébé des bras.

— C'est mon enfant maintenant, comme je l'ai promis à Arielle. Il sera élevé en frère de mon propre fils, jusqu'à l'époque où je l'enverrai prendre sa place dans la société près de son père.

Elle rendit le nourrisson à Doria. Puis, pleurant à chaudes larmes, elle prit la main inanimée d'Arielle et la baisa une dernière fois.

A des miles de distance, dans la Tour de Hali, le plus jeune Gardien, voyageant dans le surmonde pour une affaire personnelle, vit l'esprit d'Arielle franchir doucement la frontière qu'aucun vivant ne peut passer, et la tempête psychique de sa colère et de sa douleur secoua la Tour jusqu'en ses fondations.

Dehors, les premiers rayons du soleil levant rayaient de rouge la surface du lac. De la fenêtre, Ari Ridenow regardait l'aube se lever, avec un mélange d'impatience et de résignation. Il était arrivé à la Tour de Hali une heure plus tôt, après avoir chevauché toute la nuit, et il était fatigué et affamé. Il était plus que prêt à suivre un guide, n'importe lequel, qui le conduirait de la salle des visiteurs dans la Tour proprement dite.

Non qu'il n'eût pas envie d'étudier dans une Tour; il aurait été parfaitement heureux de séjourner un an à Tramontana, proche de son foyer et de son frère adoptif, Brenton Aldaran. Ari n'avait pas d'autre maison, pas d'autre famille. Sa mère, Arielle Di Asturien-Ridenow était morte en le mettant au monde, et il ne tenait rien de son père, Régis Ridenow, si ce n'est le nom. Il ne l'avait même jamais vu.

Et maintenant, Dame Renata le rejetait elle aussi. Il se demanda s'il était d'extraction trop basse, trop humble, pour être le *bredu* de son fils. Le fait que sa propre mère eût autrefois travaillé à Hali fournissait un prétexte commode pour le renvoyer. Pensant à sa mère adoptive, il eut l'impression qu'elle était toute proche, mentalement liée à lui, et non dans le lointain Domaine d'Aldaran. Il secoua la tête. La faim et la fatigue lui donnaient d'étranges hallucinations ; Dame Renata était bien loin de Hali.

La Tour de Hali. Il répéta le nom et soupira. Dieux, comme il regrettait d'être là. Jusque dans les lointaines Heller, Ari avait entendu des propos inquiétants sur le Premier Gardien de la Tour de Hali, monstre du *laran* qui vivait uniquement pour son travail ; froid, presque inhumain dans la discipline qu'il imposait à lui-même et à ses télépathes. On disait que Coryn Hastur ne permettait pas au plus léger contact humain de perturber sa concentration.

Et ce n'était pas le pire. Le Gardien de Hali avait l'obsession des armes : missiles de *feuglu*, matrices-pièges, et le nouveau et terrible fléau de la *poudre ronge-squelette*, qu'il était le seul à savoir fabriquer. Si Allart Hastur d'Elhalyn, le Roi de Thendara, n'avait pas été un homme juste et raisonnable, la planète entière aurait plié le genou devant le trône de Thendara. Mais le roi avait interdit l'usage de la nouvelle arme redoutable. Pour la première fois depuis des générations, une paix universelle faisait taire le querelles incessantes des Domaines. Et ceux des basses terres l'avaient baptisée, avec une sombre ironie, la Paix du Gardien.

Ari frissonna, sachant qu'aucune arme, une fois découverte, ne restait à jamais inutilisée bien longtemps. Il n'avait pas besoin de *laran* pour prévoir un temps où tous les Domaines seraient ravagés par ce nouveau fléau. En ce moment même, le bruit courait que les *leronyn* d'Ardais étaient près de découvrir le secret de sa fabrication. Rien ne ferait rentrer le génie dans la bouteille, Ari le craignait. Et pourtant, incontestablement au courant de tout cela, Dame Renata, sa mère adoptive, l'avait envoyé à la Tour de Hali. Il n'arrivait pas à comprendre pourquoi.

Mira Lanart, la plus ancienne télépathe de Hali, sentit l'impatience croissante du jeune homme dans la salle des visiteurs, et fit discrètement signe à Coryn qu'il était temps de libérer le cercle. Le travail de la nuit était terminé, et tous avaient besoin de repos.

La réponse irritée du Gardien lui parvint par le rapport : *devons-nous nous plier à la volonté de ce prétentieux Ridenow ?* Mais il relâcha légèrement son emprise sur le cercle, reconnaissant par là que son second argument était valable : ils étaient tous fatigués.

C'est aussi le fils d'Arielle, rétorqua Mira, sans se soucier si d'autres que Coryn l'entendaient. *Nous qui étions ses amis devons nous montrer bienveillants à son égard par amour pour elle*. Coryn ne répondit rien. Elle ne s'attendait pas à une réponse.

Elle regarda Coryn agiter une main fine mais forte pour rompre le lien. Son visage, en dépit de longues cicatrices rouges, séquelles d'un lointain accident, était le masque parfait de l'arrogance des Hastur sous ses cheveux couleur de flamme, à peine rayés de quelques fils gris. C'était un visage que Mira connaissait bien ; elle était déjà une technicienne expérimentée lorsque Coryn était arrivé à Hali.

Toujours sans dire un mot, Coryn quitta la salle. Il ne dînait plus avec le cercle, mais prenait ses repas seul. Mira le regarda partir avec tristesse. Pour une fois, n'aurait-il pas pu rester en leur compagnie, redevenir le jeune homme rieur dont elle conservait le souvenir ? Elle détourna les yeux de sa silhouette qui s'éloignait. C'était sans doute un rêve impossible.

Sans enthousiasme ni appétit, elle se força à avaler quelques fruits et gâteaux. Même monitorer exigeait de l'énergie, et à son âge, elle devait avoir soin de la renouveler.

Ayant fini de manger, elle sortit de la salle, descendit l'escalier, et après avoir enfilé de longs couloirs, arriva enfin à la salle des visiteurs. Elle franchit le champ de forces et, pour la première fois, elle vit le fils d'Arielle.

Et ce qu'elle vit faillit lui arrêter le cœur. Le jeune homme n'avait rien d'Arielle, et il n'était certainement pas Ridenow. Elle aurai reconnu ce visage entre mille. Les yeux, les cheveux, le port de tête arrogant. Comme ils étaient semblables ! Renata n'aurait pas dû le leur envoyer comme ça, elle aurait dû les avertir. Puis elle sentit que le jeune homme avait conscience du choc qu'elle venait de subir, et elle barricada vivement ses pensées.

— Je suis Mira Lanart. J'ai connu ta mère quand elle vivait ici.

Le jeune homme s'avança avec un sourire timide.

— Dame Renata m'a parlé de toi ; elle m'a dit que tu étais gentille.

Mira lui rendit son sourire. *Peut-être pas si semblables que ça,* pensa-t-elle. *Il lui manque l'arrogance et le charme désinvolte. Il y a en lui quelque chose d'Arielle, tout compte fait.* Tout haut, elle dit :

— Sois le bienvenu à Hali, petit frère. Ta mère adoptive nous a dit beaucoup de bien de toi. Elle est certaine que tu as l'étoffe d'un Gardien.

Ari soupira.

— Pardonne-moi, Dame Mira, mais je n'ai aucun désir de passer ma vie à la Tour. Dans un an ou deux, peut-être que Dame Renata reverra sa position et me rappellera à Aldaran.

Mira pencha la tête.

— Oui, pourquoi pas ?

Derrière ses barrières mentales, elle faillit maudire Renata qui avait envoyé le jeune homme à Hali sans l'informer de son lignage. Elle se força à sourire.

— Viens. Tu as fait un long voyage et tu dois être fatigué.

— Un peu.

De nouveau l'hésitation, la timidité. *Non, il n'est pas du tout comme Coryn. Pas pour les choses qui comptent.* Mira le prit doucement par le bras, lui fit franchir le champ de forces, et le conduisit à l'appartement qu'on lui avait préparé.

Plus tard dans la journée, Dyan Syrtis, le voisin d'Ari, passa la tête dans sa chambre.

— Salut. Tu as fini de défaire tes bagages, à ce que je vois.

Ari sourit.

— Entre, cousin.

Tout lien consanguin entre Ari et Dyan, si même il existait, était ténu et lointain ; il se servait du terme familial comme marque de courtoisie amicale. Dyan était déjà passé le voir le matin, et Ari avait instantanément éprouvé de la sympathie pour le visage ouvert du jeune Syrtis.

Dyan entra et inspecta lentement la pièce.

— Pas mal. Confortable, bien qu'un peu simple.

Il se laissa tomber dans un fauteuil.

— Sais-tu quand tu seras testé ?

Ari secoua la tête.

— Non. Dame Mira a dit que je devais me reposer d'abord. Elle m'enverra chercher demain, peut-être, ou alors le lendemain. Dis-moi, le test est très difficile ?

— Pas du tout. L'un des Gardiens va te regarder, c'est tout.

Dyan agita une main vigoureuse, et ajouta :

— J'espérais pouvoir faire un Gardien, mais il paraît que je serai meilleur en technicien.

— Tu veux dire que tu as l'intention de rester ici toute ta vie ?

Dyan éclata de rire.

— Pourquoi pas ? Je suis le plus jeune de ma famille et je n'aurai pas de terres. A la Tour, je n'aurais pas à supporter les querelles familiales incessantes. Ce n'est déjà pas si mal.

— Mais il paraît que le Premier Gardien est un démon, qui pousse ses télépathes au-delà de leur endurance.

— Ah oui, Coryn Hastur, dit Dyan, faisant la grimace. Mais je n'aurai pas grand-chose à faire avec lui. Leander Aillard est le Gardien de mon cercle, et c'est un homme très agréable. On te destine aussi à notre cercle, je crois.

Dyan sourit.

— Et à propos de mon cercle, je ferais bien d'aller me reposer. Ce soir, nous allons extraire des métaux. C'est ce qu'il y a de pire. Tu verras.

Il se leva pour partir, avec un sourire jusqu'aux oreilles.

En robes écarlates, Leander Aillard, Troisième Gardien de Hali, tenait une pierre-étoile dans une main à six doigts. Derrière lui, Mira Lanart et Barak MacAran installaient une rangée de chandelles. Ari avait fait la connaissance de Barak, gros ours d'homme sur le retour, la veille au dîner, et il lui avait plu tout de suite. Il n'avait pas encore aperçu Coryn Hastur, mais cela n'avait rien d'anormal, lui avait-on dit. Le Premier Gardien restait presque toujours seul quand il ne travaillait pas dans les cercles.

Leander leva lentement une pierre-étoile dans sa main pour attirer l'attention d'Ari.

— Regarde dans les profondeurs de la pierre, et pense à des flammes.

Ari fit ce qu'on lui demandait. Quand il leva les yeux, il vit que toutes les chandelles étaient allumées. Derrière Leander, Mira et Barak se regardèrent.

— Maintenant, dit Leander, regarde la pierre et vide ton esprit. Tu crois pouvoir faire ça ?

Ari hocha la tête. Il l'avait déjà fait pour Dame Renata, lors des premiers accès de la maladie du seuil. C'était facile.

Il flottait entre le temps et l'espace, vaguement conscient du contact mental de Leander. Au bout d'un moment — Ari ne sut jamais ce qu'il dura — Leander rompit le lien et Ari revint à lui. Leander souriait.

— Tu as l'étoffe d'un Gardien, jeune homme. Et d'un bon, je crois. Talent qui n'est que trop rare de nos jours.

Ari sentit le cœur lui manquer. Ce n'était pas le destin qu'il s'était choisi, mais tout semblait le pousser dans une voie qui ne lui plaisait pas.

— J'en discuterai avec ma mère adoptive. Je n'ai aucun désir de devenir Gardien, mais si telle est sa volonté, je devrai m'incliner.

Il s'excusa poliment et sortit.

Après son départ, Leander se tourna vers Mira et Barak en disant :

— Il a le *laran* des Hastur. Et puissant. Il n'a rien d'un Ridenow et très peu d'un Di Asturien.

Leander termina en haussant un sourcil interrogateur. Mira soupira.

— Il tient beaucoup de son père.

Le regard de Leander resta plein d'interrogations.

— Le fils de Coryn, dit doucement Barak.

Le Gardien ouvrit ses longues mains à six doigts en un geste de surprise.

— Dieux ! Coryn sait ?

Mira secoua la tête.

— Non, il ne l'a pas encore vu. Tu n'as pas connu Coryn jeune homme, mais Ari est son portrait craché. Et il semble avoir aussi hérité de son *laran*. Coryn le saura tôt ou tard. Même s'il est absorbé en lui-même au point qu'il ne reconnaisse pas ses traits dans ceux d'Ari, il réalisera que le *laran* des Hastur ne peut venir que de lui.

Elle poussa un profond soupir.

— Dommage, mais on ne peut rien y faire.

Leander fronça les sourcils, perplexe.

— Pourquoi voudrais-tu cacher sa parenté ? Etant donné sa dévotion aux Tours, Coryn sera sans doute content de trouver un Gardien potentiel, quelle que soit son ascendance.

Cette dernière remarque fut faite sur un ton sarcastique. Les deux sous-Gardiens n'aimaient guère Coryn.

Barak secoua lentement sa grosse tête d'ours.

— Ce n'est pas si simple. Ça ne me dit rien qui vaille. Renata aurait dû nous prévenir.

Il croisa ses bras puissants sur sa large poitrine.

— Tu n'étais pas là quand Arielle est morte, dit-il à Leander. Il y a quinze ans de ça. Quand Coryn a appris la mort d'Arielle, il a failli devenir fou de rage et de douleur, et sa colère a fait trembler la Tour sur ses fondations. Il a fallu les efforts de tout un cercle, avec un Gardien Alton, pour le maîtriser. Tu te rappelles, Mira ?

Elle se laissa choir dans un fauteuil.

— Je n'ai pas oublié; plût aux Dieux que je le puisse, dit-elle, se frictionnant le visage avec lassitude. Toi, Leander, tu ne vois en Coryn qu'un Premier Gardien très dur au caractère épouvantable, mais quand il était jeune, il pouvait être...

Elle hésita, cherchant le mot juste, puis sourit quand elle l'eut trouvé.

— Il pouvait être charmant. Oh, il a toujours été un peu obsédé par son travail, mais il était assez humain. Après cette nuit fatale, il a changé, il est devenu tel que tu le vois maintenant, refusant le moindre contact humain pour ne pas perturber sa concentration. En quinze ans, il n'a jamais ri ni pleuré. Il s'est barricadé derrière les murs de son *laran*, se cravachant impitoyablement pour devenir le réceptacle parfait de ses dons.

Mira s'interrompit un instant pour reprendre son souffle.

— Ce fut son choix, tu comprends? Il aurait pu épouser Arielle, mais il n'a pas voulu renoncer à son travail à la Tour. Alors Arielle est partie, et son père l'a mariée à Régis Ridenow. Coryn a toujours pensé qu'elle était morte en donnant un fils aux Ridenow. Et il en a éprouvé à la fois colère et remords. Colère qu'Arielle ait donné sa vie pour un Ridenow — car elle avait assez de *laran* pour se monitorer et reconnaître que le foetus avait des gênes meurtriers. Et remords, parce que c'était à cause de lui qu'elle avait accepté ce mariage qui l'avait tuée, du moins le pensait-il.

Elle soupira une fois de plus.

— Tu le connais tel qu'il est maintenant. Tu crois qu'il a toujours été ainsi.

Elle branla du chef.

— Il y a des moments où j'ai envie de pleurer pour ce qu'il a perdu en perdant Arielle.

Barak traversa la pièce et regarda dans la cour par l'étroite fenêtre.

— A l'époque, il était déjà dangereux, dit-il, mais

maintenant, il pourrait fendre la planète en deux s'il le voulait.

Mira se tourna vers Barak, et contempla un instant sa silhouette, détachée sur le mur de pierre, puis elle haussa les épaules.

— Mais il se peut que nous nous inquiétions sans raison. Coryn n'est plus guère sujet aux émotions. Il lui sera peut-être indifférent qu'Arielle soit morte en accouchant de son fils, et non d'un fils Ridenow comme il l'a toujours cru. Ou peut-être que ça lui fera du bien, qu'il redeviendra un être humain, et non plus le monstre de *laran* qu'il est devenu, termina-t-elle en frissonnant.

Barak se tourna vers elle, le visage soucieux.

— J'aimerais mieux ne pas prendre ce risque, les Dieux m'en sont témoins.

— Nous n'avons pas le choix, dit Leander. Il faut lui dire que ce jeune homme a le Don des Hastur. Après quoi, il pourra tirer ses propres conclusions.

Leander se leva.

— Attends, Leander, dit Mira. Laisse-nous l'avertir. Nous étions ses amis autrefois.

Leander haussa les épaules.

— Comme vous voudrez.

Il sortit, ses robes écarlates frémissant derrière lui.

— Pourquoi fais-tu cette tête ?

Dyan donna une bourrade à Ari et s'assit à côté de lui dans un fauteuil.

La salle commune était presque déserte à cette heure de la soirée où les travailleurs des matrices se préparaient pour le travail de la nuit, et Ari avait pensé qu'il y serait tranquille. Mais il ne fut pas mécontent de voir Dyan, dont la présence enjouée le fit presque sourire. Presque. Il était encore trop plein de sa malchance pour avoir le cœur à s'amuser.

— On dirait que tout conspire à faire de moi un Gardien. Je vais suivre la formation.

Dyan siffla doucement entre ses dents.

— Félicitations. Tu seras Ari de Hali en son temps. C'est aussi bien que d'être héritier d'un Domaine. Peut-être mieux, car tes fils ne se battront pas pour tes dépouilles avant même que tu sois mort !

Cette fois, Ari sourit.

— Je voudrais avoir ton goût pour cette charge. Moi, je prie toujours que Dame Renata me permette de rentrer à la maison.

Pensant à Renata, il eut de nouveau l'impression qu'elle était toute proche. Fatigue et mal du pays, se dit-il, se renfonçant dans son fauteuil. Dyan se leva et alla regarder par la fenêtre.

— Tu finiras par te plaire ici, tu verras. La vie dans une Tour a ses compensations.

Il montra la cour, deux étages plus bas.

— Tiens, regarde, voilà Coryn Hastur. Tu l'as déjà vu ?

Ari secoua la tête, puis rejoignit Dyan à la fenêtre. A travers les légères volutes de brume, il distingua une silhouette en robes écarlates se promenant le long du lac. Ari haussa les épaules.

— Il a l'air assez ordinaire.

— Oh, il ne paye pas de mine, dit Dyan avec un grand sourire. Longiligne comme toi. En fait...

Il regarda Ari comme s'il le voyait pour la première fois.

— Tu lui ressembles, reprit-il en riant. Le visage d'Hastur est plein de cicatrices, suites d'un accident des matrices, mais sinon, la ressemblance est frappante. Comme c'est bizarre !

Dyan continua à étudier le visage d'Ari, manifestement perplexe.

— Les Di Asturien sont apparentés aux Hastur, dit Ari, mal à l'aise sous le regard scrutateur de Dyan, et détournant le visage. La ressemblance me vient peut-être de la famille de ma mère.

Dyan hocha la tête, puis se remit à rire.

— Avec le programme de reproduction sélective, nous devenons tous tellement consanguins que, dans une génération, ça ne m'étonnerait pas qu'on ait tous la même tête.

Ari considéra le rude visage de Dyan, si différent de ses traits délicats. Malgré lui, il sourit.

— Je crois qu'il n'y a pas de danger, mon ami.

Dyan, percevant sa pensée, rit une fois de plus.

— Non, nous ne nous ressemblons guère, mais toi, tu ressembles vraiment au vieux Hastur. Je m'étonne de ne pas l'avoir remarqué plus tôt.

— Quelle importance ? dit Ari, haussant les épaules.

Pourtant, quelque chose en lui, qu'il s'efforça d'ignorer, lui disait que cette ressemblance pourrait se révéler très importante.

Le lendemain à la tombée de la nuit, Mira vint voir Ari dans sa chambre. Il leva les yeux avec un sourire tremblant.

— Je croyais que je serais affecté au cercle de Leander, dit-il, d'un ton un peu surpris. A moins que tu viennes me voir par amitié ? Dans ce cas, tu m'en vois honoré.

Son sourire s'élargit.

Mira secoua la tête.

— Tu vas repasser le test. Tu as un *laran* rare et inattendu, et il vaut mieux que le Premier Gardien te teste avant qu'on t'assigne à un cercle.

Elle le vit pâlir en se levant pour la suivre.

— Ce n'est pas un ogre, dit-elle, plus acerbe qu'elle n'aurait voulu.

— Non, *vai leronis*, je le sais bien. C'était autrefois un ami de ma mère adoptive, et aussi de ma mère, à ce que j'ai compris.

— Oui, en effet, dit doucement Mira, refermant la porte derrière lui. Bon, suis-moi.

Elle le précéda dans le couloir, jusqu'à la petite pièce où Coryn et Barak les attendaient. Ils avaient tous leur tenue de travail : Coryn les robes écarlates de Gardien, Barak, les robes bleues de technicien, et Mira, les robes blanches de monitrice. Seul Ari semblait déplacé, perdu et désorienté. *Oh, Renata,* pensa Mira, abritant soigneusement sa pensée pour que personne ne puisse l'entendre, *pourquoi nous l'as-tu envoyé ainsi, si seul et vulnérable ?*

Puis Mira tourna son attention sur Coryn. Elle retint son souffle quand le regard du Gardien passa sur l'adolescent, mais il ne donna aucun signe de la réaction qu'elle redoutait et espérait à la fois.

— Tu ne ressembles guère à ta mère, dit simplement Coryn.

Elle avait espéré qu'il suffirait de lui montrer Ari. Elle regarda furtivement Barak, qui haussa les épaules. Ils avaient passé des heures à chercher un moyen d'informer Coryn, mais avaient conclu à la fin qu'une confrontation directe serait nécessaire. Coryn était trop têtu et orgueilleux pour les croire sur parole. Il fallait que Coryn entre en rapport avec Ari.

Elle fit un signe de tête à Barak, qui vint se placer derrière elle.

— Tu veux commencer ? dit-il à Coryn.

Le Gardien hocha la tête.

— Rien ne presse, Barak. Et je ne vois pas pourquoi tu as insisté pour être là. Une monitrice aurait suffi.

— J'ai mes raisons, dit Barak avec fermeté, croisant les bras sur sa vaste poitrine.

Malgré l'atmosphère tendue, Mira faillit sourire. Même Coryn n'avait jamais pu empêcher Barak de n'en faire qu'à sa tête.

— Très bien, dit Coryn, sortant une matrice vierge de sa poche, et se tournant vers Ari. Voyons si tu peux accorder tes résonances avec les miennes.

— Oui, *vai tenerezu*, dit Ari.

Mira nota avec satisfaction qu'il avait parlé d'une voix ferme, bien qu'il eût peur de Coryn, comme pratiquement tout le monde hors de la Tour ; mais il ne trahissait pas sa crainte.

Coryn et Ari laissèrent leur esprit conscient entrer dans la pierre-étoile, en rapport avec Mira, qui était liée également avec Barak, son ami et son ancre. Et au moment terrible de la réalisation qui fracassa le lien entre le Gardien et l'adolescent, ils maintinrent Coryn sous leur emprise mentale.

Coryn se leva d'un bond, ses cicatrices rouges ressortant violemment sur son visage devenu livide. Il rompit le lien qui l'attachait à Mira et Barak.

— Dieux, non ! Arielle ! hurla-t-il. Pourquoi ne m'avez-vous rien dit ?

Ari s'effondra sous le contrecoup, mais Mira et Barak lui firent un bouclier mental et lui épargnèrent le pire. *Occupe-toi de Coryn*, dit Mira à Barak, prenant l'adolescent dans ses bras.

Coryn avait déjà passé la porte.

— Coryn attends, cria Barak, en le suivant.

Mira eut vaguement conscience de l'esprit de Barak cherchant celui de Coryn, le trouvant, l'apaisant, puis elle consacra toute son attention à Ari.

— Mon père, murmura-t-il. Dieux ! Pas étonnant que Dame Renata m'ait renvoyé. Je vais aussi devenir un monstre ?

Mira lui releva le menton et planta son regard dans ses yeux gris-vert.

— Ce n'est pas un monstre, dit-elle. Il a beaucoup de belles qualités. Comme toi.

— Pourquoi ma mère adoptive ne m'a-t-elle rien dit ? demanda Ari. Toutes ces années que je ne comprenais pas pourquoi les Ridenow ne voulaient pas de moi ! Toutes ces années !

Il secoua la tête, et une grosse larme coula lentement sur sa joue, qu'il essuya avec colère.

Mira, en rapport léger avec lui, vit que la blessure n'était pas fatale. Il était aussi résistant qu'elle l'avait jugé. Puis elle sentit une autre présence dans le lien mental avec Ari.

— Renata ? dit-elle tout haut.

Non, elle ne se trompait pas. Oui, dans l'esprit de son fils adoptif, c'était bien la Dame d'Aldaran.

— Oui, c'est moi, dit la voix de Renata.

Devant eux, l'air chatoya et prit la forme d'une femme

que Mira se rappelait bien : petite, mince, avec un nez retroussé semé de taches de rousseur, une bouche bien fendue, de grands yeux noirs lumineux, et des cheveux couleur de cuivre sans un fil blanc.

— Maman, dit Ari, comment peux-tu être là ?

— Je ne suis pas là, dit la voix de Renata, mais toujours à Aldaran. Ce que tu vois n'est qu'une projection. Avant ton départ, j'ai accordé ma pierre-étoile sur la tienne, afin d'être toujours en contact avec toi. Ne pense pas que je t'aie déserté, mon fils. Je t'aime toujours autant.

— Renata, qu'as-tu fait ? dit Mira. En souvenir de tant de vieilles amitiés, la tienne et la mienne entre autres, tu aurais dû nous prévenir.

— Je ne pouvais pas, *breda*, répondit Renata et pourtant, ce n'était pas l'envie qui me manquait. Quand Arielle est venue chez moi, rejetée par les Ridenow à cause de l'enfant qu'elle portait, elle m'a fait promettre de n'informer personne de son lignage, et de l'envoyer à son père le moment venu. Je ne pouvais pas faillir à cette promesse. Mais j'ai suivi Ari pas à pas ; je n'aurais pas permis qu'il lui arrive malheur.

Et Renata avait le Don des Alton, se rappela Mira. Pendant un certain temps, elle pouvait maîtriser mentalement n'importe qui, même Coryn.

Ari leva au ciel des yeux désespérés.

— Ainsi, ma mère a été bannie à cause de moi. Je suis doublement maudit.

— Il ne faut pas dire ça, répondit Renata. Laisse-moi plutôt te parler de ta mère et de ton père, et t'expliquer la situation.

— Eh bien, je vais vous laisser, dit Mira, afin que vous puissiez discuter tranquillement.

Elle alla retrouver Coryn, dont elle se doutait qu'il avait plus besoin d'elle que le jeune homme. Elle le trouva dans son appartement, assis, muet, près de Barak. A son entrée, Barak échangea un regard entendu avec elle, puis les laissa seuls.

— Coryn, je... commença Mira, mais Coryn l'interrompit.

— Il y a longtemps que tu sais ? demanda-t-il, sans la regarder en face.

— Non, seulement depuis son arrivée. Son visage, le tien, une telle ressemblance.

Coryn se tourna vers elle, et elle recula devant la douleur qu'elle lut dans ses yeux.

— Pourquoi, Mira ? Pourquoi ne m'a-t-elle rien dit ? Pourquoi s'est-elle laissé mourir pour mon enfant ? Dieux, comme elle a dû me haïr !

— Non, Coryn, elle t'aimait, dit doucement Mira. Tu ne dois jamais en douter.

Elle voulut lui toucher la main, mais il la retira en secouant la tête.

— Non Mira, dit-il avec tristesse, ne me touche pas. Il me faudra du temps pour défaire ce que je me suis fait à moi-même.

— Tu veux que je reste avec toi ?

— Non, ça ira.

Elle inclina la tête, sentant du fond du cœur qu'il disait la vérité. Malgré sa douleur, malgré les souvenirs qui le hantaient, il deviendrait finalement l'homme qu'il aurait dû être.

— Tu nous honores, *vai tenerezu*, dit-elle, et elle sortit.

De retour dans sa chambre, épuisé par les événements de la nuit, Ari s'assit sur son lit, trop hébété pour réfléchir à ce qu'on venait de lui révéler. Il avait quand même une idée à laquelle se raccrocher. Renata lui avait promis que, si à la fin de l'année, il ne désirait pas rester à Hali, il pourrait revenir à Aldaran où elle lui ferait une situation honorable. Elle l'aimait. Brenton l'aimait. Il aurait toujours un foyer.

Mais était-ce cela qu'il désirait ? Il ne le savait plus. Il faillit rire de sa propre perversité. *Qu'on me refuse quelque chose, et je le désire d'autant plus*, pensa-t-il. *Qu'on me le donne librement, et je ne sais plus quoi choisir* ! En tout cas, il n'avait pas besoin de se décider tout de suite.

Il s'allongea, pensant sérieusement à se préparer pour la nuit, quand on frappa à sa porte.

— J'ai sommeil, Dyan, cria-t-il. Ça peut attendre jusqu'à demain ?

— Ce n'est pas Dyan, répondit une voix étouffée par la porte. Je peux entrer ?

Le cœur d'Ari se mit à battre plus fort quand, par le *laran*, il reconnut son visiteur. Il se leva et ouvrit la porte.

Le Premier Gardien de la Tour de Hali entra dans la chambre. Sans ses robes écarlates, c'était un homme sans rien d'extraordinaire, plutôt petit et mince, comme Ari lui-même. Et Ari vit que les yeux du Gardien avaient perdu leur arrogance, et étaient maintenant vulnérables et compatissants, véritables fenêtres de l'âme.

— Il y a certaines choses que je voudrais te dire, dit le Gardien à voix basse.

Poliment, Ari lui indiqua un fauteuil et s'assit en face de lui sur le lit.

— Je voudrais te parler de ta mère, dit-il.

Tendant la main, il l'arrêta au-dessus de celle d'Ari.

— Ça te ferait plaisir ?

Ari acquiesça de la tête et Coryn laissa sa main descendre. Ari sentit un petit picotement pas déplaisant, comme un léger choc électrique, quand, pour la première fois depuis quinze ans, Coryn Hastur, Gardien de la Tour de Hali, toucha un autre être humain.

Cultiver son laran, *c'est très bien, mais la vie dans une Tour peut être un véritable bagne. Il y a d'autres manières de trouver l'harmonie.*

XVI
LE PRIX DE LA VICTOIRE

de Patricia B. CIRONE

La vieille sangle usée cassa d'un coup sec, et Grai tomba dans une avalanche de selle, fontes et bagages. *Et voilà pour mon arrivée majestueuse*, pensa-t-il, les yeux à un pouce du sol et les joues cramoisies.

— Tu t'es fait mal, Maître Grai ?

Le bon gros Timmen sauta à bas de son cheval et remit Grai sur ses pieds avec une aisance souveraine. Il épousseta Grai de ses mains grandes comme des battoirs.

— Ça va, dit Grai avec humeur en repoussant ses mains.

C'était déjà assez contrariant d'être tombé de sa monture, il ne voulait pas avoir l'air d'avoir besoin d'une nounou, en plus.

— Très bien, Maître Grai, répondit Timmen avec raideur. Faut-il mettre les chevaux à l'écurie ?

Par Avarra, voilà qu'il l'avait vexé, maintenant. L'un des rares qui lui eût manifesté quelque bonté au cours des dures années solitaires de sa courte vie.

— Je... commença Grai.

— Très bonne idée, l'interrompit une voix suave. Ici, à la tour, nous n'avons pas de palefreniers, alors, c'est chacun pour soi, et le jeune... Grai, c'est bien ça ?... sera très occupé.

L'élégant étranger congédia Timmen d'une main désinvolte, et Grai entendit le claquement creux des sabots qui s'éloignaient. Il se força à ne pas les regarder partir avec nostalgie.

— Ainsi, tu viens pour tester et former ton *laran*, dit l'étranger, toisant lentement Grai des pieds à la tête. Eh bien, on peut déjà dire que tu as le *physique*, observa-t-il finalement.

Ni le ton de sa voix, ni l'éclat de son œil n'étaient spécialement bienveillants.

— Le physique ! Dégénéré, oui ! lança quelqu'un d'une fenêtre donnant sur la cour.

— J'te parie qu'c'est un *emmasca*, ajouta une autre voix ricanante.

Grai maintint fermement son regard sur celui qui l'avait accueilli, maudissant intérieurement ses cheveux blanc argenté, ses mains à six doigts, et son corps si svelte qu'il semblait dépourvu de squelette. Il était blessé. Il s'était dit qu'ici, au moins...

— Bon, nous verrons. Viens. Je vais te montrer ta chambre. Au fait, je suis Rudir, le Gardien.

— Je... je suis honoré, *vai dom*, que tu viennes m'accueillir en personne.

— C'était mon tour, répondit Rudir. Ici, à la Tour, nous nous relayons pour les corvées, dit-il d'un air hautain. Cela va te changer. Plus d'armées de serviteurs, plus de banquets somptueux.

Il ouvrit une porte.

— Pas d'appartements de satrape.

Rudir étrécit les yeux, attendant sa réaction.

Pour une fois, Grai se félicita que son visage, hérité d'un lointain ancêtre *chieri*, fût difficile à lire. Seuls ceux qui le connaissaient intimement avaient appris à déceler les infimes changements trahissant ses émotions.

Grai se contenta de hocher la tête et posa ses affaires dans la chambre, guère plus grande qu'un placard. L'autre soupira, apparemment déçu.

— Ce n'est pas souvent que nous recevons ici de jeunes roitelets. En général, ils exigent que les techniciens abandonnent toute activité valable pour les suivre comme des toutous jusqu'à ce que leur *laran* soit assez formé pour se permettre de se détruire les uns les autres. Ici, tu laisseras ton rang à la porte. A la Tour, seul compte le *laran*. Et tant que tu n'auras pas prouvé que tu le possèdes dans toute sa puissance et que tu peux le manipuler sans effort, tu ne seras rien. Terrible changement pour toi, sans aucun doute.

Sur quoi, il tourna les talons et sortit.

Grai avait envie de lui dire qu'étant le septième fils dégénéré d'un petit roi de troisième catégorie, perpétuellement embarqué dans les guerres des autres, il avait eu l'impression de n'être rien toute sa vie. Mais ça n'aurait servi à rien. A l'évidence, le Gardien n'aimait pas les nobles ; c'était sans doute un fils *nedesto*, et il en souffrait encore. Protester n'aurait fait qu'apporter de l'eau à son moulin. La seule façon d'agir avec ce genre d'homme, c'était de travailler dur et de lui *montrer* qui il était.

Ce qu'il ferait. Grai n'était pas venu pour apprendre le *laran* qui abrutit l'esprit et lance des armes destructrices. Rudir avait dit, avec juste raison, qu'il aurait pu apprendre ça chez lui. Il était venu pour apprendre le *vrai laran*, celui qui construits des Tours magnifiques et des routes lisses, celui qui fait pleuvoir sur les cultures et nourrit la terre. C'était pour ça qu'il chevauchait depuis quinze jours, après avoir abandonné famille, rang, et la dernière guerre de son père.

La salle des tests était plus grande que sa chambre, mais tout aussi nue. Deux hautes fenêtres laissaient entrer la lumière matinale — ce qui le changeait agréablement des fenêtres aveuglées du château de son père.

— Pourquoi es-tu venu ? lui demanda brutalement l'homme après le test.

— Pour être entraîné à l'usage du *laran.*

— Qui t'a dit que tu en avais ?

— Quoi ? Tout le monde l'a dans ma famille. Et le *laranzu* itinérant... il m'a examiné.

— Il t'a dit que tu avais le *laran ?*

— Enfin, il a dit qu'il était sans doute bloqué. Et que

les experts de la Tour pourraient sans doute le débloquer.

— Nous ne pouvons pas « débloquer » ce qui n'existe pas, dit l'homme, l'air exaspéré.

— Mais il a dit que j'avais des énergies.

— *Tout le monde* a des *énergies.* Ça veut dire simplement que tu n'est pas *mort.*

Le *laranzu* se leva, époussetant le devant de ses robes comme si la proximité de Grai l'avait souillé.

— Ça veut dire qu'on va me renvoyer chez moi? demanda Grai d'une toute petite voix, se raidissant en l'attente du verdict.

Mauvais cavalier, mauvais épéiste, et même mauvais étudiant. Il avait tendance à s'engager sur des voies auxquelles personne n'avait pensé — et qui n'intéressaient personne. Il n'avait jamais pensé qu'il n'avait pas le *laran*, même s'il n'avait jamais subi les affres de la maladie du seuil comme la plupart des jeunes nobles. Lui et sa nourrice pensaient simplement que, bon, son physique...

S'il n'avait pas le *laran* non plus, il pouvait aussi bien disparaître au fond du Lac de Hali. Son père n'avait nul besoin d'un septième fils, comme il le lui avait dit bien souvent, et encore moins d'un bon à rien.

— Non, soupira le *laranzu.* Autant que tu restes jusqu'au retour de Louro. En général, c'est lui qui teste les candidats, mais en ce moment, il sert de nounou à un précieux petit prince. C'est rare, mais il arrive qu'un *laran* soit caché par des blocages naturels — non des blocages induits par le *laran*, et que tout amateur peut détecter — psychiques, comportementaux, ou autres. Je doute que ce soit ton cas, mais puisque tu viens de si loin, mieux vaut en être sûr.

— Quand? demanda Grai.

Mais son examinateur était déjà sorti.

Grai soupira. Il pensait que la vie dans une Tour serait différente, que le fait d'être ouverts aux émotions des autres, de travailler intimement esprit dans esprit rendait les gens plus gentils, plus... enfin, plus aimables. Mais on le traitait ici comme on l'avait toujours traité chez son père — en fils importun et inutile.

Il descendit aux écuries et tua deux heures à étriller son cheval qui l'était déjà. Il montait mal, peut-être, mais il aimait la compagnie des chevaux, de tous les animaux, en fait. Ils étaient apaisants au toucher, ils avaient un contact... « juste ».

Il n'avait jamais pu exprimer ce qu'il entendait exactement par « juste » ; certaines choses, comme les animaux, les plantes et le bois poli à la main, lui semblaient « justes », tandis que d'autres, comme le bruit, les armes, et, bon, tout ce qui était sexuel, et que les garçons étaient censés convoiter, lui semblaient « pas justes », ou du moins, « pas justes pour le moment ». Il soupira. Il avait essayé d'expliquer ça à ses frères, mais ils s'étaient moqués de lui et l'avaient traité de grand bébé. Peut-être qu'il l'était toujours, un bébé, tout en émotions et sans rien dans la cervelle.

Il quitta la salle et remonta dans sa chambre.

Personne ne l'appela pour le dîner. Peut-être que les télépathes étaient occupés par une affaire importante. Peut-être qu'on l'avait oublié, tout simplement. Peut-être qu'il ne devait pas attendre qu'on l'appelle. Grai n'avait pas envie de descendre pour déterminer laquelle de ces hypothèses était la bonne. Il ne mangeait jamais beaucoup de toute façon — un autre de ses défauts. Il se contenta de ce qui restait de ses provisions de voyage. Mais il devrait bientôt se renseigner sur le lieu et les heures des repas.

Après avoir mastiqué jusqu'à la dernière miette sa dernière ration, arrosée d'eau croupie de sa gourde, Grai se blottit dans l'embrasure de sa fenêtre et rêvassa tant et si bien qu'il s'endormit. Il le regretta au matin, quand il s'éveilla raide et les yeux larmoyants, avec le souvenir confus d'avoir erré toute la nuit dans la neige. Il s'étira et regarda dans la cour. Il n'y régnait pas le remue-ménage auquel il était habitué : pas de chevaux, isolés ou en formation, pas d'assauts d'escrime, pas de grosses voix aboyant des ordres aux serviteurs qui détalaient décharger les fournitures de guerre, telles que le nouveau *feuglu*.

Ici, tout était calme et silencieux. Deux silhouettes traversèrent la cour en grande conversation, sans la hâte fiévreuse des soldats de son père, et quelque chose dans leur attitude donnait à penser qu'ils discutaient d'affaires importantes. Et non qu'ils se livraient à des rodomontades sur leurs exploits guerriers, ou échangeaient des plaisanteries salaces.

Grai désirait désespérément rester ici. Ici, où le *laran* était un art, et non simplement un moyen de tuer ; ici, où la paix et l'harmonie régleraient ses journées, et où aucune voix de soudard ne parlait de guerre et de massacres.

S'il découvrait où déjeunaient les télépathes, il pourrait peut-être parler avec certains, commencer à nouer des amitiés, faire connaissance avec la vie exaltante d'une Tour.

Mais quand il trouva la cuisine (pas de salle à manger), il déjeuna tout seul.

— Le cercle est trop occupé pour perdre son temps à table, mon garçon, déclara dédaigneusement le serveur. Pas quand la moitié se lèvent avant l'aube pour travailler, tandis que l'autre moitié a travaillé jusque passé minuit dans les relais et est en train de dormir.

Déçu et embarrassé, Grai avala son porridge en silence.

Il en était de même des autres repas. Les télépathes ne mangeaient jamais à heures fixes, et quand ils mangeaient, ils attrapaient n'importe quoi à la hâte et l'emportaient sur leur lieu de travail, ou dans les chambres où ils se réveillaient ou se préparaient à dormir. Malgré ce que lui avait dit Rudir en l'accueillant, il y *avait* des serviteurs à la Tour, et les travailleurs des matrices *étaient* servis. Mais Rudir avait dit vrai sur un point : Grai ne l'était certainement pas.

En fait, découvrit-il le lendemain, il était censé payer sa nourriture en travaillant lui-même comme domestique !

— Viens avec moi, lui ordonna un jeune aux cheveux filasse et aux genoux cagneux nommé Foran.

— Louro est donc revenu ? demanda Grai avec espoir.

— Louro ne reviendra pas avant des semaines — peut-être des mois. Et en attendant, tu ne crois pas que tu va passer ton temps à te goinfrer sans rien faire, non ?

— Non, bien sûr que non. Mais qu'est-ce que je vais faire ? Si je n'ai pas de *laran*...

— Ce n'est pas le travail qui manque, roitelet. Travail qui nous libérera pour les tâches importantes.

Grai soupira. Il en avait assez qu'on le traite de roitelet. Le sobriquet de Rudir lui collait à la peau, et c'était toujours ainsi qu'on l'appelait — les rares fois où on lui adressait la parole.

— Je pourrais aider aux écuries, proposa-t-il.

Il aimait les chevaux, et de plus, il pourrait bavarder avec Timmen.

— A quoi faire ? ricana Foran. Cirer le parquet vide ? Tu ne crois pas qu'on a gardé tes bêtes à s'empiffrer toute la journée, non ? On les a renvoyées hier.

— Mais... pourquoi ne m'a-t-on pas prévenu ?

— Et qui es-tu pour qu'on te prévienne ? Ce n'est pas toi qui commandes ici, roitelet !

Mais j'aurais aimé leur dire au revoir, pensa Grai sans rien dire.

— Et si on doit me renvoyer dans ma famille ? demanda-t-il, redoutant cette possibilité, mais réalisant qu'il fallait l'envisager si Louro ne lui découvrait pas de *laran*.

— Alors, on leur enverra un message par les relais et tu attendras qu'on vienne te chercher, répliqua Foran avec suffisance. En attendant, voilà où tu vas travailler.

Il conduisit Grai au fond de la cour, dans une section qu'il n'avait pas encore vue, où des petits êtres couverts d'une épaisse fourrure faisaient des paquets qu'ils mettaient sur des charrettes.

— Ktel te montrera ce que tu dois faire, dit Foran, une lueur de pure malice dans l'œil. Tu devrais en être capable.

Foran tourna les talons et partit. Grai resta, bras ballants, se demandant où était Ktel. Il ne voyait aucun humain dans la cour.

L'un des petits êtres fourrés s'approcha.

— Viens, dit-il avec un fort accent. Je vais te montrer.

— On m'a dit d'attendre Ktel, dit Grai poliment, clignant les yeux de surprise.

— C'est moi.

Grai examina le petit être de plus près.

— Mais... tu es un Homme des Arbres ! dit-il, stupéfait.

Il avait entendu dire que ces créatures vivaient dans les montagnes, mais il n'en avait jamais vu. Il croyait qu'elles ne pouvaient pas survivre dans les basses terres.

— Non, grimaça l'autre. Les Mères étaient des Gens, mais nous...

Il haussa les épaules.

— ... on est juste des ouvriers. Adaptés. La *leronis* qui nous a fabriqués nous appelle des crailmen, mais en général, tout le monde dit cralmacs.

Il cligna ses grands yeux dans le soleil et retourna à son tas de paquets. Grai le suivit, comme hébété.

La journée ne fut qu'une longue torture dans le soleil et la sueur : se baisser et soulever, emballer et pousser. Les petits paquets enveloppés d'une épaisse toile cirée devaient être encore protégés par d'autres couches de l'étrange tissu, et placés dans de grands conteneurs métalliques. Quand l'un était plein, il était scellé puis hissé sur une charrette — en plus de Grai, il fallut au moins sept des petites créatures pour y parvenir.

Ils ne s'arrêtèrent même pas pour déjeuner. Il semblait

que les crailmen, ou cralmacs, ne mangeaient pas. Ou du moins, c'est ce que Ktel sembla lui dire quand Grai lui posa la question. Quelque chose dans le phrasé qui lui fit penser que c'était juste parce que les télépathes de la Tour avaient décidé qu'ils n'avaient pas besoin de manger. Grai ignora donc les grognements de son estomac et se remit au travail.

Quand le soleil rouge disparut enfin derrière les hautes murailles entourant la Tour, ils furent enfin autorisés à rentrer, manger un peu de pain et de fromage, et monter se coucher en titubant. Du moins, Grai titubait-il. Ktel et les autres semblaient habitués à ces travaux forcés.

Grai s'endormit avant que sa tête n'ait touché l'oreiller.

... L'air froid et raréfié descendait dans sa gorge comme une lame glacée, et le vent le mordait comme s'il avait des mâchoires, dents acérées s'introduisant dans les moindres interstices de ses vêtements. Prudemment, il mettait un pied devant l'autre, deux inspirations par pas, toujours en montant. Il y avait une falaise devant lui. Elle le protégerait peut-être un peu du froid. S'il arrivait jusque-là. Deux respirations, un pas. Deux respirations, un pas. Il ne pouvait distraire aucune parcelle d'énergie pour se réchauffer, ni même pour appeler. De désespoir, il avait jeté son sac de provisions à la tête du banshee. Heureusement qu'il ne l'avait pas attrapé. Mais peut-être pas si heureusement que ça. Deux pas, respire, air comme un couteau de glace, deux pas, respire.

Il était devant la falaise...

Il se réveilla fatigué, la tête lourde. Il avait fait un rêve étrange... mais il l'avait déjà oublié. Par les enfers de Zandru, ce qu'il était fatigué ! Comme si le sommeil avait drainé son énergie au lieu de la reconstituer.

Ce matin-là, quand Grai retourna dans la cour, il ressentit du respect pour les petits êtres fourrés. Ils étaient déjà en plein travail, sans donner aucun signe de cette lassitude qui l'écrasait. Ktel le regarda et lui fit signe de le rejoindre. Ils travaillèrent côte à côte, trouvant un rythme qui lui fit paraître le travail plus facile que la veille.

A midi, Ktel lui tendit un petit paquet enveloppé de papier blanc.

— Assieds-toi, lui dit-il, lui montrant un coin d'ombre.

Perplexe, Grai alla s'asseoir.

— Mange, dit l'autre, montrant le paquet qu'il lui avait donné, et se remettant aussitôt au travail.

Grai déroula le papier blanc, et y trouva un carré de *jalap*, mélange savoureux de légumes épicés et un friand au fromage.

— Et vous ?

— Les cralmacs ne déjeunent pas.

— Alors je ne déjeunerai pas non plus.

— Ne fais pas l'imbécile. Nous sommes petits, mais adultes. Toi, tu es jeune, presque un bébé *chieri*. Mais pourquoi les humains t'ont capturé, on ne sait pas.

— Je ne suis pas un bébé. Et je ne suis pas un *chieri* non plus. Je suis un humain.

Le cralmac lui lança un regard incrédule.

— Mange, dit-il simplement, se remettant au travail.

Grai renonça à discuter. Le *jalap* lui mettait l'eau à la bouche, et ses mains tremblaient de convoitise. Il le mangea en trois bouchées puis but une gorgée d'eau à sa gourde.

— Merci, dit-il avec reconnaissance, reprenant sa place près de la petite créature fourrée.

Ktel lui répondit d'un grognement.

Tout au long de la journée, il apprit à les différencier : Tig, qui grisonnait et avait le sens de l'humour; Loj, qui fredonnait des chansons des routes et des arbres pour travailler plus vite; le jeune Tig, qui rebondissait en marchant et n'arrêtait pas de poser des questions.

... Grai ressentit plus de camaraderie avec ces êtres fourrés, génétiquement modifiés, qu'avec les siens. Et pas seulement parce qu'ils l'acceptaient tel qu'il était, cheveux blancs, mains à six doigts et tout, sans faire de commentaires derrière son dos et sans regards brusquement détournés. Cette attirance venait aussi de leur façon de vivre au jour le jour, avec joie, sans haine ni manigances pour se dominer les uns les autres.

Il espérait qu'il en serait de même avec les télépathes une fois qu'ils seraient habitués à son physique.

Toutefois, il avait eu très peu de contacts avec le cercle de la Tour. Le peu qu'il savait d'eux venait essentiellement de fragments de conversations entendus par hasard, de bouts de formules, de références vertigineuses à des temps de réaction, maximisations de potentiel et portées accrues. Il lui tardait d'avoir les connaissances lui permettant de prendre part à ces discussions, et son esprit s'envolait et suivait ces paroles mystérieuses jusqu'aux limites du monde, imaginant des usages supérieurs du *laran* et désirant y participer.

Pourtant, la nuit, il ne rêvait pas de *laran* mais de froid. D'un froid qui pénétrait ses vêtements et engourdissait jusqu'aux os ses longs pieds étroits.

Il fallait continuer. Ils l'attendaient, sa famille, ses amis l'attendaient pour le réintégrer parmi eux. Il avait vécu trop longtemps sur le mauvais versant de la montagne, il avait erré trop longtemps, caché parmi les humains, s'efforçant de réparer les dégâts que leur haine et leur cupidité avaient infligés au pays. Il était séparé d'eux depuis si longtemps qu'il en était tout affaibli, qu'il n'avait plus la force de tendre le bras pour les toucher, pour reprendre des forces à leur contact. Il était si faible qu'il n'avait même pas la force de crier au secours. Il avait froid, si froid...

Je t'aiderai, *murmurait Grai dans son rêve. Il tendit la main, passa le bras autour des épaules de l'autre — ou était-ce les siennes ? — pour guider ses pas hésitants sur le sentier glacé. Sursautant, l'autre se retourna pour regarder Grai, trébucha et tomba, tomba dans un tourbillon de brume et de neige, et Grai flottait dans le ciel, baissant les yeux à travers les nuages sur une chaîne de montagnes couronnées de neige dont les glaces scintillaient comme des couteaux à côté des os rocheux qu'elles avaient tranchés.*

Il se força à redescendre, trouva la frêle silhouette, pataugea dans la neige pour la rejoindre, puis se remit à monter, tirant l'autre à sa suite. Il ne savait pas bien s'il était lui-même ou celui qu'il traînait — il lui semblait qu'il entrait et sortait de l'un et l'autre tour à tour. L'ennemi, c'était la neige et le froid. Ça au moins, il le savait.

Grai s'éveilla, blotti au pied de son lit, les bras courbatus d'avoir serré ses genoux, des larmes gelées sur son visage.

Non, pas gelées, seulement poisseuses et séchées. Ses jambes lui faisaient mal comme s'il avait vraiment grimpé en haut d'une montagne pendant la nuit, et, tout au fond de lui, il sentait encore le froid cuisant. Grai frissonna dans l'air humide et tiède du printemps.

On le regarda de travers quand il demanda du thé chaud au petit déjeuner, mais le breuvage lui fit du bien, descendant réchauffer jusqu'aux recoins les plus froids de son corps.

Ce jour-là, un paquet enveloppé de toile cirée tomba par terre.

Tout se passa en un instant. Xir, riant d'une blague de Tig, ramassa un paquet, et se retourna pour l'amener jusqu'au conteneur. Du coin de l'œil, Grai vit la toile cirée se défaire, un sac intérieur en tomber, et heurter le sol avec un bruit mat. L'instant suivant, Xir n'était plus qu'une torche.

Il n'eut même pas le temps de hurler. Une odeur nauséabonde de fourrure brûlée empuantit l'air.

Grai se mit à courir vers lui, mais Ktel le saisit par le bras et le tira en arrière.

Tig attrapa un bout du sac et le lança loin du petit tas pantelant qui brûlait.

— Xir ! cria Grai.

— Trop tard, dit Ktel. Trop tard.

— Mais... qu'est-ce qui s'est passé ?

— *Feuglu*, répondit Ktel d'un ton surpris. Tu n'as jamais vu du *feuglu* ?

— Du *feuglu* ? murmura Grai, atterré.

— Qu'est-ce que tu crois qu'il y a dans ces sacs ?

— Je... je n'y avais jamais réfléchi... murmura Grai, réalisant que c'était vrai.

Il emballait et chargeait, bavardait et plaisantait, et pas une seule fois il ne s'était demandé ce qu'il faisait, ce que contenaient les sacs enveloppés de toile cirée.

Tournant les talons, il s'enfuit en courant vers la Tour. Il saisit par le bras la première personne qu'il rencontra. C'était justement le barbu qui l'avait testé.

— Xir vient de brûler vif.

— Qui ?

— Xir. L'un des crailmen.

— Dieux, il ne manquait plus que ça ! Bon, fais attention en nettoyant. Sers-toi de toile cirée, et ne t'en mets pas sur les mains. Maintenant, je suppose que Riori sera obligée de quitter le cercle pendant deux ou trois jours pour en mettre un autre en gestation. Quel fâcheux contretemps !

— Mais c'est du *feuglu* qu'il y a là-bas !

— C'est pourquoi je t'ai dit de te servir de toile cirée.

— Je veux dire, vous fabriquez du *feuglu*.

— Bien sûr... qui le fabriquait d'après toi ?

— Mais je pensais que seuls les *laranzus* de guerre...

— Ne sois pas ridicule, petit. Les *laranzus* itinérants ne sont pas assez puissants pour fabriquer du *feuglu*. Il y faut des techniciens hautement entraînés, travaillant dans un cercle. Tout le *feuglu* est fabriqué dans les Tours.

— Mais comment pouvez-vous faire ça ? Comment les Tours peuvent-elles fabriquer quelque chose d'aussi terrifiant que le *feuglu* ?

— Les rois en demandent, nous en fabriquons.

Il haussa les épaules.

— Mais vous pourriez refuser!

— Pourquoi refuserions-nous? Il nous faut bien manger, tu comprends. Tu ne penses pas que nous avons le temps de travailler la terre et de garder les bestiaux, non? Nous devons acheter notre nourriture, et la payer par des services.

— Mais je croyais que les Tours restaient à l'écart des guerres!

— Qui t'a dit cette sottise? Pas ton père, j'en suis sûr. Les *laranzus* meurent aussi facilement que n'importe qui si on les poignarde ou qu'on les brûle. C'est à nous de faire en sorte de ne pas être tués, et nous y parvenons en fournissant les meilleures armes à celui qui semble le mieux capable de nous protéger. Oh, nous faisons très attention aux guerres, roitelet. Jusqu'à admettre des bons à rien de princes quand on nous le demande.

Il s'en alla, laissant Grai atterré, mille pensées désolantes tourbillonnant dans sa tête. Quand il retourna en chancelant dans la cour, on avait déjà balayé les restes de Xir et le travail avait repris.

Le soir, il sombra dans des rêves de feu, de souffrance et de mort; tout son corps brûlait, tous ses nerfs consumés d'un feu liquide qu'il emportait avec lui dans la neige.

La souffrance l'entourait d'un globe flamboyant, qui projetait des ombres rouges sur la blancheur glacée.

Petit frère, tu souffres presque autant que moi, *lui murmura une voix dans sa tête, et Grai distingua une silhouette voûtée contre un mur de neige, ses longs cheveux couverts de glace, sa peau d'une pâleur mortelle — seuls ses yeux bleus le regardant sous ses sourcils encroûtés de givre indiquant qu'il était encore vivant.*

Pendant un instant vertigineux, Grai fut cet être, se vit par ses yeux, se rappelant la longue marche sur le sentier tortueux vers le col balayé par le vent. Puis il revint d'un coup dans son corps et dans son esprit. Il secoua la tête ; des ondes douloureuses fulgurèrent dans ses veines, et il tomba à genoux.

Tu dors, petit frère, *murmura l'autre.*

Non, pensa Grai. Ça ne lui paraissait pas exact. Ça ne ressemblait pas à un rêve. Cet être était réel. Il avait traversé la montagne, nuit après nuit, dans ses rêves, mais pourtant il était réel en même temps.

Tu as la maladie du seuil. Elle affaiblit tes barrières, et ton esprit s'envole librement.

Non. Ce n'est pas la maladie du seuil. Je ne l'ai jamais eue, *protesta Grai, sa voix réduite à un murmure douloureux, comme celle de l'autre.*

Un gloussement rauque sonna doucement dans son esprit.

Tu l'as maintenant, petit frère.

Je suis trop vieux !

Trop vieux ! Mais tu n'es qu'un bébé, pas même assez grand pour être éveillé sexuellement ! Mais va maintenant, petit. Il ne faut pas que tu sois près de moi quand je mourrai.

Mais tu ne vas pas mourir !

Bien sur que si, petit. Je ne parviendrai pas à franchir le col. Je n'ai pas de nourriture, et plus de réserves d'énergie pour me réchauffer, sans parler de l'énergie qu'il me faudrait pour marcher.

Moi, j'ai de la chaleur, je brûle ! *Grai s'avança vers la silhouette encroûtée de neige.*

Non, petit frère, ça pourrait te tuer !

Mieux vaut mourir en réchauffant quelqu'un qu'en emballant du *feuglu* ou en abattant des avions.

Ah, petit frère, tu es donc prisonnier des humains ? *dit la voix avec compassion.*

Prisonnier des humains ? Mais je *suis* humain.

Tu es peut-être né chez les humains, mais tu es *chieri, pensa l'autre dans sa tête.* Approche, je vais te montrer.

Grai s'avança, et comme sa chaleur réchauffait

l'autre, des images de la vie des chieris *envahirent son cerveau. Rires et joie, recherche de la vérité, amour et compassion. Ici se trouvaient les protecteurs du climat, les gardiens des abeilles, les chercheurs de lumière qu'il avait cru trouver chez les* leroni *de la Tour. Ils étaient si peu nombreux, mais si aimants, si perplexes devant l'insistance des humains à croître et multiplier au point que les abus et les destructions empoisonnaient les terres jusqu'à ce que leur laideur s'accorde à celle qui infestait leurs esprits. Grai vit que le nombre des* chieris *avait diminué en réaction à cette laideur, en un effort pour rétablir l'équilibre entre les êtres pensants et la terre surexploitée, puis finalement, s'étaient infiltrés dans les établissements humains pour tenter de ramener la vie et la fécondité à la terre, réparer les dommages perpétrés par leurs cousins insouciants et cupides.*

Grai sentit son désespoir et sa nostalgie augmenter à mesure que l'autre se réchauffait, tirant l'énergie du feu de ses veines, travaillant avec une délicatesse de chirurgien, et guérissant alors même qu'il prenait, alors même que cela contribuait à l'épuiser encore.

Prends autant que tu as besoin, *dit Grai.*

Non, tu m'as donné assez, petit frère. Je devrais réussir à passer maintenant. Et même si j'échoue, je rejoindrai le créateur sachant que je ne t'ai pas emporté avec moi avant ton heure. DORS, petit frère. *Et c'était un ordre qui replongea Grai dans les ténèbres malgré ses protestations.*

Il se réveilla courbatu mais reposé. Prudemment, il projeta son *laran* qui commençait à s'éveiller, mais ne trouva aucune trace de l'esprit du *chieri*. Avait-il réussi à franchir le col ? Etait-il en train de descendre de l'autre côté du Mur-Autour-du-Monde ? Ou était-il mort, son esprit dispersé au vent ?

Grai eut envie de pleurer. Il n'avait pas envie de rester au milieu des humains grossiers et cupides. Même les travailleurs de la Tour, qu'il admirait quand il était loin d'eux, s'étaient révélés avides et cruels. Il avait envie de s'en aller, mais où irait-il ? Que ce soit à la Tour ou au château, dans les champs ou dans les forêts, il se retrouverait embarqué dans les guerres, intégré dans une armée, obligé de tuer ses pareils par les armes ou par le *laran*.

Il sanglota et enfouit sa tête dans son oreiller.

— Allons, paresseux. Remue ton royal derrière et descends dans la cour pour charger. L'incident d'hier nous a fait prendre du retard, alors aujourd'hui, les heures sont doublées pour les roitelets chouchoutés.

Il reçut une grande claque sur le derrière.

Etouffant un cri de surprise et serrant les dents, Grai roula sur le flanc et se leva. Qu'arriverait-il s'il refusait ? Est-ce qu'ils le tueraient ? Ce serait encore préférable à continuer à vivre dans ce monde de cruauté et de souffrance.

— Allons, REMUE-TOI !

Grai se surprit à avancer comme un automate. Avec désespoir, il se retrouva en train de manier le *feuglu* abhorré, l'emballant dans des boîtes, puis le hissant sur les charrettes.

— Ce chargement est destiné à Keriton, dit une voix. Quel problème !

— Comment t'appelles-tu ? Roitelet ? Jette tes affaires dans un sac et selle un chervine. Tu conduiras cette caravane jusqu'à Keriton avec cette commande de *feuglu*. C'est trop loin dans la montagne pour la leur faire parvenir autrement.

— Mais je n'ai jamais fait ça, protesta Grai.

— Il y a une première fois pour toutes choses, roitelet, dit l'autre, trop pressé pour ajouter son ricanement habituel.

Ses protestations étant tombées que dans des oreilles de sourds, Grai se retrouva au crépuscule à la tête d'une caravane de vingt chervines se dirigeant vers les montagnes. Le premier choc passé, il constata que ça lui plaisait. Ça lui plaisait d'être seul, loin de ces gens qui ne pensaient qu'à de « meilleurs » moyens de se tuer. Si seulement il pouvait être toujours seul !

Mais le plaisir ne durerait pas longtemps, réalisa Grai, assis près de son feu de camp le second soir. Déjà, il avait envie de parler à quelqu'un d'autre qu'un chervine — ou peut-être qu'il avait simplement envie qu'on lui réponde. Ça n'avait pas besoin d'être un humain. Un crailman suffirait... ou un *chieri*... comme celui de ses rêves.

Le lendemain, il pensa au *chieri* sans discontinuer. Il se rappelait sa chaleur, la communauté familiale qu'il lui avait montrée, la promesse de ces êtres qui étaient encore pleins de bonté et qui recherchaient l'amour au lieu de la guerre et de la destruction.

Et si... ?

Il ne reverrait jamais sa famille. Cette idée lui fit mal. Car, bien qu'ils l'aient ignoré ou taquiné, ils l'aimaient à leur façon. Et il les aimait. Mais il restait un être à part.

Et avec les années, cela deviendrait de plus en plus difficile.

Plus il vieillirait, moins ils comprendraient qu'il continue à « agir comme un enfant », refusant de manier l'épée, de lancer le *feuglu* pour le prétendu honneur de sa famille. Le peu d'amour qu'on lui portait se transformerait en dégoût, puis en haine. Et pas seulement de leur part. Malgré son physique, il était humain. Il apprendrait à haïr en retour.

A moins qu'il ne refuse cette vie.

Il vaudrait mieux la perdre tant qu'il savait aimer, avant d'apprendre à haïr.

Il modifia l'itinéraire de la caravane et s'enfonça plus loin dans les montagnes, au-delà des contreforts. Il montait sur le chemin sinueux, de plus en plus haut, vers le Mur-Autour-du-Monde, visible, même en plein été, comme une immense brume de blancheur.

Parviendrait-il jamais à le franchir ? Et s'il le franchissait, comment trouverait-il ces créatures insaisissables qui constituaient son seul espoir dans ce monde ? L'accepteraient-elles, grossier et corrompu comme il l'était, son humanité collant à lui comme une mauvaise odeur malgré son physique ?

Il vécut sur le pays, et consomma les friandises prévues pour Keriton, et emballées avec le mortel et dégoûtant *feuglu*. Il s'en serait bien débarrassé, s'il avait su comment. Mais il n'osait pas enterrer des sacs de toile cirée, de peur qu'ils ne se déchirent et dévastent le pays, maintenant ou dans des années. Peut-être qu'*ils* sauraient quoi faire, s'il les trouvait jamais.

Ainsi équipé comme pour aller à la guerre, Grai continua à monter, trouvant instinctivement le chemin suivi par l'autre. Il était comme imprimé au fer rouge dans son esprit.

Mieux valait mourir en essayant de les rejoindre, que continuer à faire partie de ce monde des basses terres, pensa-t-il, quand neige et glace commencèrent à l'entourer de toutes parts, et que les chervines se pressèrent les uns contre les autres pour se réchauffer. Il continua, commençant à vivre dans la réalité ce qu'il n'avait vécu qu'en rêve : le froid, l'engourdissement, l'épuisement.

Mieux vaut mourir, pensa-t-il, posant prudemment un pied devant l'autre et tirant derrière lui le chervine de tête. *Mieux vaut mourir.*

Pourquoi te laisserais-je mourir, petit frère ? Tu m'as donné la vie quand je traversais le col. Je serais bien ingrat si je n'en faisais pas autant pour toi, dit dans sa tête une voix forte et aimante.

Grai leva les yeux, et devant lui, détachée sur les rocs et la neige, il vit une silhouette aux cheveux blancs et aux yeux bleus.

Tu es et tu seras toujours le bienvenu, petit frère, dit le *chieri* en souriant. *Viens te joindre à notre communauté.*

Grai sentit qu'il était accueilli dans une communauté pleine d'amour et d'espoir.

Nous retrouvons ici l'inspiration tragique de la Reine des orages. *Sophocle et Euripide ont-ils jamais rien écrit de plus puissant ?*

XVII
LE DON DES ALTON

d'Elisabeth WATERS

Caillean Alton finit de lacer sa robe et commença à se coiffer, assez gauchement car c'était seulement la troisième fois qu'elle s'y essayait. Ses cheveux, qu'on avait coupés et offerts à Evanda le jour de la fête ayant marqué son passage à l'état de femme, avaient repoussé et lui tombaient maintenant jusqu'aux épaules, assez longs pour qu'elle les tresse. Chose qui signifiait qu'elle était en âge d'être mariée, ce qui, pensa-t-elle avec amertume, était une façon polie de dire que les *leroni* pourraient maintenant décider de sa place dans leur programme de reproduction sélective, et qu'elle serait donnée à un homme, comme si elle était une brebis ou une vache — ce qu'ils appelaient « faire son devoir envers la famille et le clan ». Miséricordieuse Avarra !

Sa mère entra alors, sans frapper. Bianca Alton avait mis neuf enfants au monde, dont cinq avaient survécu jusqu'à l'enfance, et deux seulement passé l'adolescence, et elle les régentait avec tant d'autorité qu'il ne leur serait jamais venu à l'idée de lui désobéir. Caillean se disait qu'elle aurait pu frapper, ou du moins faire un peu de bruit dans le couloir au lieu d'apparaître ainsi brusquement, ce qui la faisait toujours sursauter, mais elle savait que rien ne ferait jamais changer sa mère.

— Caillean, combien de temps vas-tu mettre pour te coiffer ? Tu es déjà en retard pour le petit déjeuner, et ton père a l'intention de te parler juste après.

Caillean prit vivement sa barrette et s'efforça de la

fixer au bout de sa tresse, mais ses mains glissèrent et la natte commença à se défaire.

Marmonnant quelque chose que Caillean ne saisit pas tout à fait et où il était question de l'âne de Durraman, Bianca, rapide et efficace, refit la tresse et mit la barrette en place.

— Là! Viens maintenant, mon enfant; ne fais pas attendre ton père.

Après un rapide déjeuner, Caillean se retrouva assise en face de ses parents dans le bureau de son père.

— Eh bien, Caillean, lui dit son père en souriant, je suis sûr que tu te réjouiras d'apprendre qu'on t'a choisi un mari. Tu épouseras Dom Bertin Serrais le mois prochain.

— Tu as beaucoup de chance, dit Bianca. Bonne famille, magnifique domaine; c'est un très bon mariage.

— Mais Maman, il ne me plaît pas, et je n'ai pas envie de me marier.

— Sottises! Toutes les filles ont envie de se marier! Et peu importe qu'il te plaise ou non — qu'est-ce que cela a à voir avec le mariage?

— Je n'ai pas envie de passer le restant de mes jours avec un homme qui ne me plaît même pas!

— Pourquoi *penses*-tu qu'il ne te plaît pas, d'ailleurs?

A l'évidence, son père s'efforçait, avec des résultats mitigés, d'adopter une attitude compréhensive devant ce caprice d'adolescente.

— Il m'a embrassée à la dernière Fête du Solstice d'Hiver. Ça ne m'a pas plu et je lui ai demandé d'arrêter, mais il ne m'a même pas écoutée!

— Tu devrais être flattée qu'il te trouve séduisante, dit sèchement sa mère. Ce sera un gros atout quand vous serez mariés.

— Mais je ne veux pas l'épouser — ni lui ni personne! Regarde ce qui est arrivé à Rafaella! Elle s'est mariée, et moins d'un an après elle était morte!

— Ta sœur n'avait jamais eu de santé, tu le sais. La

plupart des femmes survivent très bien à un accouchement. Moi, entre autres. Maintenant, calme-toi, Caillean ; il est parfaitement normal qu'une fiancée soit un peu nerveuse, mais il ne faut pas en faire un drame au point de mécontenter Dom Bertin quand il viendra te voir.

— Maman, je *ne l'épouserai pas* !

— Ne fais pas l'enfant ! Bien sûr que tu l'épouseras ! Vraiment Caillean, tu devrais remercier le ciel de ta chance. Ce n'est pas comme si ton *laran* était utilisable ; il peut tout juste intéresser les *leroni* pour faire des expériences — et malgré tout, tu t'en tires avec un très bon mari, alors j'espère que tu tiendras ta langue et que tu te conduiras en jeune fille bien élevée !

— Pourquoi ne m'écoutez-vous pas ? Vous ne tenez aucun compte de mes sentiments — vous ne pensez qu'à vous ! On va me faire couvrir par Dom Bertin comme si j'étais une vache, et si je meurs comme Rafaella, tant pis ! Ça vous est bien égal ! ragea Caillean. Je vous hais ! Je regrette que tu ne sois pas morte en couches, *toi* !

Bianca ravala son air, et s'effondra soudain par terre. Caillean se pétrifia, contemplant sa mère comme frappée de stupeur, tandis que son père se penchait sur le corps de sa femme. Puis il regarda Caillean avec fureur.

— Elle est morte ! Engeance d'homme-chat, que lui as-tu fait ?

Soudain, Caillean comprit. Ainsi, c'était là le *laran* qui n'était pas « vraiment utilisable », mais qui intéressait les *leroni* — la capacité de tuer avec une pensée coléreuse.

— C'est ça qu'ils veulent tous, une arme de plus pour leurs guerres incessantes ! Non, je ne m'y prêterai pas !

— Que lui as-tu fait ? répéta son père.

— Rien de très difficile, Papa, dit Caillean avec calme. Seulement ça.

Et, projetant son esprit dans son propre corps, elle arrêta son cœur.

On peut avoir du mal à croire qu'il y a tant de haine dans les familles. On l'imagine sans peine entre les clans. Le laran, *c'est la guerre. Le Don mal contrôlé porte en lui l'incroyable violence qui allait se déchaîner sur les Cent Royaumes. La parole est à un auteur masculin.*

XVIII
CERCLES

de G. R. SIXBURY

C'est moi maintenant le seigneur d'Aldaran.

Cette idée résonnait sans discontinuer dans la tête de Mikhael. Implantée dans son cerveau par des années d'éducation, elle lui était revenue automatiquement à la mort de son père ; il ne parvenait pas à l'écarter, mais il refusait de s'y arrêter.

Le père de Mikhael était un homme dur, excellent au maniement de l'épée, coriace comme un vieux banshee ; mais il ne possédait pas le don qu'on appelle le *laran*. Et aujourd'hui, cela l'avait tué.

Le grand-père de Mikhael avait hérité le don des *chieris*, le pouvoir du *laran*. Cette capacité, prétendaient certains, lui avait permis de survivre où d'autres seraient morts, l'avait aidé à mettre en valeur cette région montagneuse et glacée de Ténébreuse justement nommée les Heller.

C'était le premier été que son grand-père avait obstinément charrié des matériaux en haut de cette falaise escarpée balayée par le vent, pour construire le modeste hall où Mikhael se trouvait en ce moment. Entouré de fortifications rudimentaires mais solides, ce premier donjon d'Aldaran était demeuré imprenable pendant quarante ans, survivant aux attaques des Ya-men et des bandits.

Aujourd'hui, le donjon d'Aldaran était tombé, et Mikhael se demandait ce que penseraient les gens : les vieux, qui avaient été les premiers à suivre son grand-père ; ceux qui, à mesure que les hivers empiraient et que les Ya-men se faisaient plus féroces, s'étaient tournés pour les défendre vers celui qu'ils avaient choisi d'appeler Seigneur ; ceux qui avaient donné à ce pays le nom d'Aldaran.

Le vieillard était mort, voilà quelques semaines ; le père de Mikhael lui avait succédé, et commandait encore Aldaran quelques heures plus tôt, quand Mikhael avait hérité de ce qu'il en restait.

Mikhael s'approcha de la fenêtre et regarda pensivement dehors, le menton dans une main, soutenant son coude de l'autre. De là, on voyait les lointaines montagnes éternellement couronnées de neige se dresser fièrement sur l'horizon nord.

Mikhael les avait toujours trouvées plus belles au début de l'été, quand la neige des sommets se teintait de violet ; mais aujourd'hui, elles ne lui apportaient aucun apaisement. Au-dessous de lui, on entassait les morts dans des chariots pour leur dernier voyage, *et l'un d'eux est mon père.* A côté des chariots, un trou béant s'ouvrait dans la muraille, noir et encore fumant dans la brise. *Il faudra réparer ça avant les premières neiges.* Une amère pensée succéda à cette idée : *ce n'est pas quand on est enfermé dans le donjon qu'on peut prévoir de le réparer.*

Sous les yeux de Mikhael, un grand gaillard, ses cheveux rouge soleil et sa cape écarlate voletant au vent derrière lui, traversa la cour, s'arrêtant ici et là pour donner des ordres, examinant fièrement les dégâts qu'il avait causés. Il n'était pas laid — physiquement ; et bien que Mikhael l'eût toujours détesté, Beltran était un parent. Les liens de parenté étaient lointains, étirés à travers mariages et générations, mais bien réels. Son grand-père n'était pas d'apparence très différente de l'homme qui évoluait en ce moment dans la cour ; et, tripotant un mèche rousse, Mikhael se demanda ce qui avait bien pu pousser Beltran à les attaquer.

L'attaque restait confuse dans l'esprit de Mikhael. Elle était survenue brusquement au milieu de l'après-midi. On avait tout de suite repéré les hommes de Beltran, escaladant en pleine vue le sentier étroit et escarpé montant jusqu'au donjon. Les hommes d'Aldaran avaient eu tout leur temps pour fermer les grandes portes et prendre position sur les murailles. Tout était prêt, et c'est alors que l'univers avait basculé. Les souvenirs de Mikhael étaient fragmentaires : visions d'hommes fuyant d'invisibles démons ; hurlements annonçant la présence de dragons ; soldats fidèles hurlant de douleur dans des flammes qui n'existaient pas ; larmes sur le visage de son père, mort sans avoir reçu aucune blessure.

Quand Mikhael était revenu à lui, les hommes de Beltran étaient dans le donjon, dispersés dans la cour. Personne ne l'avait brutalisé ; on l'avait tranquillement fait rentrer pour l'enfermer dans son propre appartement.

Se détournant de la fenêtre, il regarda la seule famille qui lui restait.

Les jumelles, Elholyn et Judith, assises près de la porte, se réconfortaient à voix basse. Ses aînées de trois étés, elles avaient toutes les deux perdu leur mari dans la bataille. Devant leurs visages pâles et tirés, le cœur de Mikhael se serra.

Je devrais être mort.

Son père et la plupart des hommes avaient été tués. Les autres avaient été enfermés ou bannis ; sa famille avait été emprisonnée.

Je ne mérite pas d'être le Seigneur Aldaran.

Arpentant nerveusement la pièce, Mikhael regretta d'être encore en vie. Puis il vit Lori, sa petite sœur, ses longs cheveux blonds dénoués sur ses épaules, qui dormait, roulée en boule sur son lit. La mère de Mikhael était morte en la mettant au monde ; maintenant, elle était davantage sa fille que sa sœur. Frêle fillette, elle avait douze Fêtes du Solstice d'Eté derrière elle, et ne tarderait pas à vivre la treizième, mais les épreuves l'avaient mûrie avant l'âge. Vivant dans les Heller et grandissant sans mère, elle faisait déjà femme; mais endormie, elle reprenait l'innocence de l'enfant qu'elle était.

Mikhael alla s'asseoir près d'elle sur le lit, lui caressant les cheveux avec un sourire absent. Sentant sa présence, elle posa la tête sur son genou sans se réveiller, gémissant doucement car les cauchemars de la journées l'avaient suivie dans son sommeil.

Le gémissement le déchira. Il ferma les poings, serra les dents, et inspira avec effort. Il avait l'impression d'être un animal piégé, acculé dans un coin. Le moment était venu de se battre.

Se levant d'un bond, il s'élança vers la porte qu'il ouvrit d'un coup sec. Il fut immédiatement arrêté par deux hommes de Beltran, qui bloquèrent sa sortie de leurs épées. Mikhael se raidit, leva le poing pour frapper, les yeux flamboyants comme ceux d'un faucon verrin confronté pour la première fois à la captivité. Mais avant qu'il ait pu bondir, Elholyn et Judith se matérialisèrent à son côté, le tirèrent en arrière et refermèrent la porte.

Trop furieux pour protester, Mikhael se dégagea, et se laissa tomber par terre dans un coin pour réfléchir. *Toutes les cages ont une porte*, se dit-il, se préparant à attendre.

Deux heures plus tard, comme les premières étoiles commençaient à scintiller à la fenêtre, Mikhael se leva, le regard apaisé, la tête claire. D'une voix calme, il exposa son plan à ses sœurs.

— Ce soir, Beltran va célébrer sa victoire par un banquet, c'est certain. Tous ses hommes seront dans le Grand Hall, à manger, boire et brailler. Se glisser dehors par derrière devrait être aussi facile que de trouver de la neige au Solstice d'Hiver; et une fois qu'on aura descendu l'escalier que notre père a taillé dans la falaise l'été dernier, même avec ses chevaux et son *laran*, Beltran n'arrivera pas à nous retrouver dans *ces* montagnes.

— Et les gardes ? demanda Judith.

— C'est un problème ; mais si Elholyn veut bien m'aider...

— Je n'ai plus fait ce tour depuis que j'étais petite, dit-elle, lisant dans ses pensées.

Elle caressa nerveusement la pierre-étoile suspendue à son cou.

— Je n'y arriverai jamais ; pas les deux à la fois.

— Je t'aiderai, dit-il, se frappant la poitrine de l'index. Occupe-toi de l'un, je me charge de l'autre.

Il parlait avec assurance, mais au fond, il était très inquiet. Lui et Elholyn avaient souvent joué avec leurs pierres-étoiles dans leur enfance, tirant parti des dons mentaux qu'ils avaient reçu à leur naissance. Leur survie n'avait jamais dépendu de ces dons, mais leur grand-père s'en était servi dans ce but, et aujourd'hui, il avait vu de ses yeux ce que pouvait faire le *laran* amplifié par une pierre-étoile. Cela était donc faisable ; mais est-ce qu'ils parviendraient à le faire, *eux* ?

Elholyn commença la première, plongeant son regard dans la grosse et magnifique pierre bleue, faisant taire toutes ses émotions et concentrant ses pensées sur le cristal. Le vieux Seigneur Aldaran avait rapporté beaucoup de pierres semblables des forêts traversées pour arriver jusqu'ici ; mais Elholyn, en sa qualité d'aînée, avait reçu la plus grosse de sa collection.

Suivant l'exemple de sa sœur, Mikhael prit aussi sa pierre dans sa main, et fixa intensément les flammes bleues se mouvant à l'intérieur. Tandis que sa pensée plongeait de plus en plus profondément dans la pierre, il sentit le monde autour de lui s'évanouir graduellement, jusqu'au moment où il n'eut plus conscience que de la vie à l'intérieur de la pierre. Et en même temps que ses sens s'émoussaient, ses sensations s'intensifiaient — images, sons, odeurs reculaient à l'arrière-plan, tandis qu'il *sentait* toutes choses plus intensément ; et soudain, Mikhael fit partie de l'essence même du monde, il était hors de son corps, au-delà de la chambre, dans le couloir.

Mikhael voyait maintenant les gardes, effondrés en tas devant sa porte, chope d'hydromel à la main. Beltran leur avait permis de boire, sans doute pour les dédommager des festivités qu'ils manquaient. C'était bon signe ; cela signifiait que Beltran ne croyait pas qu'un jeune garçon et trois femmes seraient capables de s'évader.

Près de lui, Mikhael sentait sa sœur, sentait les contours de sa forme s'approcher du premier garde pour se mettre au travail. Se concentrant sur l'autre garde, Mikhael projeta dans son esprit des sensations agréables, des ondes d'énergie relaxantes qui coulaient de lui et entouraient l'homme d'une enveloppe protectrice de sommeil. Mikhael continua jusqu'à ce qu'il commence à dodeliner de la tête et à fermer les yeux. Un instant plus tard, son menton tomba sur sa poitrine, sa respiration se ralentit. Mikhael se retourna et vit que l'autre dormait aussi.

Rentrant dans son corps et sa conscience, Mikhael soupira de soulagement et se releva avec effort. L'utilisation de son *laran* avait drainé son énergie. Lui et Elholyn auraient dû manger et dormir, mais ils devraient se passer de ce luxe. Au matin, il faudrait être à des lieues d'ici s'ils voulaient échapper aux recherches inévitables de Beltran. Se faisant chacun une cape d'une couverture pour se protéger du froid glacial de la nuit, ils sortirent sans bruit de la chambre.

Mikhael s'arrêta un instant, soulageant un garde de son épée avant de l'abandonner à ses rêves. Gagnant vivement un escalier dérobé, ils descendirent deux étages, et se glissèrent au fond du couloir. Mikhael tendit la main pour ouvrir la porte de dehors, mais s'arrêta brusquement. Judith ouvrit la bouche, mais il la fit taire du geste.

Ils avaient choisi de passer par là parce que cette partie du château était la plus éloignée du Grand Hall, et jusqu'à présent, tout allait bien ; ils n'avaient vu ni entendu personne. Tout était silencieux — trop silencieux ; on aurait pu croire qu'il n'y avait personne dans la maison. Ça lui parut anormal ; soudain, il eut envie de tourner les talons et de s'enfuir dans l'autre direction.

— Qu'est-ce qu'on attend ? chuchota Judith. Qu'est-ce qu'il y a ?

Mikhael ouvrit la bouche, puis la referma. Il n'y avait rien à dire. Comment pouvait-il expliquer qu'il avait peur, *lui*,. alors qu'il leur demandait, *à elles*, d'être braves ? Haussant les épaules, il ouvrit la porte et scruta la nuit.

Idriel se levait à l'horizon qu'elle teintait doucement de vert ; au-dessus, Mormallor projetait des ombres argentées dans la petite cour. Les deux autres lunes ne paraîtraient pas ce soir, la plus grosse étant la moins regrettée. La lumière des trois petites lunes de Ténébreuse pâlissait devant l'éclat de Liriel.

Vérifiant qu'il n'y avait pas de gardes sur la muraille, Mikhael se tourna vers ses sœurs, portant un doigt à ses lèvres. A pas de loup, ils sortirent tous les quatre dans la cour. Pressant le pas à mesure qu'ils approchaient de la porte de derrière, ils l'atteignirent sans être vus. Mikhael saisit la poignée de cuivre et tira le lourd battant.

De bruyants éclats de rire éclatèrent autour d'eux, et des lanternes surgirent de tous côtés, révélant une foule de soldats. Deux hommes bloquèrent la porte, et, quand Mikhael se retourna, Beltran sortit des ombres. Instinctivement, il se plaça devant ses sœurs pour les protéger, brandissant son épée, mais d'autres soudards sortirent de la nuit et entourèrent les fugitifs. Indécis, Mikhael maîtrisa sa colère ; lentement, il abaissa son épée et la lâcha à regret.

Beltran traversa la cour avec arrogance.

— Et où allez-vous comme ça ? C'est que vous pourriez mourir de froid !

Il éclata de rire, ses dents luisant à la lueur des lanternes, puis reprit son sérieux. Il fit un signe, et l'on emmena les sœurs de Mikhael.

— Enfermez-les à la cave, et surveillez-les bien ! Je vais aller m'occuper d'elles.

« Quant à toi, dit-il, se tournant face à Mikhael, tu vas me tenir compagnie au dîner. Nous avons — des choses à discuter. »

Beltran tourna le dos à Mikhael, tête haute, tous ses mouvements rayonnant d'insolence, totalement en charge de la situation.

Mikhael le suivit docilement dans le Grand Hall, pour participer au banquet préparé. Les soldats, qui avaient dû retarder la fête pour attendre dans le froid cuisant, eurent quartier libre pour s'amuser à leur guise. Au milieu des rires paillards qui lui irritaient les oreilles, Mikhael constata que Beltran avait investi le donjon avec seulement une poignée d'hommes. Il avait vaincu à la force du poignet, aidé de son seul *laran.*

Après s'être assuré que ses hommes ne vandalisaient pas *son* nouveau hall, Beltran se détendit dans son fauteuil au haut bout de la table, et tourna son attention vers Mikhael.

— Ainsi, mon neveu...

Mikhael ricana et Beltran plissa le front avec colère.

— Tu apprendras à me respecter, mon *garçon*, et tu l'apprendras *immédiatement.* Je suis ton oncle et tu me traiteras comme tel.

Laissant son front se rasséréner, il découvrit les dents en un sourire et poursuivit :

— Allons, approche, et viens saluer comme il faut ton oncle encore inconnu.

— Te saluer ? Alors qu'il faudrait t'exécuter ? Tu n'est qu'un bandit des basses terres...

Ces derniers mots s'étranglèrent dans sa gorge, comme s'ils l'étouffaient. Devant lui, Beltran, tranquillement assis dans son fauteuil, pierre-étoile dans la main, le regardait, le coin des lèvres retroussé en ce qui pouvait être un sourire.

— Viens. Donne un baiser à ton oncle.

Mikhael résista bravement à la force qui l'attirait vers Beltran. Plongeant au plus profond de lui-même, il fit appel à la volonté qu'il savait posséder, et il réussit ; il recula. Il releva la tête pour voir l'amertume de la défaite sur le visage de Beltran, mais il souriait d'un air suffisant. *Comme un chat qui joue avec une souris !* Ses genoux se ramollirent. *Il est trop fort.* La pensée lui traversa l'esprit comme l'éclair, mais elle suffit à le vaincre. Il se rendit, s'abandonnant totalement à la volonté de Beltran.

Lui faisant contourner la table, Beltran l'obligea à se pencher vers lui, ses lèvres lui effleurant la joue.

— Maintenant, pas d'excès, dit Beltran, une lueur malicieuse dans l'œil. Je ne voudrais pas qu'on aille croire que mon nouveau neveu est de ceux qui aiment les hommes.

Mikhael ferma les yeux, mort de honte. Il avait l'impression d'avoir été complètement déshabillé, et que Beltran se moquait de sa nudité. Désormais incapable de lutter, Mikhael se pencha et posa ses lèvres sur la joue rugueuse de Beltran. Il avait mal partout ; il venait de donner un baiser à l'homme qui avait tué son père ; et il sentait que Beltran le retenait dans cette posture, savourant son humiliation.

Beltran le libéra enfin alors qu'il ne s'y attendait pas, et il tituba, manquant tomber à la renverse. Se rasseyant lentement sur sa chaise, il regarda avec lassitude de l'autre côté de la table ; Beltran souriait toujours, le visage encore rayonnant de la victoire.

— Tu vois, tu ne peux pas me résister.

Revenant à son assiette, Beltran enfourna un gros morceau de rôti, arrosé d'une longue rasade de vin. Du revers de la main, il essuya le jus qui lui coulait sur le menton.

— Le *laran* fatigue, mon ami, dit-il, la bouche pleine. Tu dois être mort de faim. Mange, bois, reconstitue tes forces.

Mikhael résista, mais quand Beltran leva la main pour le frapper, il se mit à manger. Il pensait que la nourriture allait lui rester dans la gorge, mais dès qu'il eut commencé, la faim l'emporta, et il mangea avidement, essayant d'ignorer Beltran qui s'était remis à parler.

— Je ne te veux pas de mal, mon neveu. En fait, j'ai l'impression qu'un jour nous deviendrons amis, plus ou moins.

— Jamais, marmonna Mikhael, la bouche pleine.

— Peu importe. En tout cas, tu passeras ici le reste de ta vie. *Quelle qu'en soit la durée.*

Mikhael leva les yeux à ce commentaire, mais garda le silence.

— Dis-toi bien que je ne me bats pas pour le plaisir, poursuivit Beltran. Tu ne t'es pas demandé pourquoi j'avais choisi de risquer ma vie pour m'emparer de ce misérable donjon sur son tas de cailloux ? Si, bien sûr, dit-il, prenant plaisir à s'écouter parler.

« Ton grand-père était intelligent ; il avait choisi l'endroit le plus défendable des Heller pour construire sa forteresse. »

Mikhael crut détecter une admiration sincère dans ces paroles.

— Mais je peux rendre l'endroit véritablement imprenable. Avec de hautes murailles de pierre et le *laran* pour les protéger, personne ne pourra plus jamais l'investir.

Beltran fit une pause avant d'ajouter :

— Et c'est ici que tu interviens.

Mikhael avait fini de manger et foudroyait Beltran à travers la table.

— Tu ne comprends pas, mon jeune neveu, reprit Beltran. Tu n'as pas vu ce que j'ai vu. Dans les basses terres, des hommes ont découvert des moyens d'utiliser le *laran* pour faire des choses dont tu n'as même pas idée ; on les appelle *laranzus* ; ce sont eux qui m'ont enseigné ce que je sais, ce qui m'a permis de prendre si facilement cette forteresse. Le *laran* recèle une puissance incroyable, et tout ce qui te manque, mon neveu, c'est la façon de t'en servir.

« En ce moment même, les *laranzus* des basses terres recherchent des moyens de transmettre des *larans* nouveaux et plus puissants aux enfants. Réalises-tu le pouvoir qu'un seul homme aura à sa disposition quand le *laran ultime* sera développé ?

Beltran prit une profonde inspiration, savourant cette idée.

— Toi et tes sœurs, vous avez tous du sang Aldaran et du sang Ridenow. Et comprends-tu ? Je ne m'intéresse pas à vous, mais à votre lignage.

Il ajouta avec un grand sourire :

— Je veux les enfants que tu engendreras et ceux que porteront tes sœurs.

Mikhael eut l'air horrifié, mais Beltran l'ignora avec ostentation.

— Avec un grand château, construit sur le site de ce donjon, gardé par des *laranzu'in* unis à moi par les liens du sang, je contrôlerai tout ce pays. Je le sais !

Le regard de Beltran se fit distant.

— J'ai le don de clairvoyance, mon ami. Je savais avant toi comment tu tenterais de t'évader ; c'est ainsi que je sais également ce que ce pays deviendra. Un jour, poursuivit-il, ramenant son regard sur Mikhael et étalant ses deux mains en éventail sur la table, ce pays sera peuplé des plaines du sud jusqu'aux montagnes du nord ; et tous prêteront allégeance à l'homme qui siégera au château d'Aldaran. Je veux être cet homme — ou du moins son père. Pour le moment, *ce sera moi.*

Au moment où Beltran terminait, un de ses hommes apparut, conduisant Lori par le bras. Beltran la prit par le poignet, l'attira à lui, la déshabilla d'un œil concupiscent avant de fourrer une de ses grosses pattes sous ses jupes.

Lori se débattit et appela Mikhael, déjà levé pour la défendre, mais comme ses mains se tendaient vers la gorge de Beltran, deux soldats le tirèrent en arrière. Malgré ses efforts pour se libérer, il ne put que regarder tandis que Beltran caressait sa petite sœur.

— Oui, dit Beltran avec un large sourire, celle-ci est encore jeune et ferme ; ce sera un plaisir au lit.

Terrorisée, Lori tenta de se dégager, mais Beltran la serra plus fort, jouissant de sa résistance et du désespoir de Mikhael.

Enfin, Beltran la lâcha et la confia à l'un de ses hommes, avec ordre de l'emmener dans sa chambre et de la *préparer*.

— Je te tuerai pour ça, gronda Mikhael, se débattant toujours contre les gardes qui le maintenaient.

Beltran se contenta de sourire.

— Ça m'étonnerait, dit-il en quittant la table.

Derrière Beltran qui ouvrait la marche, les deux soudards traînèrent Mikhael dans un étroit escalier descendant à la cave. Ouvrant une trappe de chêne, ils jetèrent Mikhael dans une resserre ; il atterrit rudement, le souffle coupé. Roulant sur lui-même, haletant, il repéra Elholyn et Judith, blotties près des réserves de vivres et des tonneaux couverts de toiles d'araignées.

Au-dessus d'eux, Beltran gloussa doucement.

— Cette fois, dit-il, les yeux baissés sur eux, pas d'évasion possible. Avant, je voulais évaluer la puissance de votre *laran* ; maintenant que je la connais, je ne me laisserai plus importuner. Je veillerai personnellement à ce que vous ne quittiez cette cave que si je le veux bien.

Sur quoi, il referma la trappe, et ils se retrouvèrent dans le noir. Seul un mince rai de lumière bleue dessinait les contours du panneau. Le rire bruyant de Beltran s'évanouit dans la distance.

Dès qu'il fut parti, Judith aida Mikhael à se relever.

— Où est-elle ? demanda-t-elle, paniquée. Ils sont venus la chercher. Tu l'as vue ? Qu'est-ce qu'il lui a fait ?

Mikhael se détourna en soupirant.

— C'est une longue histoire, commença-t-il, quelque chose concernant un programme de reproduction. Qu'il a apparemment l'intention de commencer à mettre en pratique avec Lori. Elle est déjà dans sa chambre.

— Mais elle est si jeune. Il ne va sûrement pas...

— Si, l'interrompit Mikhael. Il a même dit que je participerai aussi à la reproduction, mais je ne vois pas comment.

Se passant distraitement le bras sur les lèvres, il changea d'avis.

— Si, peut-être que je sais. Mai ça n'a pas d'importance. Beltran ne vivra pas jusqu'au lever du soleil.

Montant à tâtons la vieille échelle de bois, Mikhael poussa de toutes ses forces contre la trappe. Elle ne bougea pas.

— Autant essayer de remuer une montagne, dit-il à ses sœurs en redescendant. Il doit avoir ajouté un sort de fermeture, et je suis trop fatigué pour l'enlever.

La joute mentale menée contre Beltran avait drainé ses forces plus qu'il ne le pensait. Soudain, il s'éclaira. *Cela a dû aussi drainer ses forces à lui.*

— Elholyn, vois si tu peux contrer la magie de Beltran.

Elle sortit sa pierre-étoile de sa robe, et une douce lumière bleue se répandit lentement dans la cave. Plongeant son esprit dans la pierre, elle chercha le bloc mental posé par Beltran pour empêcher leur évasion. Laissant son esprit-corps dériver vers le plafond, elle ressentit un choc à l'endroit de sa tête ; levant les yeux, elle vit une grande plaque bleue qui scellait la trappe. Dans cet état, elle pouvait généralement passer à travers les objets matériels ; mais la plaque était également solide dans le monde astral. Elle rentra dans son corps, épuisée.

— Impossible. Le sort est trop fort pour moi.

— A ton tour, Judith.

— Mais je n'ai jamais été aussi habile que vous deux à ces choses !

Elle sentit Mikhael la regarder dans le noir avec insistance. Au bout d'un moment, elle céda.

— Je vais faire de mon mieux.

Judith mit plus de temps qu'Elholyn, mais le résultat fut le même. C'était sans espoir. Et Mikhael ne cessait de se faire des reproches. S'il avait suivi son instinct, s'il avait fait confiance à son *laran*, ils seraient sortis par la grande porte et auraient tranquillement descendu la route, laissant Beltran et ses hommes geler dehors dans la nuit.

Grommelant entre ses dents, il se laissa tomber par terre, découragé. C'était trop pour lui. Beltran était le plus fort — ils ne pouvaient rien faire.

La joute mentale qu'il avait perdue au dîner continuait à le hanter : défaite complète, conviction que Beltran pouvait le dominer, contrôler son esprit.

Et Lori.

Il revit le visage de Lori, l'image de sa petite sœur au moment où Beltran l'avait caressée, la douleur dans ses yeux, le désespoir qu'il avait senti en elle. *Et maintenant, Beltran la possédait!*

Mikhael craqua.

Se levant d'un bond, il remonta l'échelle, poussant sur le panneau de toutes ses forces, le martelant de ses poings; quoi qu'il arrive, il fallait qu'il sorte.

Réfléchissant à toute vitesse, il cria :

— Elholyn, Judith, venez m'aider. On arrivera peut-être à pousser le panneau à nous trois.

Les deux sœurs le rejoignirent sur l'échelle, et pesèrent de tout leur poids contre la porte quand un grand craquement résonna dans la cave en même temps qu'ils se retrouvaient par terre : l'échelle avait cédé.

Ils restèrent prostrés en tas un moment, muets, haletants. *Comment Beltran s'y prend-il pour faire ça?* se demanda Mikhael dans le noir. *Il agit seul après tout.*

Soudain, il comprit.

— J'ai compris, dit-il en se relevant.

— Quoi?

— Si nous essayons tous ensemble, ça devrait marcher.

— On vient d'essayer, gémit Judith, se frictionnant un bras endolori par la chute.

— Non, je voulais dire qu'on devrait essayer de rompre le sort ensemble — avec nos pierres-étoiles.

— Comment?

— Je ne sais pas, dit Mikhael, haussant les épaules. Mais il doit bien y avoir un moyen. D'ailleurs, nous n'avons pas le choix.

Ils s'avancèrent au milieu de la cave, se touchant pour vérifier leur position avant de s'asseoir en cercle sur le sol.

Mikhael commença le premier, concentrant sa pensée sur la pierre suspendue à son cou. L'esprit d'Elholyn le rejoignit, provoquant un trouble, un remous, un conflit de volontés forcées de s'unir, tentant de se séparer. L'influence plus faible de Judith entra lentement dans le tourbillon, et il devint bientôt impossible de maintenir l'union des trois esprits. Prenant le contrôle, Mikhael les força à se mélanger, mais ce faisant, le délicat processus s'effondra, provoquant un contrecoup qui le fit tomber à la renverse.

— Recommençons, dit-il immédiatement.

— Mais ça ne marchera jamais. Chaque fois que j'essaye de m'unir à vous, vous me repoussez.

— Ce n'est pas nous, dit Elholyn, ce sont nos pierres. Elles semblent être... ça ne marche pas, dit-elle s'efforçant de trouver les mots justes. C'est peut-être la différence de taille, avec l'une qui domine les autres.

— Elle a raison, ça ne marchera pas, Mikhael.

— Ce n'est pas ce que j'ai dit, la corrigea Elholyn. J'ai juste dit que ça ne marcherait pas en utilisant les trois pierres. Si nous n'en utilisions qu'une — la mienne, par exemple...

— Ça vaut la peine d'essayer, dit Mikhael. Elholyn, mets ta pierre entre nous trois.

Elle obéit, passant le cordon par-dessus sa tête et plaçant le bijou au centre du cercle, tout en gardant les doigts légèrement posés dessus. Puis Judith toucha la pierre, et l'atmosphère changea instantanément, comme chargée, vivante. *Ça peut marcher*, pensa Mikhael. Tendant la main, il toucha à son tour le rebord de la pierre, et Elholyn, poussant un petit cri, retira la main tenant le bijou. L'énergie qui chargeait la pièce mourut instantanément.

— Qu'est-ce qu'il y a ? Qu'est-ce que je t'ai fait ? Je t'ai fait mal ?

— Oui. Non. Je ne sais pas, balbutia-t-elle d'une voix tremblante. Ça ne m'a pas fait mal exactement ; c'était plutôt comme si tes doigts s'enfonçaient dans mon cœur. Je... ça va bien maintenant. Essayons encore une fois, mais sans que tu touches la pierre.

Mikhael accepta, et une fois de plus, il sentit l'énergie stable des pensées d'Elholyn autour de lui, puis l'énergie plus hésitante de Judith qui s'y unissait et la force qui le traversa en se répandant dans la pièce. Prudemment, il étendit les doigts au-dessus de la pierre, très près mais sans la toucher, sentant que, même ainsi, il perturbait le flux d'énergie. Comme il se concentrait pour fondre sa force psychique avec celle de ses sœurs, il sentit soudain les pensées d'Elholyn se projeter hors d'elle, les aidant à s'unir.

Tout à coup, des petites étincelles d'électricité se mirent à danser devant leurs yeux, et Mikhael sentit plus que de l'énergie émaner de ses sœurs ; il sentit leur présence, la farouche concentration d'Elholyn luttant pour maîtriser le flot d'énergie qu'ils avaient libérée, l'effort plus modeste de Judith, reflet d'Elholyn à qui elle prêtait son soutien. Il *vit* leurs forces unies couler, se mouvoir lentement en cercle, les englober tous les trois, passer à travers eux.

Mikhael avait le vertige, comme s'il tournait la tête en bas à une grande hauteur, puis Elholyn fut là, qui le stabilisa, et dirigea son action. Enfin, il *entendit* la voix d'Elholyn, — *ou étaient-ce ses pensées ?* — flotter dans l'air autour de lui.

Je crois que nous avons réussi, Mikhael. Je sens tant de pouvoir; je n'aurais jamais imaginé que c'était possible.

La porte. Fais sauter la porte.

Agissant d'un commun accord, ils saisirent le panneau magique posé par Beltran pour les enfermer, l'émiettant en fragments d'énergie, et regardant les éclats brûlants s'envoler dans toutes les directions, comme les étincelles sous le marteau du forgeron.

On a réussi.

Mikhael ne savait pas si c'était la pensée d'Elholyn, de Judith ou la sienne.

Lori maintenant...

Lori.

Soudain, Mikhael fut avec elle, piégé dans son corps comme elle était piégée dans la chambre de Beltran; et Beltran était là, allongé sur elle. Mikhael sentit la souffrance, la terreur, la révulsion; le poids de Beltran l'écrasait. Il ouvrit la bouche pour hurler, et se retrouva soudain dans la cave, entouré de ses sœurs.

C'est Lori. Il faut que j'aille près d'elle. Aidez-moi.

Je vais t'envoyer là-bas...

Mikhael ne sut jamais exactement ce qui se passa ensuite; le vertige s'accentua, les ondes de pouvoir le martelaient, et les réseaux d'énergie semblaient se resserrer, l'enveloppant d'un cocon de lumière. Puis il fut dans la chambre de Beltran, assis par terre comme il l'était dans la cave, ne sachant si son corps était là ou si c'était seulement son esprit.

Beltran roula au bord du lit et resta bouche bée en le voyant. L'instant suivant, Mikhael eut l'impression qu'on lui arrachait la tête. Malgré la douleur, il eut vaguement conscience que Beltran était debout au-dessus de lui, sa pierre scintillante dans la main, cherchant à lui écraser le crâne comme une coquille d'œuf.

Trop tard, Mikhael chercha à résister, barricadant son esprit contre l'attaque de Beltran. Mais ses efforts pour sortir de la cave l'avaient épuisé. Projetant ses pensées, il tenta désespérément de chercher de l'aide auprès d'Elholyn et Judith, mais il ne sentait plus leur présence. Il était seul, troublé et impuissant.

Beltran accrut la pression, farouchement concentré sur sa matrice étincelante. Mikhael roula sur le sol, la tête dans les mains, sachant qu'il allait mourir. Mais à l'instant où Mikhael croyait que ses yeux allaient jaillir de leurs orbites, Beltran le relâcha et tituba jusqu'à lui.

— Tu me paieras ça, dit-il.

La respiration oppressée, il saisit Mikhael par les cheveux, le forçant à le regarder dans les yeux.

— Je te l'ai dit ; je suis le plus fort.

Mais son assurance avait disparu ; à l'évidence, Beltran était ébranlé. Saisissant Mikhael au collet, il peina pour le remettre debout.

Lui soufflant son haleine brûlante au visage, Beltran lui releva le menton, et les yeux de Mikhael rencontrèrent la pierre-étoile, dont les feux l'étourdirent un peu plus. La lumière dansait à l'intérieur du cristal, comme s'il se moquait de lui.

— C'était un tour impressionnant, gronda Beltran. Très impressionnant. Je découvrirai comment tu as fait, et puis tu mourras.

Se tournant vers le lit, il ajouta :

— Viens dire adieu à ton grand frère, ma nouvelle femme. Tu ne le reverras plus.

Mikhael entendit les mots sans les enregistrer. Il ne voyait plus que la pierre de Beltran, luisant doucement sur sa poitrine.

Je t'ai fait mal ?

C'était plutôt comme si tu m'enfonçais les doigts dans le cœur.

Soudain, Mikhael tendit la main, la referma sur le cristal bleu et serra de toutes ses forces ; puis, d'une secousse, il l'arracha du cou de Beltran.

Beltran le lâcha immédiatement, titubant en arrière en se tenant le cœur. Ses yeux se révulsèrent, son visage se décolora, se flétrit. Il s'effondra sur le sol et ne bougea plus.

Mikhael soupira de soulagement, regardant le cristal qui brûlait dans sa main. Sous ses yeux, les feux qui dansaient à l'intérieur s'assombrirent, clignotèrent, et enfin s'éteignirent tout à fait, ne laissant dans sa main qu'un caillou noir et sans vie.

Il jeta loin de lui la pierre désormais inutile, et à cet instant, sa sœur, en chemise de nuit déchirée, et sanglante, bondit sur Beltran, hurlant qu'elle allait le tuer, le martelant en sanglotant de ses petits poings.

Mikhael l'écarta du cadavre et la berça dans ses bras.

— Il est mort, mon Bébé, murmura-t-il. Il est déjà mort.

Ils longeaient les murailles sous de légers flocons qui tournoyaient lentement autour d'eux, s'accumulant juste assez pour faire crisser leur bottes.

S'arrêtant soudain, Mikhael admira une fois de plus le château qu'il avait construit.

— Ça m'a pris dix ans, Domenic, mais maintenant qu'il est terminé, je me sens en sécurité comme ce ne m'était plus jamais arrivé depuis la mort de mon père.

Il s'accroupit pour ébouriffer les cheveux de son neveu et ajouta :

— Je ne crois pas que ce château retombera jamais aux mains de nos ennemis.

Domenic ne leva pas les yeux, mais contempla les vallées et les pics entourant le château, le regard lointain. Lentement, d'une voix trop grave pour son âge, il dit :

— Il tombera bien des fois, par le feu de l'extérieur, par l'éclair de l'intérieur.

Mikhael se raidit en entendant cette voix sérieuse, et il frissonna. Quand Domenic leva la tête, Mikhael vit le père mort qui le regardait par les yeux de son fils.

La vision passa comme l'éclair; Mikhael revit Domenic tel qu'il était, simple garçon de neuf ans, fils de sa plus jeune sœur et seul héritier d'Aldaran. Revenant sur leurs pas, ils rentrèrent, cédant devant la tempête qui empirait. Dehors, la neige tombait dru sur les pierres, effaçant rapidement les traces de leurs pas.

POSTFACE

LES CHRONIQUES DE TÉNÉBREUSE

Marion Zimmer Bradley a écrit de bien belles nouvelles (dont *Les Voix de l'espace*[1] donnent un brillant aperçu) mais elle a surtout fait une carrière de romancière. Dès l'origine, la planète Ténébreuse a été conçue comme un univers romanesque, et sa créatrice, publiant en même temps les deux premiers romans qu'elle y avait situés, n'imaginait pas qu'elle allait faire rêver les fans et qu'on lui demanderait de remplir les blancs de la carte et du récit. Parmi les lecteurs de *The Sword of Aldones* (1962), beaucoup auraient voulu savoir ce qui était arrivé à Lew Alton pendant sa jeunesse. Marion se déclara incapable de répondre, ouvrant la voie à toutes les spéculations. Jacqueline Lichtenberg lui proposa un scénario ; Marion n'avait pas encore acquis le doigté des vieux diplomates et ne sut dire qu'une chose : ça ne pouvait pas s'être passé comme ça.

Pourtant elle avait en elle tout ce qu'il fallait d'enfance pour comprendre ceux qui voulaient partager son rêve ; elle avait assez le goût du jeu pour fréquenter les conventions de S.-F. et s'y produire déguisée en personnage de Tolkien. Le temps passa ; les romans s'ajoutèrent aux romans ; et le moment vint où de jeunes fans se présentèrent aux conventions en tenue ténébrane. Des réunions se tinrent en marge des activités officielles ; on

1. Éd. Pocket, n° 5470.

fonda une Société des Amis de Ténébreuse (« the Friends of Darkover ») qui publia une lettre périodique (1975) puis un Fanzine, *Starstone* (1977), dont le contenu fut réédité en deux recueils : *Tales of the Free Amazons* et *More Tales of the Free Amazons*.

Marion accepta de patronner ces activités : sans rien perdre de sa réserve, elle comprenait qu'elle devait répondre à l'enthousiasme des fans. Ce sont eux qui, au moins en partie, l'ont incitée à ordonner un peu l'univers de Ténébreuse — une tâche qui d'ailleurs fut partiellement déléguée à son mari de l'époque, Walter Breen, auteur de la *Darkover Concordance* (1979). Elle accepta de mettre en forme quelques fragments qui n'avaient pas trouvé leur place dans ses romans précédents et de les publier dans *Starstone*. Elle lut les nouvelles reçues par la rédaction, elle sélectionna les meilleures et parfois les réécrivit. Et c'est ainsi que tout doucement l'univers de Ténébreuse cessa d'être complètement à elle.

Il est tentant pour un écrivain débutant d'aller se loger pour quelque temps dans les mondes d'autrui : Marion elle-même avait débuté dans la carrière en pastichant Leigh Brackett, d'ailleurs inconsciemment, et celle-ci avait eu la sagesse de ne rien dire. Mais le partage des univers, au cours des années soixante-dix, devint un phénomène courant dans la presse amateur. La cause en est la série *Star Trek*, qui eut le double effet d'imposer un univers plus fortement que toutes les séries précédentes et d'y accueillir des femmes en grand nombre (en qualité de fans ou d'auteurs) pour la première fois dans l'histoire de la S.-F. : une véritable « désagrégation [1] ». Marion estime que la « fan fiction » de Jacqueline Lichtenberg est très proche de *Star Trek* [2] ; il est vrai que, selon cette dernière, « Ténébreuse est juste une version avancée de *Star Trek* pour ceux qui ont grandi [3]. »

1. Introduction à *Marion Zimmer Bradley's Darkover*, 1993.
2. Introduction à *Domains of Darkover*, 1990.
3. Introduction à *The Keeper's Price*, 1980.

Marion ne s'est jamais beaucoup compromise dans ce genre d'amabilités. Sa vraie réponse à Jacqueline Lichtenberg, on la trouve dans *L'Héritage d'Hastur*, la « prequel » à *The Sword of Aldones* qu'elle prit enfin le temps d'écrire et qu'elle publia en 1975. Mais dans le contexte créé par *Starstone*, elle reçut un texte faisant la jonction entre les deux romans ; et cette fois, elle l'adopta. *The Other Side of the Mirror* de Patricia Floss ne fut publié que tardivement dans le recueil du même nom (1987) mais Marion n'a jamais cessé de dire que cet ouvrage représente à ses yeux la vérité officielle sur une courte période de l'histoire de Ténébreuse.

Certains des auteurs qu'elle a ainsi découverts lui paraissent très semblables à elle-même : c'est notamment le cas de Diana Paxson — qui a clarifié l'histoire de la période antérieure aux Ages du Chaos — ou d'Elisabeth Waters. Mais d'autres lui paraissent moins proches de sa vision personnelle de Ténébreuse, ce qui d'ailleurs ne la gêne pas particulièrement : elle assure même, non sans coquetterie, qu'elle n'a pas « inventé » mais « découvert » Ténébreuse. On peut refaire le voyage, y compris dans l'un des nombreux univers parallèles à celui de Marion. Elle s'est contentée de choisir les meilleurs textes (ou les plus originaux) et d'y apporter des retouches minimes[1].

Le phénomène prit une grande ampleur quand Don Wollheim, impressionné par le succès de Ténébreuse, demanda à Marion de réunir les meilleurs textes de *Starstone* (déjà repris, on l'a vu, dans deux recueils à diffusion restreinte) dans des anthologies périodiques où son nom serait associé à celui des jeunes auteurs qui partageaient son univers. Les Amis de Ténébreuse se chargèrent de répandre la nouvelle et Marion, à partir de 1978, fut littéralement submergée de textes et se retrouva, sans l'avoir vraiment voulu, dans une position de chef d'école[2] : douze volumes sont parus de *The*

1. *Ibid.*.
2. Introduction à *The Sword of Chaos*, 1982.

Keepers's Price (1980) à *Snows of Darkover* (1994) ; 84 auteurs ont été publiés, dont 10 ont ultérieurement publié des livres et 24 ont publié des nouvelles dans d'autres supports que les anthologies de Marion Zimmer Bradley[1]. Des auteurs comme Mercedes Lackey, Jennifer Roberson, Susan Shwartz et Deborah Wheeler y ont peut-être puisé des encouragements décisifs pour se lancer dans la carrière et y remporter les succès que l'on sait.

Les univers partagés ont connu dans les années quatre-vingt un formidable développement, le plus souvent à l'insu de leurs auteurs, qui n'y ont vu que des opérations commerciales. Marion est peut-être une des seules qui s'y soient pleinement investies et accomplies. Elle a d'ailleurs montré la voie à d'autres auteurs féminins comme Mercedes Lackey et... Jacqueline Lichtenberg qui, à leur tour, ont encouragé de jeunes romancières à s'établir dans les mondes qu'elles avaient inventés[2]. Elle a rayonné sur d'innombrables *newsletters*, fanzines et « conseils », au point qu'actuellement les Amis de Ténébreuse ont cessé de publier. Mais Marion publie un *Fantasy Magazine*, dont elle a même tiré, en deux volumes, *The Best of Marion Zimmer Bradley's Fantasy Magazine* (Warner, 1995).

Les graines sont semées. La moisson pousse.

J.G.

1. Introduction à *Snows of Darkover*, 1994.
2. Introduction à *Marion Zimmer Bradley's Darkover*, 1993.

DICTIONNAIRE DES AUTEURS

Linda ANFUSO. Indienne d'origine, Mohawk de nationalité, elle est née à cinq kilomètres au nord de Thendara (État de New York), très près du propre lieu de naissance de Marion Zimmer Bradley. Elle a commencé à lire le cycle de Ténébreuse à l'adolescence. Titulaire d'une maîtrise de Beaux-Arts, elle exerce la profession d'artiste et participe activement au combat pour les droits des « Native Americans ». La nouvelle qui figure dans ce volume est la première qu'elle ait publiée.

Priscilla W. ARMSTRONG. Femme de pasteur, elle anime notamment un groupe de prières pour la guérison des malades. La nouvelle publiée dans ce recueil n'est pas la première qu'elle ait envoyée à Marion Zimmer Bradley ; celle-ci a su, par ses lettres de refus encourageantes et motivées, lui insuffler l'espérance et l'énergie nécessaires pour continuer.

Lynne ARMSTRONG-JONES. Malgré son nom, elle n'est pas en rapport avec Lord Snowdon. Elle vit à London (Ontario) avec ses chats, son ordinateur et son petit garçon. Sa première nouvelle parue a été publiée dans le n° 2 du *Marion Zimmer Bradley's Fantasy Magazine*. Comme presque tous les auteurs, elle a connu bien des refus, mais elle a persévéré et finalement elle a gagné la partie. Profession : psychométricienne.

Toni BERRY. Elle a six enfants, une douzaine de petits-enfants et déjà des arrière-petits-enfants. Sa fille Amanda est une grande admiratrice de *La Belle Fauconnière*. C'est pour elle que Toni a écrit la nouvelle publiée dans ce volume.

Patricia B. CIRONE. Plusieurs fois publiée dans les anthologies de Marion Zimmer Bradley et dans son *Fantasy Magazine*, elle a également donné des nouvelles à d'autres anthologies telles que *Catfantastic II*.

C. FRANCES. A l'époque où Marion Zimmer Bradley décida de publier son histoire, Mlle Frances préparait une licence de théâtre avec une mineure en musique à l'Université d'Etat de San Francisco. Elle tient à garder son prénom secret.

Mary K. FREY. Professeur de français dans une high school, elle a gagné deux concours de costumes dans des conventions avec des tenues qu'elle avait elle-même créées — y compris, une fois, en exécutant un strip-tease très réussi devant Marion Zimmer Bradley un peu étonnée (les Amazones Libres ne se déshabillent que sur les couvertures des livres) mais finalement conquise. Sa nouvelle est à notre avis l'une des meilleures de ce volume.

Diana GILL. Quand elle a écrit sa nouvelle, elle avait seize ans et suivait les cours d'une high school de la banlieue de Philadelphie. Elle voulait devenir biologiste marine. Elle a emprunté à *La Belle Fauconnière* le magnifique personnage d'Orain.

Vera NAZARIAN. Elle est de Glendale (Californie) et a eu une première nouvelle publiée dans *Sword and Sorceress* alors qu'elle était encore à la high school. Marion Zimmer Bradley n'a compris son jeune âge qu'en recevant son contrat contresigné par ses parents !

Patricia Duffy NOVAK. Née à Boston, elle a longtemps enseigné l'agriculture au Zaïre pour le compte du Peace Corps. Elle a ensuite passé un an à Washington comme assistante d'un représentant ; après quoi elle s'est remise à enseigner l'économie agricole et la sociologie rurale à l'Auburn University. Mariée, mère de famille, toujours entourée d'un assortiment de chats et de chiens, elle collabore régulièrement aux anthologies *Sword and Sorceress* et au *Fantasy Magazine*. Très prolifique, elle est représentée dans ce recueil par trois nouvelles — pas une de moins — qui toutes mettent en scène des personnages créés par Marion Zimmer Bradley dans *Reine des orages*.

Janet R. RHODES. Diplômée en microbiologie, elle travaille pour un département d'écologie où elle fait de la recherche. Elle travaille sur les médecines alternatives et tresse des paniers. Elle écrit surtout pour avertir le public des dangers de la pollution. La nouvelle traduite ici est la première qu'elle ait publiée.

Alexandra SARRIS. Née en Californie, licenciée en psychologie, établie à Berkeley et Oakland, elle est partie pour Santa Fé à vingt-deux ans. Elle aime diriger des ateliers « sur l'Enfant-qui-est-en-nous, les causes émotionnelles de l'obésité et la Déesse qui est au fond de chaque femme ». Elle est également très demandée comme exorciste ; elle aide les gens à « résoudre leurs problèmes religieux ». Rien de moins !

Glenn Robert SIXBURY. Un des quelques auteurs masculins des Chroniques de Ténébreuse. Lui aussi, il a signé avec des initiales ; et Marion Zimmer de se demander, un peu malicieusement, s'il n'aurait pas pu s'appeler Gertrude Rose.

Elisabeth WATERS. Marion Zimmer Bradley a fait sa connaissance chez Jacqueline Lichtenberg, chez qui elle descend parfois quand elle est de passage à New York ; Elisabeth Waters l'invita à passer le week-end chez elle, dans le haut pays de l'Hudson River, et lui montra la première version du *Prix de la Gardienne*. Marion tint à réviser elle-même cette belle nouvelle et la publia dans le recueil du même nom (1980). Lisa avait alors vingt-six ans et travaillait comme secrétaire en préparant une maîtrise d'informatique. Ses dons littéraires se révélèrent si brillants que Marion, non contente de la publier, lui demanda d'être son assistante. Texte après texte, elle a fini par devenir une des principales amies de Ténébreuse. D'abord, bien sûr, par sa ferveur ; mais aussi, de plus en plus, par ses immenses qualités littéraires.

Deborah WHEELER. Chiropractrice, praticienne des arts martiaux, mère de deux filles, elle a été Doyen d'un collège et a beaucoup contribué aux Chroniques de Ténébreuse, où elle s'est fait remarquer en particulier par des histoires où les animaux jouent un grand rôle.

Kathleen S. WILLIAMS. Elle n'a jamais rencontré Marion Zimmer Bradley et ne lui a pas plus envoyé la biographie qu'elle demandait. Mais sa nouvelle est excellente...

TABLE DES MATIÈRES

Achevé d'imprimer en février 1996
sur les presses de l'Imprimerie Bussière
à Saint-Amand (Cher)

POCKET - 12, avenue d'Italie - 75627 Paris Cedex 13
Tél. : 44-16-05-00

— N° d'imp. 387. —
Dépôt légal : mars 1996.

Imprimé en France